완역 헨리크 입센 희곡 전집 6

사회의 기둥들
인형의 집

헨리크 입센(HENRIK IBSEN) 작

김미혜 옮김

This translation has been published with the financial support of NORLA.

완역 헨리크 입센 희곡 전집

Henrik Ibsen: Samlede Verker
Komplett Oversettelse
fra Norsk til Koreansk

6

사회의 기둥들
Samfundets Støtter

인형의 집
Et dukkehjem

헨리크 입센 작

김미혜 역

연극과인간

옮긴이의 글

옮긴이는 지난 2010년 입센 평전 『모던 연극의 초석 헨리크 입센』을 출간했다. 2006년 입센 서거 100주기였을 때 이를 기념하기 위해 베를린에서 국제 학술세미나(Ibsen Conference)가 베를린 대학과 독일 예술원의 공동주관으로 열렸고 여기에 참석해 세계 여러 나라에서 입센 작품들이 자주 공연되고 있고, '다르게 읽기'와 '새로 읽기'가 시도되고 있으며 심지어는 장르를 달리해 무대화되고 있다는 것을 알게 되었다. 그때, 유학시절 20세기 현대연극으로 넘어가기 전 스칸디나비아의 대표적 극작가들인 입센과 스트린드베리 관련 세미나가 커리큘럼에 한 학기 들어있었다는 것을 새삼 상기하게 되었다. 이때 문득 이들보다 훨씬 전 시대의 극작가인 셰익스피어에 대해서는 한국에서도 연구가 많이 되고 있고, 전작이 모두 번역되어 전집으로 나와 있으며 그의 작품들이 현대화되어 무대에 오른다는 생각이 들었다. 그렇다면 입센은? 스트린드베리는? 그런 질문과 함께 우리는 전자의 경우 〈인형의 집〉, 후자의 경우 〈율리에 아씨〉(〈미스 줄리〉) 정도를 아주 가끔 무대에서 접했다는 사실을 상기하게 됐고, 60편 이상의 희곡을 쓴 스트린드베리보다는—꽤 긴 장막극도 여럿 있지만—단막극 한 편을 포함해 25편의 희곡을 쓴 입센에 대한 연구가 그나마 내 능력에 맞을 거라는 짐작으로 입센의 작품 읽기와 연구를 진행했고 4년 만에 입센 평전을 졸작으로 출간했다. 당시 노르웨이어에 대한 지식이 거의 없어 영어와 독일어 번역본으로 입센의 드라마들과 참고문헌들을 읽고 쓴 책이어서 인명과 지명 등 고유명사의 표기에 오류가 많았다. 언젠가 연극과인간 출판사와 논의하여 개정본을 내고 싶다.

모두 3부로 되어 있는 『모던 연극의 초석 헨리크 입센』의 제2부는 작품해설과 작품론에 할애되었다. 헌데 한국에 공연대본은 몇 존재하지만 제대로 된 번역본이 별로 없는 상태에서 작품들을 해설하고 논한다는 것은 작품을 모르는 독자들이 이해가 쉽지 않을 것 같아 작품의 내용도 곁들여 소개했기 때문에 제2부의 분량은 상당히 길게 되었다. 그렇게라도 쓰기 위해 25편의 작품들을 영어본과 독일어본으로 읽으면서 거칠게 번역을 하며 작업을 해야 했다. 그런 작업과정을 거치는 동안 내가 읽은 번역본들이 입센의 오리지널 텍스트를 정말 잘 번역했을까 하는 질문을 하기 시작했다. 결국은 입센 작품들을 원전으로 읽기 위해 노르웨이어를 배웠던 세계적 작가들인 제임스 조이스, 토마스 만, 라이너 마리아 릴케, 슈테판 게오르게 등을 떠올리며 이 작가들을 흉내라도 내보는 것이 맞지 않나 하는 생각이 들었다. 결국 입센에 관한 연구서적이나 연구논문들까지는 못 읽더라도 그의 드라마만이라도 노르웨이어로 읽기로 했다. 대학에서 정년하기 직전부터 노르웨이어 공부는 시작되었지만 지금도 일상에서 유창하게 말을 하며 노르웨이 사람들과 어려움 없이 소통한다는 것은 불가능할 것이다. 그저 책으로만 공부했기에. 결국 노르웨이-한국어, 노르웨이-영어 사전들을 가지고 입센의 드라마들을 읽고 작가의 의도가 영어나 독일어의 번역본들보다 좀 더 정확하게 표현되었다는 확신이 들 때까지 교열하고 또 교열했다. 2007년부터 시작된 작품 번역 작업은 매우 지난했고 2021년, 그러니까 번역을 시작한 지 14년 만에 번역원고를 연극과인간 출판사에 전할 수 있었다. 특히 코로나19가 성하던 2019년 말부터 2년간은 거의 외출도 하지 않고 번역작업에 집중적으로 매달렸는데 그야말로 내 나름의 코로나19 극복 방식이 되고 말았다.

이미 언급했지만 입센은 모두 25편의 희곡을 썼다. 그중 1850년에 발표된 단막시극 〈전사의 무덤〉*Kæmpehøjend*과 1853년에 발표된 3막의 동화희극 〈한여름 밤〉*Sancthansnatten*은 오슬로에서 구입한 『입센 희곡 전집』*Samlede Verker* (Gyldendal, 2006)을 비롯해 어디에서도 원전을 찾을 수 없어 교열이 불가능해 한국어 번역전집에서 빼기로 했다. 입센 자신이 자신의 전집에 넣는 것을 꺼렸기 때문에 그의 서거 100주기를 기념하여 출판된 새로운 전집에서 빠진 것으로 생각된다. 결과적으로 2부로 된 〈황제와 갈릴리 사람〉이 매우 길어서 각 부를 한 편의 드라마로 본다면 모두 23편이 한국어로 번역되었다.

이미 언급했지만 셰익스피어의 작품들은 여러 선배 선생님들에 의해 전집이 여럿 나와 있는데 입센 역시 우리가 꼭 알아야 되는 극작가라는 생각으로 한국어 번역전집을 내는 것이다. 이를 계기로 한국의 극작가들/극작가지 망생들이 입센의 드라마에서 배우는 바가 있기를 바라는 마음이며, 그의 알려지지 않은 여러 작품들이 무대화됨으로써 한국 무대의 레퍼토리가 다양해

지기를 바라는 마음 또한 크다. 그 바람이 내가 한국연극을 위해 아마도 마지막으로 할 수 있는 봉사라 생각한다.

입센은 1869년에 발표된 〈청년동맹〉부터 일상어를 무대언어로 사용했고, 이전의 작품들은 운문으로 썼다. 한국어로 번역할 때 이 운문을 어떻게 할 것이냐에 대해 많은 고민을 했다. 결국 배우들의 입에 붙일 수 있는 무대언어가 되어야 하기에 전체적으로는 산문으로 옮겼으나 주인공들이 고민하고, 성찰하고, 나름의 인식에 도달하는 독백들은 운문처럼 번역하였다. 문학성은 높으나 연극성이 떨어진다는 것을 모르는 바는 아니나 입센적 문체를 조금이라도 소개하고 싶어서였다. 입센 작품들이 담고 있는 주제들이 본 옮긴이의 성향에 맞아 한국어로 옮기는 작업을 즐겼지만 사실 작업 중 특히 놀라웠던 점은 그의 주제의식이나 극작술보다 그의 언어였다. 영어와 독일어를 아는 사람으로서 옮긴이가 보기에 노르웨이어는 어휘나 문법 면에서 매우 탁월한 언어로 보이진 않았다. 그러나 그 언어로 내재율과 외재율이 맞는 10편 이상의 운문 드라마를 써낸 것만으로도 입센은 충분히 훌륭했다.

한국어로 옮겨진 23편의 각 드라마에는 앞에 '작품에 대하여'를 붙였다. 작품의 내용은 의도적으로 요약하지 않았다. 혹 관심이 있는 독자라면, ─ 아마도 연극전공자들과 연극연출가들일 경우가 많을 텐데 ─ 작품을 직접 읽는 것이 옳다는 생각 때문이었다. 또한 자신의 작품들을 연대기적으로 읽는 것이 바람직하다는 입장을 입센 자신이 밝혔기 때문에 작품의 내용보다는 각 작품이 입센의 전작(全作)에서 갖는 의의, 소재와 주제, 어떤 영감에 의해 쓰였는지, 입센의 당대 및 20세기와 21세기에 어떻게 수용되고 무대화되었는지를 중점적으로 다루었다. 이 마지막 부분은 단순히 입센 작품 공연사의 역사적 두께를 알리기 위한 것이 아니라 입센이 우리가 그냥 지나칠 수 없는 작가임을 알리고자 함이다. 특히 중요 작품들의 의미있는 연출 부분은 『모던 연극의 초석 헨리크 입센』에서도 찾아 읽을 수 있지만 혹 연출에 뜻이 있는 연출가들에게 도움이 될 것이라 생각한다. 내용의 많은 부분이 입센 평전에 이미 쓰인 것이지만 그 평전도 본 옮긴이가 쓴 것이어서 따로 인용부호는 붙이지 않았음을 밝혀둔다. 특히 번역본에서 인용한 부분은 인용부호와 함께 ( ) 속에 쪽수를 표기하여 참조하고자 하는 독자들의 편의를 돕고자 했다.

한국어로 옮길 때에는 가능한 입센이 사용한 어휘에 근접한 단어를 사용하고자 했으며 섣부르고 지나친 의역은 피하였다. 혹 프로덕션이 현실화된다면 어차피 현대화가 필수적일 것이고 그러려면 각색 작업이 있어야 될 것으로 생각해서였다. 노르웨이어를 완벽히 구사하지 못하는 상태여서 한국어로 옮기며 고생은 많았지만 중역본이 아니라는 것을 다행으로 여기며 수년 동안 소액지원(Small Scale Grant)으로 번역작업에 용기를 주고, 출판을 위해서도 재정적 지원을 한 주한 노르웨이 대사관(Roral Norwegian Embassy in Korea)과 이런 일들이 매끄럽게 이루어지도록 애를 써주신 전주리 공보관님에서 감사를 드린다. 또한 한국에서 출판되는 '입센 번역 전집'을 의미 깊게 생각하며 출판비의 일부를 지원하기로 결정한 NORLA(Norway Literature Abroad) 측에도 깊은 감사를 보낸다. 소명의식을 갖고 입센 전집 10권을 출판하신 연극과인간의 박성복 사장님을 비롯한 직원분들의 노고에도 치하를 드린다.

2022년 4월, 서울 암사동에서
김미혜

차 례

1877

사회의 기둥들
SAMFUNDETS STØTTER

4막극

입센은 가족과 함께 드레스덴을 떠나 뮌헨에 정착하기 전인 1874년 고국에 일시 귀국했다. 그는 고국의 동포들에게서 기대 이상의 환영을 받았다. 〈사랑의 희극〉과 〈청년동맹〉이 크리스티아니아 극장에서 특별공연 되었고, 특히 후자의 공연이 끝난 후 작가를 축하하는 횃불행진까지 있었다. 이에 대한 답례연설에서 입센은 외국에 머물면서 "고국과 고국의 진정한 삶을 완벽하고 명료하게 보았"다고 말했고, 시인이란 원래 원시안적인데 자신도 고국에 대해 "원시안적"이 되었음을 시사했다. 입센의 전작(全作)을 보면 이미 〈청년동맹〉에서 노르웨이 소도시의 삶을 배경과 소재로 하면서 노르웨이인들과 그들의 삶을 비판하기 시작했으나 이제 더욱 본격적으로 그는 그런 작품들을 쓸 수 있는 입지에 있다는 점을 공개적으로 밝힌 것이라 할 수 있다. 입센은 '명제극의 창시자', '사회변혁의 옹호자', '삶의 위선에 반대하는 투쟁자', '천박한 소시민적 삶의 탄핵자', '노르웨이의 지방적 삶의 표현자'로서의 면모를 갖추기 시작한 것이다. 소위 그의 사회문제극들이라 평가되는 작품들 모두에서 이런 측면(들)을 찾아볼 수 있다.

1970년대 초, 입센은 떠나온 고국 노르웨이에서 명성을 얻었다. 그의 드라마들은 대부분 출판되기가 무섭게 매진되었으나 대개 급진적, 진보적 사상을 지닌 문학인들, 그것도 젊은 문학인들 사이에서 매우 부지런히 읽혔다. 물론 보수 진영의 문학인들도 그의 작품들을 읽었지만 근본적으로 입센을 비판하기 위해서였다. 다시 말해 입센은 대중적으로 인기 있는 작가가 아니었다. 그는 문제작가였고, 탐구자였으며 의심의 눈길을 버리지 않는 작가였기에 많은 경우 독자/관객을 편하게 놓아두지 않았다. 그는 그들에게 충격을 주었고 그들의 양심을 괴롭게 했다. 그들로 하여금 그들이 진실이라 믿으며 살아온 것들을 의아롭게 생각하도록 하고, 시험하도록 했기 때문이다.

입센은 스스로를 낭만주의를 벗어난 사실주의자라 생각했다. 비록 세계 역사를 다루고 있지만 〈황제와 갈릴리 사람〉에서부터 입센은 독자들에게 "현실의 한 조각을 경험"하고 있다는 인상을 주려 했으므로 자신에 대한 그의 생각은 설득력이 있다. 이런 작품에서는 작가의 견해나 설명은 처음부터 차단된다. 객관성이 중요하기 때문이다. 입센은 자신이 그런 객관성을 갖기에 적합한 입장에 있다고 생각했다. 극의 배경이자 비판의 대상으로 삼은 노르웨이의 소도시들에서 그는 멀리 떨어져 있는 국외자였기 때문이다. 그는 조국 노르웨이를 지칭하는 '거기', 혹은 '저 위'에 속한 사람이 아니라 보다 넓은 바깥세계에 속해 있었기 때문에 분명한 관점으로, 객관적으로 그릴 수 있는 극작가로서의 자유를 누릴 수 있었다. 그런 작가로서 입센은 뮌헨에 처음 3년(1875-78)을 머무는 동안 단 한 편의 희곡 〈사회의 기둥들〉(4막극)을 발표했다. 그가 이 작품에 대해 굴렌달 보그한델의 사장인 헤겔에게 "새롭고 진지한 현대극을 계획"하고 있다는 편지를 보낸 것이 1869년이었으므로 이 작품은 완성까지 8년이 걸린 셈이다. 입센의 창작리듬으로서는 꽤 긴 시간이다.

〈사회의 기둥들〉은 구체적으로는 당시 경제 부상이라는 미명 아래 못쓰게 된 배도 출항을 시키는 영국 등 유럽 여러 나라의 상황에서 영감을 얻었다. 해상국인 노르웨이 역시 그런 일이 다반사로 이루어졌기 때문에 〈사회의 기둥들〉은 좁은 의미에서 노르웨이 비판극이다. 그러나 이 작품의 실질적 구상은 브라네스가 1871년 코펜하겐 대학에서 유럽문학에 대한 강의에서 작가들에게 '저항'할 것을 촉구한 것과 관련이 있다. 브라네스는 프랑스 혁명 이후 사회의 중심을 형성하고 나름대로의 전통을 구축한 부르주아지의 '사회적 가치들'에 변화가 있어야 한다고 주장했다. 이 변화를 주도할 사람들은 젊은 세대, 그것도 지식인들과 예술가들이어야 하며, 그랬을 때 비로소 발전의 비전이 있다는 것이 브라네스의 생각이었다. 입센은 이미 문우를 즐기던 이 덴마크의 문학자에게 "관념들은 새로운 내용과 새로운 목적을 필요로 하오. 자유, 평등, 형제애는 더 이상 기요틴 시절과 같지 않소. 사람들은 그저 특별한 혁명, 그러니까 외적인 혁명, 정치적 혁명 등을 원하오. 그 모든 것들은 하찮은 것들이오. 중요한 것은 인간 정신의 혁명(필자 강조)"이라는 내용의 편지를 보냈다. 입센은 자신의 시대가 인간 정신의 혁명을 필요로 한다고 보았고, 그런 그에게 자유와 진리는 하나이자 같은 것이었다.

이후 발표되는 사회문제극들에서 입센은 당대의 부르주아지 사회를 반대하고 비판했다. '자유'와 '진리'는 작가로서 입센이 내건 일생의 모토였다. 이 모토 아래 입센은 거짓과 위선으로 포장된, 적어도 겉으로는 평안함과 질서가 잡힌 듯 보이는 빅토리아 시대 부르주아지의 삶을 예리한 눈으로 관찰하며 권력의 이면을 파헤치고, 사회적 지위를 가진 인물들을 의심하며 성의 역할에 대해 질문했다. 〈사회의 기둥들〉은 이런 작가의 의도에 딱 들어맞는 첫 작품이었다. 이 작품의 주제는 케케묵은 관습과 위선에 싸인 비열한 정신으로부터의 해방, 그리고 자유롭고 아름다운 새로운 삶의 제시이다. 그러나 부르주아지에 속한 인물들은 여전히 구습에 싸여 어떠한 자기비판도 없이 삶을 영위할 것임이 제시된다는 점에 이 작품의 아이러니, 즉 작가로서의 예리한 시선이 느껴진다. 부모를 일찍 여위고 제대로 배우지도 못한 처녀 디나가 묵은 관습과 위선에서 벗어나는 해방의 실천자가 될 것임이 암시되고 있어 작가의 의도를 알 수 있다. 인간은 출생이나 지위에 의해서가 아니라 어떤 정신의 소유자인가에 따라 그 됨됨이를 알 수 있으며 참다운 미래의 비전이 있다는 것을 작가가 말하고 있기 때문이다.

　〈사회의 기둥들〉은 극작기법 면에서도 이후 입센 드라마의 기초가 된다. 극적 장소는 4막 내내 영사 베르니크의 집 별채의 한 방이라는 폐쇄된 공간이며, 극의 시간은 사흘간으로 이 공간과 시간 속에서 주 플롯과 부 플롯이 매우 응축되어 치밀하게 짜여 있다. 전형적인 '잘 짜인 극'이다. 이를 위해 입센은 그 공간을 등장인물들이 들고 나는 여러 개의 문이 있는 방으로 설정한다. 특히 뒷벽을 커튼으로 가릴 수 있는 넓은 유리창이 달린 것으로 설정하여 관객이 유리창 바깥의 광경과 무대 위의 모습을 동시에 보는 이중극의 테크닉을 쓰고 있다. 이는 당시로서는 매우 새로운 기법이었다. 기법은 새로우나 이 작품에 등장하는 인물들은 전혀 새롭지 않은 너무나 스테레오 타입들이다. 그들에게서는 어떤 실질적 변화도 기대하기 어렵다. 이런 대비야말로 작가의 의도일 것이다.

　1877년 10월 초판으로 6,000부가, 7주 후 4,000부가 더 출판된 〈사회의 기둥들〉은 스칸디나비아에서 환영받았다. 세계 초연은 같은 해 11월 코펜하겐의 왕립극장에서 있었고, 이후 베르겐, 스톡홀름, 고텐부르그를 비롯해 노르웨이의 여러 지역 무대에도 올랐다. 〈사회의 기둥들〉이 이렇게 성공을 거둔 것은 "진리와 자유의 정신"이라는 작가의 명제가 당시로선 혁신적인 극작기법과 언어로 실현되었기 때문이다.

　입센의 전작(全作)에서도 그렇고 현재의 관점에서도 결코 걸작이라고 할 수는 없는 〈사회의 기둥들〉은 특히 독일에서는 1878년 1월에 벌써 세 가지 번역본이 출판되었고, 같은 해 2월에는 이 세 버전을 이용해 베를린에서만도 동시에 다섯 군데 극장에서 공연되었다. 베를린의 연극사에서 전무했던, 그 야말로 '사건'이었다. 그 해가 가기 전 독일과 오스트리아의 스물일곱 군데 극장에서 공연되었으니 문자 그대로 '사건'이 지속된 것이다. 이런 상황이 전개된 가장 큰 이유는 독일의 젊은 작가들은 물론 관객/독자들이 "진리와 자유─그것들이 사회의 기둥들"(211쪽)이라는 로나 헤쎌의 말로 끝나는 이 작품에 열광했기 때문이다. 또한 보불전쟁에서 승리하고 통일을 이룬 독일의 국운이 융성해짐으로써 예술의 황금시대도 도래했으나 연극계에서는 여전히 천박한 오락극이 무대를 점령하고 있을 때 사회의 문제를 다룬 진지한 극이 문학사적, 연극사적으로 진공상태에 있던 독일의 현실을 건드렸기 때문이기도 했다.

독일에서의 대성공은 입센에게 범 유럽적 작가로서의 명성을 알렸다. 당시 독일의 연극평론가였던 파울 슐렌터(Paul Schlenther)는 찬란한 "현실정치"에서 자라난 자신의 시대에 "강력한 현실의 시"를 만났다며 〈사회의 기둥들〉에 대한 열광을 이렇게 전한다: "우리는 기쁨으로 전율했다. 우리는 극장에 가고, 또 갔다. 극장은 만원 (…) 이때까지 입센은 그저 이름에 불과했다. 이 극을 보고 우리는 비로소 그를 사랑하기를, 평생 그를 사랑하기를 배웠다." 슐렌터의 이 말은 나중에 프라이에 뷔네(Freie Bühne)를 창설하게 되는 오토 브람(Otto Brahm)에게도 그대로 적용된다. 브람 역시 〈사회의 기둥들〉을 베를린에서 관극했으며 그의 생애 최초의 연극경험이었다고 전해진다. 브람의 프라이에 뷔네가 1889년 입센의 〈유령〉으로 오픈된 것은 그러므로 우연이 아니었다.

〈사회의 기둥들〉은 한국에서도 초연되었다. 발표된 지 137년 만인 2014년 11월 본 옮긴이의 권고로 LG 아트센터에서 김광보 연출로 무대화된 것이다. 마침 세월호 참사로 온 국민이 슬픔과 경악에 싸여 있을 때 언론매체에 등장하는 여러 용어들이 이 작품에 그대로 나오는 바람에 관객에게 소름 돋는 느낌을 갖게 했다. 김광보는 각색 없이 입센 텍스트를 약간의 삭제를 제외하곤 그대로 수용하여 연출하면서 "단지 세월호에 국한된 이야기가 아니라, 사회 전반에 걸친 것들, 국가를 포함한 사회 구조가 침몰해가는 과정까지를 연결"하고 싶었다는 의도를 밝혔다. 특히 그는 이 작품을 선택한 이유를 "통시성(通時性)"이라 언급했다. "입센의 통찰력이 지금 현재 우리 사회에 주고 싶은 메시지와 잘 맞았다"는 것이다. 김광보는 또한 연극은 직접적이진 않지만 "시대적인 저항을 담고 있어야 하고, 그것을 발현해야" 한다는 점에서 〈사회의 기둥들〉은 모든 조건을 다 갖춘 작품이라 평가했다.

등장인물

영사(領事) 베르니크	해운업자, 선박회사 사장
베티 베르니크	그의 아내
올라프	그의 아들(13세)
마르타 베르니크	그의 누이동생
요한 퇴네센	베티의 남동생
로나 헤쎌	베티의 의붓 언니
힐마르 퇴뇌센	베티의 사촌동생
아드융크트 뢰를룬	고등학교 교사
룸멜	거상(巨商)
비겔란	상인
산스타	상인
디나	영사 베르니크 집의 하녀
크라프	베르니크 회사의 지배인
아우네	작업반장, 조선 기술자
룸멜 부인	
힐다	그녀의 딸
우체국장 홀트의 부인	
네타	그녀의 딸
링게 부인	의사의 아내

그 외 시민들, 다른 지방 사람들, 외국 선원들, 증기선 승객들 등

장소

노르웨이 해안가 소도시에 있는 영사 베르니크의 저택.

베르니크 영사의 저택, 정원으로 나가는 넓은 홀. 전면 왼쪽에 영사의 방으로 가는 문이 있고, 같은 벽면 훨씬 뒤쪽에 비슷한 문이 또 하나 있다. 반대 벽면 가운데에 들어오는 문이 있다. 뒷면 벽은 거의 전체가 커다랗고 깨끗한 유리창으로 되어 있으며 차양이 있는 넓은 계단으로 가는 여닫이문이 있다. 계단 아래에서는 작은 문이 있는 울타리로 둘러쳐져 있는 정원의 일부가 보인다. 울타리 밖에는 밝은 페인트칠이 된 작은 목조 집들이 길게 늘어선 길이 있다. 때는 여름이고 해가 쨍쨍 비친다. 이따금씩 사람들이 그 길로 지나가다가 멈춰 서서 이야기를 나누기도 하고, 모퉁이에 있는 작은 가게에서 무언가 사기도 한다.

그 넓은 홀에 몇몇 부인들이 테이블에 둘러앉아 있다. 가운데 의자에 베르니크 부인 베티가 앉아 있다. 그녀 왼쪽 옆에 홀트 부인과 그녀의 딸 네타가, 그 옆에 룸멜 부인과 그녀의 딸 힐다가 앉아 있다. 베르니크 부인 오른쪽에는 마르타 베르니크와 디나가 앉아 있다. 그들 모두 바느질로 바쁘다. 테이블 위에는 반 쯤 완성되었거나 재단된 면 셔츠와 다른 의류 재료 등이 높이 쌓여있다. 뒤쪽에는 화분 두 개와 주스 병이 놓여있는 작은 테이블이 놓여있으며 교사인 아드융크트 뢰를룬이 금테두리로 되어있는 책을 큰 소리로 읽고 있다. 그러나 관객에게는 이따금씩 몇몇 단어들만 들린다. 밖의 정원에서는 올라프 베르니크가 석궁(石弓) 놀이를 하고 있다.

잠시 후, 아우네가 오른쪽 문으로 조심스럽게 들어온다. 잠시 책읽기가 중단되고 베티가 아우네에게 고개를 끄덕이고는 왼쪽에 있는 문을 가리킨다. 아우네는 조용히 홀을 가로질러 가 조심스럽게 영사의 방문을 한두 번 노크한다. 크라프가 손에 모자를 들고 겨드랑이에 서류를 낀 채 영사의 방에서 나오고 문을 닫는다.

크라프

아, 노크를 한 게 자네군.

아우네

사장님께서 부르신다고 해서.

크라프

그러셨는데 지금 자넬 만나실 수가 없네. 나더러 대신 —

아우네

지배인님에게요? 그래도 전 —

크라프

— 나한테 전하라고 하셨네. 이번 주말에 노동자들에게 하려고 한 강연은 그만 두라고 하시네.

아우네

그래요? 전 자유시간을 좀 이용하려고 했던 건데 —

크라프

자네한테는 자유시간이지만 어쨌든 작업시간에 일을 못하도록 하면 안 되지. 지난 토요일엔 조선소에 새로 들여온 기계와 현대적인 작업방식이 노동자들에게 위협이 될 거라고 했다더군. 어떻게 그런 생각을 하나? 왜 그래?

아우네

전 단체의 이익을 위해 그러는 겁니다.

크라프

꿈도 야무지군! 사장님께선 바로 그게 단체의 이익에 반하는 거라고 하셔!

아우네

제가 속한 단체는 사장님께서 속하신 단체와 다릅니다, 지배인님! 노동조합장으로서 저는 —

크라프

그보다 먼저 자네는 베르니크 조선소의 작업반장이야. 그러니 우선적으로 베르니크 회사라고 하는 단체에 대한 의무를 수행해야 해. 우리 목구멍이 거기에 달렸잖아. ― 그래, 이제 사장님 말씀 알아들었겠지.

아우네

사장님께서 그런 식으로 말씀하셨을 리가 없습니다, 지배인님! 그렇지만 전 누구한테 감사해야 하는지 압니다. 빌어먹을, 고장난 미국 배 때문에 이렇게 된 거죠. 그 사람들 자기네 배를 미국에서 수리하는 것처럼 우리가 수리해주길 바라고 있죠. 게다가 ―

크라프

그래, 알아, 알아. 난 세세한 건 몰라. 어쨌든 이제 사장님 의중이 어떤 건지 알았겠지! 빨리 조선소로 다시 가 봐. 분명 자네 손이 필요할 거야. 나도 곧 내려갈 테니까. 실례합니다, 사모님들!

　　크라프는 인사를 하고 나가 정원을 통해 거리로 간다. 아우네는 오른쪽 문을 통해
　　조용히 나간다. 두 사람이 대화를 하는 동안 작은 소리로 책을 읽던 뢰를룬은 두
　　사람이 나가자 책을 덮는다.

뢰를룬

자, 오늘은 여기까지입니다.

룸멜 부인

아, 정말 교훈이 풍부한 이야기였어요!

홀트 부인

정말 도덕적이었어요!

베티

이런 책은 정말 생각을 많이 하게 해요.

뢰를룬

오, 맞습니다. 우리가 매일 보는 신문이나 잡지 같은데 실리는 허접한 기사들과는 너무나 대조적이죠. 이 거대한 사회의 요란한 겉면 ─ 그 뒤에 사실 어떤 게 숨겨져 있을까요? 천박함과 부패죠. 거기엔 어떤 도덕적 기초도 없습니다. 한마디로 말해, ─ 오늘날의 이 거대한 사회는 분칠한 무덤에 지나지 않아요.

홀트 부인

네, 정말 그래요.

룸멜 부인

지금 여기 정박해있는 미국 배의 선원들만 봐도 알 수 있어요.

뢰를룬

네, 그런 인간쓰레기들에 대해서는 전혀 말하고 싶지 않습니다. 거기 상류사회는 ─ 또 어떤 줄 아세요? 어디에나 의심과 불안감, 불만족이 만연해 있어요. 거기선 가정생활이 어떻게 망가졌는 줄 아세요? 가장 엄중한 진실도 뻔뻔스런 파괴적 충동 때문에 전혀 안전하지가 못해요!

디나

(그를 올려다보지도 않고) 그럼 거기에선 어떤 위대한 일도 일어나지 않나요?

뢰를룬

위대한 일 ─? 무슨 소린지 ─

홀트 부인

(깜짝 놀라) 세상에, 디나 ─!

룸멜 부인

(동시에) 아니, 디나 너 어떻게 그런 ─?

뢰를룬

그런 일들이 여기 우리에게서 일어나리라고 생각하진 않습니다. 그래요, 여기 우리들이 현재와 같이 이렇게 살고 있다는 걸 하느님께 감사드려야죠. 물론 여기서도 순수한 곡식 사이에 잡초가 자랍니다. 바로 이런 잡초들은 있는 힘을 다해 뽑아내야죠. 중요한 건 사회를 순수하게 지키는 겁니다, 사모님들. — 또한 이 불확실하고 조급한 시대가 우리에게 강요하는 소위 새롭고 신기한 것들을 멀리하는 겁니다.

홀트 부인

그런데 그런 것들이 너무 많아요.

룸멜 부인

그래요, 작년에만 해도 철도가 거의 여기까지 들어올 뻔했잖아요.

베티

네, 제 남편이 끝내 그걸 막을 수 있었지요.

뢰를룬

하늘의 뜻이죠, 사모님! 영사님께서 그 계획에 관여하지 않겠다고 하셨을 때 위 권력자들의 눈치를 봐야 했다는 걸 아셔야 합니다.

베티

네, 그래서 신문들마다 그 양반에 대해 안 좋은 소릴 떠들어댔지요. 그나저나 저희들이 선생님께 감사드리는 걸 잊고 있었네요. 이렇게 저흴 위해 시간을 내주셔서 정말 감사합니다.

뢰를룬

오, 별 말씀을요. 지금은 방학인데요 —

베티

네, 그래도요, 일부러 시간을 내주시는 거잖아요, 뢰를룬 선생님.

뢰를룬

(의자를 좀 더 가까이 가져가며) 그런 말씀 마십시오, 사모님. 사모님들께서도 모두 좋은 일을 위해 시간을 내시는 것 아닙니까? 정말 진심으로 기뻐하며 하시는 것 아닙니까? 저희가 교화하겠다고 온 힘을 다하고 있는 이들, 도덕적으로 타락한 사람들은 어떤 의미에서는 전쟁터에서 부상당한 군인들과 비슷하죠. 사모님 여러분들께선 이 불쌍한 부상자들을 낫게 하기 위해 상처에 붕대를 감아주는 간호사이자 자비로운 자매들이시지요 —

베티

모든 걸 그렇게 아름다운 측면에서 볼 수 있다는 건 큰 은총이에요.

뢰를룬

그런 건 대개 타고나는 것이지만 때론 후천적으로 그렇게 되기도 하죠. 중요한 건 사물을 진지한 삶의 목표라는 관점에서 보느냐 그렇지 않으냐 하는 겁니다. 네, 어떻게 생각해요, 베르니크 양? 가르치는 일을 열심히 하신 후부터 보다 단단한 땅위에 서있다고 생각지 않아요?

마르타

아, 뭐라 말해야 할지 모르겠네요. 종종, 교실에 있을 때면 저 멀리 거친 파도가 이는 바다에 가있으면 좋겠다는 생각이 들곤 해요.

뢰를룬

그래요, 그런 게 유혹입니다. 그런 불청객에겐 문의 빗장을 단단히 질러놓아야 해요. "거친 파도가 이는 바다"라고 하신 건 물론 글자 그대로의 의미는 아니겠지요. 많은 사람들이 좌초되고 침몰하는 거대한 인간세상의 거친 바다라는 의미겠죠. 노호하며 파도가 밀려오는 저 바깥세상을 정말 그렇게 대단하다고 생각하세요? 거리를 좀 내려다보세요. 더위 속에서 사람들이 땀을 흘리며 시시한 일들을 잘 해보겠다고 안간힘 쓰며 왔다 갔다 하잖아요. 그런 건 별로죠. 저희들처럼 시원한 방에 앉아 혼란스러운 온갖 일들에서 등을 돌리고 있는 게 훨씬 낫습니다.

마르타

맞아요, 백번 옳은 말씀이세요 ―

뢰를룬

그것도 이런 댁에서 ― 가정생활이 아주 아름답게 이루어지는 훌륭하고 순수한 댁에서 ― 평화롭고 조화로운 댁에서요 ― (베티에게) 무슨 소리 안 들리세요, 사모님?

베티

(전면 왼쪽에 있는 문을 보며) 저 안이 좀 시끄러워지네요.

뢰를룬

뭐 특별한 일이 있나요?

베티

모르겠어요. 누군가가 제 남편과 함께 있는 것 같아요.

> 힐마르 퇴네센이 입에 시가를 물고 오른쪽 문으로 들어오려다 부인네들을 보고는 멈춰 선다.

힐마르

오, 죄송합니다 ― (돌아서 나가려고 한다.)

베티

아냐, 힐마르, 들어와. 우린 괜찮아. 뭐 볼 일 있니?

힐마르

아니오, 그냥 잠깐 들렀어요. 아주머니들 안녕하세요? (베티에게) 그런데 도대체 어떻게 돼 가?

베티

뭐가?

힐마르

매형이 긴급회의를 소집했대.

베티

그래? 무슨 일로?

힐마르

오, 또 그 빌어먹을 철도 문제겠지, 뭐.

룸멜 부인

아니, 그게 말이 돼요?

베티

딱한 양반, 또 골치 아픈 일이 생기겠네 ―

뢰를룬

이걸 우리가 어떻게 설명할 수 있을까요, 퇴네센 씨? 철도는 절대 들어오지 못한다고 작년에 영사님께서 완벽하게 매듭을 지으셨잖아요.

힐마르

네, 나도 그렇게 생각했었어요. 그런데 지금 막 지배인 크라프를 우연히 만났는데 철도 문제가 다시 제기되어 매형께서 이곳 유지 세 분과 회의를 하고 있답니다.

룸멜 부인

네, 제 남편 목소리도 들리는 것 같아요.

힐마르

네, 룸멜 씨도 당연히 회의에 참석하고 계시대요. 상인 산스타 씨도 후원하고 미켈 비겔란 씨도요 ─ 그 양반, '독실한 미켈'이라 하잖아요.

뢰를룬

흠 ─

힐마르

죄송합니다, 뢰를룬 선생님.

베티

이제 좀 조용하다 싶었는데.

힐마르

그래, 사실 난 저 양반들 의견 충돌이 다시 시작된다 해도 반대 안 해. 어쨌든 기차가 들어오면 작은 변화는 될 테니까.

뢰를룬

그런 변화는 없어도 될 것 같은데요.

힐마르

그건 성향의 문제죠. 가끔씩 자기를 흔들어줄 싸움 같은 걸 필요로 하는 타입도 있습니다. 헌데 유감스럽게도 이런 소도시에서의 생활에는 그런 일이 별로 없어요. 게다가 누구에게나 그런 일이 있는 것도 아니고… (뢰를룬이 읽어주던 책을 들척인다.) 〈사회에 봉사하는 여인들〉 ─ 이게 무슨 되도 않은 제목이야?

베티

아니, 힐마르, 그런 말 하면 안 돼. 그 책 읽지도 않았잖아?

힐마르

그래, 앞으로도 안 읽을 거야.

베티

너 오늘 컨디션이 썩 좋지 않구나.

힐마르

응, 그래.

베티

어제 잠 푹 못 잤니?

힐마르

응, 전혀 못 잤어. 어제 밤 건강을 생각해서 산보를 하다가 클럽에 들렀어. 거기서 북극 탐험대에 대한 보고문을 읽었어. 원초적인 것과 싸우는 인간들이 겪는 고난 같은 내용이더라.

룸멜 부인

그렇지만 그런 고난은 퇴네센 씨에겐 별로 좋지 않을 텐데요.

힐마르

네, 아주 나쁘죠. 어제 밤 내내 비몽사몽하면서 해마에게 쫓기는 끔찍한 꿈을 꿨어요.

올라프

(베란다 위로 올라오며) 해마한테 쫓겼다고, 삼촌?

힐마르

꿈을 꿨다니까, 이 바보야! 넌 아직도 그 웃기는 석궁 놀이만 하냐? 진짜 총을 한 번 쏴 보지 않을래?

올라프

그래, 그러고 싶어, ─ 그런데

힐마르

소총도 괜찮아. 진짜 총을 쏘면 언제나 아주 흥분돼.

올라프

그럼 난 곰도 쏠 수 있어, 삼촌. 그런데 아버지가 못 하게 해.

베티

너, 어린애 머릿속에 그런 생각 심어주면 안 돼, 힐마르.

힐마르

흠, ─그래, 오늘날의 애들! 운동은 그냥 운동일 뿐이지. ─ 젠장 ─ 옛날처럼 사나이답게 싸울 수 있는 진정한 단련 같은 건 눈 씻고 봐도 없다니까. 거기 그렇게 서서 날 조준하지 마, 이 바보야! 그것도 발사될 수 있어.

올라프

아냐, 삼촌, 여기 화살 없어.

힐마르

그건 아무도 몰라. 화살이 들어있을 수도 있어. 좋게 말할 때 치워라! ─ 그런데 넌 왜 너네 아버지 배 타고 미국에 안 가냐? 거기 가면 들소 사냥도 하고 홍인종과 싸움도 할 수 있어.

베티

그만 둬, 힐마르 ―

올라프

응, 나도 그러고 싶어, 삼촌. 거기서 어쩌면 요한 삼촌이랑 로나 이모를 만날
지도 모르잖아.

힐마르

흠 ― 쓸데없는 소리.

베티

이젠 항구에 내려가 봐라, 올라프.

올라프

큰길에 나가도 돼, 엄마?

베티

그래, 너무 멀리 가지 마.

올라프, 정원으로 가는 문을 통해 나간다.

뢰를룬

어린애에게 그런 황당한 말은 하시면 안 됩니다, 퇴네센 씨.

힐마르

물론 안 되죠. 저 애도 집안 통수나 되어야 하니까요. 다른 애들처럼요.

뢰를룬

본인이 직접 여행은 안 가십니까?

힐마르

제가요? 이렇게 아픈데요? 허긴 여기선 아무도 제 건강상태에 관심 없습니다. 그건 그렇다 치고 — 누구나 자기가 속한 사회에 모종의 의무가 있죠. 적어도 여기 누군가 한 사람은 이상주의의 깃발을 흔들어야 한다고요. 젠장, 다시 소릴 치는군!

부인네들

누가 소릴 치지?

힐마르

오, 저도 모르죠. 그런데 저 안에 있는 사람들 꽤나 시끄럽네요. 신경에 거슬려요.

룸멜 부인

틀림없이 제 남편이에요, 퇴네센 씨. 제 남편이 워낙 많은 청중들 앞에서 말하는 데 익숙해서 —

뢰를룬

다른 분들도 그렇게 조용한 것 같진 않은데요.

힐마르

그러네요. 젠장, 돈이 왔다 갔다 하는 거니까. — 여기선 모두 시시한 경제문제에 목을 맨다니까, 젠장!

베티

그래도 옛날에 비하면 낫지. 그땐 그저 놀자판이었잖니.

링게 부인

옛날엔 정말 그렇게 형편없었어요?

룸멜 부인

네, 옛날엔 정말 그랬어요, 링게 부인. 그때 여기 안 사셨던 거 다행으로 생각하세요.

홀트 부인

그래요, 여기 참 많이 변했어요! 처녀 적을 생각하면 —

룸멜 부인

오, 십사오 년 전을 생각하면, 우리가 어떻게 살았는지! 댄싱클럽에다 음악협회가 있었어요.

마르타

연극협회도 있었어요. 기억이 생생해요.

룸멜 부인

맞아요, 그때 당신 작품이 공연됐잖아요, 퇴네센 씨.

힐마르

(뒤쪽으로 가며) 아, 뭐 그런 걸! —

뢰를룬

퇴네센 씨 학생 때 작품이요?

룸멜 부인

네, 선생님께서 여기 오시기 한참 전이었죠. 단 한 번 공연됐지만요.

링게 부인

그게 당신이 젊은 정부 역할로 나왔다고 했던 그 작품 아닌가요, 룸멜 부인?

룸멜 부인

(뢰를룬을 흘깃 보며) 내가요? 전혀 기억에 없어요, 링게 부인. 그렇지만 여기 어느 집에서나 즐거운 모임이 있었다는 건 기억해요.

홀트 부인

네, 일주일에 두 번씩 대단한 오찬 파티를 열었던 집도 몇 있었어요.

링게 부인

듣자하니 여기 순회극단도 있었다던데.

룸멜 부인

네, 그게 제일 끔찍한 거였는데ㅡ!

홀트 부인

(불편하다는 듯) 음, 음.

룸멜 부인

순회극단요? 아니, 전혀 기억이 안 나는데.

링게 부인

아니, 있었대요. 그 극단 사람들이 말도 안 되는 짓을 했다던데요. 무언가 뒷이야기가 있었을 것 같은데요?

룸멜 부인

오, 있기는 뭐가 있었겠어요, 아무것도 없었어요, 링게 부인.

홀트 부인

디나, 거기 있는 천 조각 좀 다오.

베티
(동시에) 디나야, 부엌에 가서 카트린한테 커피 좀 내오라고 해.

마르타
같이 가, 디나.

디나와 마르타가 왼쪽 문으로 나간다.

베티
(일어서며) 죄송한데 우리 밖에서 커피 마시는 게 좋을 것 같아요. (베란다로 나가 차탁을 준비하기 시작한다. 뢰를룬은 문간에 서서 그녀와 이야기를 나누고 힐마르는 베란다에서 담배를 피운다.)

룸멜 부인
(낮은 소리로) 아니, 사람을 왜 그렇게 놀라게 해요, 링게 부인!

링게 부인
내가요?

홀트 부인
네, 그 이야기를 꺼낸 건 당신이잖아요, 룸멜 부인.

룸멜 부인
내가요? 아니, 무슨 소리에요? 난 입도 뻥긋 안 했어요.

링게 부인
왜들 이러세요?

룸멜 부인
그런 얘길 꺼내면 어떻게 해요ㅡ! 디나가 있었잖아요?

링게 부인

디나요? 그러니까 무언가 그 애랑—

홀트 부인

하필 이 집에서! 그게 영사 사모 동생이었잖아요?

링게 부인

사모 동생이요? 난 무슨 소린지 도통 모르겠네요. 이곳에 온 지 얼마 안 돼서—

룸멜 부인

정말 아무 소리 못 들으셨어요—? 그가—(딸에게) 얘, 힐다, 넌 잠깐 정원에 좀 나가 있어라.

홀트 부인

네타야, 너도. 그리고 불쌍한 디나가 오거든 잘 대해줘라.

힐다와 네타, 정원으로 나간다.

링게 부인

영사 사모 동생이 어쨌다는 거예요?

룸멜 부인

그 스캔들 얘기 모르셨어요?

링게 부인

그러니까 퇴네센 씨가 스캔들의 장본인이었다구요?

룸멜 부인

아니오, 젠장, 힐마르 퇴네센은 사모 사촌동생이에요, 링게 부인. 사모 친동생 얘긴데—

홀트 부인

ㅡ이 집의 망나니, 퇴네센ㅡ

룸멜 부인

그 동생 이름이 요한이었는데 미국으로 도망갔어요.

홀트 부인

도망갈 수밖에 없었죠.

링게 부인

그 사람이 스캔들의 장본인이었다고요?

룸멜 부인

네, 그거 정말 이야기 거리였죠. ㅡ뭐라고 해야 되나? 디나의 엄마 얘긴데요. 오, 어제 일처럼 생생해요. 영사님 어머님이 사업을 하셨는데 요한 퇴네센이 그분 회계 담당이었어요. 영사님은 그때 막 파리에서 돌아왔고 ㅡ아직 약혼 전이었죠ㅡ.

링게 부인

그런데 그 스캔들은요?

룸멜 부인

네, ㅡ그때 겨울에 유랑극단이 왔었는데ㅡ

홀트 부인

ㅡ디나 부모가 그 유랑극단 사람들이었어요. 도르프라는 배우하고 그 사람 마누라하고요. 여기 젊은 남자들이 모두 그 여자에게 홀딱 갔었어요.

룸멜 부인

네, 그 여자가 그렇게 예쁘다고들 생각했나 봐요. 어쨌든 어느 날 밤늦게 남편이 집에 돌아왔는데 —

홀트 부인

— 그렇게 돌아올 줄 전혀 모르고 —

룸멜 부인

— 그 남편이 와서 보니 — 아, 난 더 이상 말 못하겠어요.

홀트 부인

아니, 룸멜 부인, 그 남편이 실제로는 아무것도 못 봤대요. 문이 안으로 잠겨 있었대요.

룸멜 부인

네, 바로 그 얘길 하려 했었어요. 문이 안으로 잠겨있었대요. 안에 있던 남자 는 창밖으로 뛰어 내렸다나 봐요.

홀트 부인

높은 다락방 아래에 있던 창문에서!

링게 부인

아, 그 남자가 영사 사모 친동생이었던 말이죠?

룸멜 부인

그래요.

링게 부인

그리고선 미국으로 도망갔고요?

홀트 부인

네, 도망갈 수밖에 없었겠죠.

룸멜 부인

그런데 나중에 알려진 건데, 돈궤도 들고 갔대요—

홀트 부인

꼭 그랬는지는 잘 모르잖아요, 룸멜 부인. 어쩌면 그냥 소문이었는지도 몰라요.

룸멜 부인

아니, 이젠 나도 알아요—! 그건 온 도시가 다 알았잖아요? 그 일 때문에 베르니크 부인이 거의 파산했다잖아요? 제 남편이 그러더라고요. 그렇지만 난 이러쿵저러쿵 말하고 싶진 않아요.

홀트 부인

그런데 그 여배우에겐 한 푼도 가지 않았대요. 그 여잔—

링게 부인

아니, 그래서 디나 부모는 나중에 어떻게 됐어요?

룸멜 부인

그 남편은 떠나 버렸어요. 아내랑 아이는 여기 놔두고. 그 여잔 신경줄이 질긴지 그래도 일 년은 여기서 더 버텼죠. 무대 위에는 더 이상 서지 않았고. 사람들 빨래를 해주고 삯바느질을 하면서 살았어요—

홀트 부인

댄스 스쿨도 열려고 했어요.

룸멜 부인

물론 잘 안 됐지요. 어떤 부모가 자기애들을 그런 여자에게 맡기겠어요? 더구나 오래 살지도 못했어요. 배우였으니 거친 일을 해본 적이 없었을 테고, 그래서 그랬는지 폐결핵에 걸려 죽었으니까요.

링게 부인

우, 정말 끔찍한 얘기네요.

룸멜 부인

그래요. 그게 모두 베르니크 가문에 엄청난 충격이었죠. 그 스캔들이야말로 이 집안사람들의 밝은 생활에 오점이라고 제 남편은 늘 말해요. 그러니까 이 집에선 그런 얘기 절대 하지 마세요, 링게 부인.

홀트 부인

그리고 그 이복언니 얘기도 절대 하면 안 돼요.

링게 부인

그래요, 영사 사모한테 이복 언니가 있다면서요?

룸멜 부인

있었죠 — 다행스럽게도. 이젠 두 자매 사이에 전혀 접촉이 없대요. 그 여자 정말 물건이었어요! 숏커트 머리에 비가 오면 남자 장화를 신고 휘갈고 다녔다니까요.

홀트 부인

의붓동생 — 그러니까 그 검은 양이 — 도망가자 이 도시 사람들 모두 그에게 엄청나게 분노하고 있을 때 — 그 여자가 무슨 짓을 했는지 알아요? 의붓동생을 따라갔어요!

룸멜 부인

맞아요, 그 여자가 떠나기 전 스캔들을 일으켰죠, 홀트 부인!

홀트 부인

쉿, 그 얘긴 하지 마세요.

링게 부인

세상에, 그 여자한테도 무슨 스캔들이 있었나요?

룸멜 부인

네, 들어 봐요, 링게 부인. 베르니크, 지금 영사님은 그때 막 베티 퇴네센과 약혼을 했어요. 약혼녀를 보여주려고 고모님에게 갔대요. 둘이 팔짱을 딱 끼고 —

홀트 부인

그 양반 부모님은 그때 이미 돌아가시고 안 계셨잖아요 —

룸멜 부인

— 마침 거기 와있던 그 여자, 로나 헤쎌이 의자에서 벌떡 일어나 그 우아하고 교양있는 카르스텐 베르니크의 머리가 획 돌아갈 만큼 뺨을 갈겼대요.

링게 부인

아니, 설마 — !

홀트 부인

네, 완전 사실이라니까요.

룸멜 부인

그리고선 그 여잔 가방을 꾸려 미국으로 떠나버렸어요.

링게 부인

그러니까 그 여자가 영사님을 좀 좋아했군요.

룸멜 부인

네, 그랬나 봐요. 영사님이 파리에서 돌아왔을 때 둘이 맺어질 거라는 생각을 했었나 봐요.

홀트 부인

네, 꿈도 야무졌지! ─ 젊지, 우아하지, 세상 구경 많이 했지, ─ 머리부터 발
끝까지 완전 신사였는데 ─ 그 양반, 모든 여자들의 선망의 대상이었어요.

룸멜 부인

─ 품행은 또 어떻고요, 홀트 부인, 정말 도덕적인 분이었죠.

링게 부인

그 미스 헤쎌은 미국에서 어떻게 됐대요?

룸멜 부인

네, 그건 제 남편 말에 따르면 베일에 싸여 있어요. 그 베일은 벗기지 않는
게 나을 걸요.

링게 부인

그게 무슨 말이에요?

룸멜 부인

식구들하고는 완전 연락을 끊은 지 오래됐대요. 그렇지만 그 여자 돈을 벌려
고 거기 술집에서 노래를 했다고 하더라고요.

홀트 부인

─ 공공장소에서 강연도 했대요.

룸멜 부인

─ 아주 말도 안 되는 책도 썼다대요.

링게 부인

아니, 세상에 ─!

룸멜 부인

그래요, 맞아, 로나 헤쎌도 이 베르니크 가문의 밝은 생활에 또 하나의 검은 점이죠. 이제 모든 걸 알았지요, 링게 부인. 난 그저 말씀 조심하라고 얘기한 거유.

링게 부인

걱정 마세요. ─ 그런데 불쌍한 디나 도르프! 그 애 정말 안됐네요.

룸멜 부인

그래도 디나한텐 축복이 내린 거죠. 부모랑 같이 있었으면 어떻게 됐겠나 생각해봐요! 물론 우리 모두 그 애한테 관심을 갖고 우리가 할 수 있는 충고를 해왔다우. 결국엔 베르니크 양이 이 집에서 살 수 있도록 했잖우.

홀트 부인

그런데 그 앤 예나 지금이나 늘 다루기 힘들어요. 놀랄 일도 아니지만요. ─ 어려움을 많이 겪었을 테니까요. 그런 애는 우리 애들 같지가 않잖아요. 늘 관대하게 받아줘야 해요, 링게 부인.

룸멜 부인

쉿, ─ 그 애가 와요. (큰 소리로) 그래요, 디나 그 앤 정말 착실한 처녀예요. 아, 너구나, 디나! 지금 막 여기 일을 끝낼 참이었다.

홀트 부인

아, 네가 내린 커피 향 너무 좋다, 디나. 오전에 이런 커피 한 잔 ─

베티

(베란다에서) 이리들 오세요!

그 사이 마르타와 디나가 하녀를 도와 커피를 차탁에 놓는다. 부인네들 모두 베란다로 나와 자리를 잡는다. 그들은 디나에게 아주 다정하게 말을 붙인다. 잠시 후

디나는 일어나 방안으로 들어와 자기가 하던 일감을 찾는다.

베티

(밖의 베란다에서) **디나야, 너도 오렴 ―**

디나

아니오, 전 괜찮아요.

디나는 테이블에 앉아 바느질을 시작한다. 베티와 뢰를룬이 몇 마디 말을 주고받는다. 잠시 후에 뢰를룬이 들어온다.

뢰를룬

(테이블에서 무언가를 찾는 척 하다가 낮은 소리로 디나에게 말을 붙인다.) **디나!**

디나

네?

뢰를룬

왜 베란다로 나가지 않아?

디나

커피를 가지고 갔을 때 처음 오신 부인 얼굴을 보고 내 얘길 하고 있던 걸 알았어요.

뢰를룬

그래도 그 부인이 아주 친절하게 대해줬잖아.

디나

바로 그걸 견딜 수 없어요.

뢰를룬

당신 정말 꼬였네, 디나.

디나

그래요.

뢰를룬

왜 그래요?

디나

나는 다를 수가 없으니까요.

뢰를룬

어떻게 좀 달라질 순 없어?

디나

네.

뢰를룬

왜?

디나

(그를 바라보며) 왜냐하면 난 그들이 말하는 도덕적인 범죄자니까요.

뢰를룬

말도 안 돼, 디나!

디나

우리 엄마도 그랬고요.

뢰를룬

누구한테서 그런 말을 들었지?

디나

아무도, 아무도 말 해준 적 없어요. 그런 말 안 해요! 모두들 내 앞에서 아주 조심을 해요. 마치 내가 망가질지 모른다는 듯이 — 오, 난 그런 친절함이 소름끼쳐요!

뢰를룬

디나, 당신이 여기서 무언가 짓눌린 듯 느끼는 거 아주 잘 잘아, 그렇지만 —

디나

네, 난 그냥 여기서 멀리 도망가고 싶어요. 이렇게 — 이렇게 끔찍한 사람들 속에서 살지 않을 수만 있다면 혼자서 어떻게든 해봐야죠.

뢰를룬

그래?

디나

죄다 너무 단정하고, 너무 도덕적인 사람들이잖아요.

뢰를룬

디나, 진짜 그런 의미 아니지?

디나

오, 내 말 무슨 의미인지 잘 알잖아요. 매일같이 힐다와 네타가 와요. 내게 모범을 보이려고요. 그렇지만 난 그 애들처럼 그렇게 모범생이 될 수 없어요. 그러고 싶지도 않고요. 오, 어딘가 멀리 갈 수만 있다면, 난 틀림없이 좋은 사람이 될 수 있을 거예요.

뢰를룬

당신 지금도 좋은 사람이야, 디나.

디나

그게 여기서 무슨 소용이 있죠?

뢰를룬

떠나고 싶다고 했는데 — 진심이야?

디나

당신이 여기 안 계신다면 하루라도 더 있고 싶지 않아요.

뢰를룬

말해 봐, 디나, — 왜 나랑 있는 게 좋지?

디나

근사한 걸 많이 가르쳐주니까요.

뢰를룬

근사한 것? 내가 가르치는 게 근사하다 생각해?

디나

네, 그러니까 — 사실 꼭 그런 걸 가르쳐주는 건 아니지만, 말씀하시는 걸 듣고 있으면 여러 가지 근사한 것들이 막 떠올라요.

뢰를룬

여러 가지 근사한 것들이 실제 무슨 뜻이지?

디나

그런 것에 대해 깊이 생각해 본 적은 없어요.

뢰를룬

그럼 지금 한 번 깊이 생각해 봐. 근사한 것이라는 게 무엇인 것 같아?

디나

근사한 것, 그건 무언가 크고 ─ 멀리 있는 어떤 거예요.

뢰를룬

흠, ─ 디나, 당신이 정말 걱정되네.

디나

그래요?

뢰를룬

내가 당신을 얼마나 마음 깊이 생각하는지 당신은 모를 거야.

디나

내가 만일 힐다나 네타라면 누군가가 눈치 챌까 걱정 않겠지요.

뢰를룬

오, 디나, 고려해야 될 그 수많은 것들을 당신이 어찌 알까 ─. 남자가 자기가 사는 사회의 도덕적 기둥이라고 존경받고 있을 때 말이야. 그러니 아무리 조심해도 지나치지 않아. 난 그저 내 의도가 오해받지 않기를 바래 ─. 어쨌든 당신은 도움을 받아야 하고, 또 그렇게 될 거야. 디나, 언젠가 ─ 언젠가 여건이 허락할 때 결혼 신청을 하면 ─ 내 아내가 되겠다고 약속해 줄 테야? ─ 맹세할 수 있어, 디나?

디나

네.

뢰를룬

고마워, 고마워! 나도—. 오, 디나, 당신을 정말 좋아해—. 쉿, 누가 온다.
디나, 날 위해, 이제 밖으로 나가서 합석해.

디나는 베란다로 나간다. 그 때 전면 왼쪽 문에서 룸멜, 산스타, 비겔란, 마지막으
로 베르니크 영사가 손에 서류뭉치를 들고 나온다.

베르니크

그럼 이제 우리 의견 통일을 본 겁니다.

비겔란

네, 제발 그래야죠.

룸멜

약속은 끝난 거요, 영사! 노르웨이 인의 말은 바위 돌처럼 절대 변하지 않소!

베르니크

어떤 반대에 부딪치더라도 우리 누구도 흔들리거나 물러서선 안 됩니다.

룸멜

우린 서도 함께 서고, 무너져도 함께 무너지는 거요, 영사!

힐마르

(베란다로 나가는 문에 나타나) 무너져요? 무너져야 하는 건 철도 아닌가요?

베르니크

아니, 정반대야. 철도는 개통될 거야—

룸멜

—증기선과 함께, 퇴네센 군.

힐마르

(가까이 오며) 그래요?

뢰를룬

왜요?

베티

(베란다로 나가는 문에서) 이게 다 무슨 소리예요, 여보 ─?

베르니크

오, 여보, 뭐 하러 이런데 관심을 둬? (세 남자들에게) 이제 리스트를 만듭시다. 빠를수록 좋아요. 물론 우리 네 사람의 이름을 제일 위에 써야죠. 지역사회에서의 우리 위치 때문에 최선을 다하는 게 우리 의무니까요.

산스타

물론이죠, 영사님.

룸멜

그렇게 되어야 하고, 그렇게 될 거야, 영사. 약속했으니까.

베르니크

오, 그래요, 전혀 걱정 안 합니다. 이제 각자 지인들을 만나 행동에 나서야죠. 우리 지역사회의 모든 분파에서 이 계획에 관심을 가지고 있다는 사실을 제시하면 위원회에서도 재정적 지원을 하지 않을 수 없을 겁니다.

베티

여보, 이제 베란다로 나와서 우리들에게 설명을 좀 ─

베르니크

여보, 이건 여자들이 신경 쓸 일이 아니야.

힐마르

정말 철도 부설을 후원할 작정이세요?

베르니크

음, 물론.

뢰를룬

허지만 작년에는 영사님께서 —

베르니크

작년엔 얘기가 달랐었소. 그땐 해안선을 따라 철도를 부설하자고 해서 —

비겔란

— 그건 아무짝에도 쓸모없는 일이었소, 선생. 이미 증기선 노선이 있었으니까 —

산스타

— 게다가 비용도 엄청났고 —

룸멜

— 그래요, 게다가 우리 시의 중요한 사업에 해(害)가 되었을 거요.

베르니크

당시 중요했던 건 우리 지역사회의 보다 큰 이익에 도움이 되지 않는다는 거였소. 그 때문에 난 반대했던 거고, 결국 횡단철도 부설이 채택되었죠.

힐마르

알아요. 그렇지만 그 노선은 이 도시 근처는 지나지도 않잖아요.

베르니크

그 노선은 이 지역을 지나갈 거야, 처남. 이젠 여기까지 들어오는 지선(支線)이 놓일 테니까.

힐마르

아하, 전혀 새로운 아이디어네요.

룸멜

그래요, 정말 놀라운 아이디어 아니오? 안 그래요?

뢰를룬

흠—

비겔란

마침 지형 또한 지선을 놓을 수 있도록 되어 있다는 것도 부인할 수 없죠.

뢰를룬

정말 그렇게 생각하십니까, 비겔란 씨?

베르니크

그래요, 내가 꼭 해야 한다는 생각이 들어요. 지난봄에 사업상 볼일이 있어 그 지역에 갔다가 우연히 처음 가보는 계곡을 보게 되었어요. 거기에 우리 시까지 들어오는 지선을 놓을 수도 있겠다는 생각이 번개처럼 지나갔지요. 난 측량기사를 시켜 그곳을 측량했고, 대강의 비용 견적을 받았습니다. 이제 철도 부설은 필연적입니다.

베티

(아직도 부인네들과 함께 베란다로 난 문에 서서) 그런데 여보, 우리에겐 한 마디도 없었잖아요.

베르니크

여보 베티, 당신네 부인네들은 얘기해줘도 뭐가 뭔지 몰라요. 게다가 오늘 조금 전까지 누구에게 말한 적도 없고. 그런데 이제는 결정적 순간이 왔기 때문에 이제 공표하고 온 힘을 다해 밀고 나가야 해. 그래, 이제는 내 모든 걸 걸고 이 일을 관철시켜야 한다고.

룸멜

우리도 함께할 거니까, 영사, 믿어도 되네.

뢰를룬

여러분들 정말 그 사업이 많은 걸 얻을 수 있다고 생각하십니까?

베르니크

그럼요, 바로 그겁니다. 우리 사회 전체에 대단한 경기 부양이 되지 않겠소? 거대한 숲이 개방되어 이용된다는 생각을 좀 해봐요. 풍부한 광물자원도 개발될 거고. 수많은 폭포가 있는 강을 생각해 봐요! 다양한 산업 분야가 개발되고 발달될 수 있지 않겠소?

뢰를룬

그러니까 영사님께선 바깥의 타락한 세계와 자주 접촉하는 걸 두려워하지 않으시는군요 ─?

베르니크

네, 그 점은 걱정 마시오, 선생. 우리의 발전하고 있는 이 작은 도시의 도덕적 기반은 현재 다행스럽게도 건강합니다. 우리 모두는 이 도덕적 기반에 물을 대왔어요. 앞으로도 그럴 겁니다. 각자 나름대로요. 선생께선 지금까지처럼 학교와 가정에서 그저 열심히 가르치시면 됩니다. 실질적 일을 하는 우리 남자들은 사회의 기둥으로서의 역할을 다해 이 지역사회 전반에 번영을 가져올 거요. 우리 부인네들 ─ 좀 가까이들 오시지요 ─, 어머니와 딸들은 흔들리지 않고 꿋꿋하게 사회봉사를 하면서 가장 가까운 사람들에게 위로와 도움을 주십시오. 제 아내 베티와 누이 마르타가 저와 제 아들 올라프를 위해 하는 것처럼 말입니다. (주위를 둘러보며) 그런데 올라프는 어디 있지?

베티

오, 지금 방학이라 그 앨 하루 종일 집에 붙들어 둘 수가 없어요.

베르니크

그 녀석 분명 또 저 아래 바닷가에 갔을 거요! 그러다가 언젠가 사고 한 번 크게 치지.

힐마르

그거 뭐 ─ 잠깐 자연 속에서 노는 건데 ─

룸멜 부인

가족 걱정을 그렇게 하시니 좋아보이세요, 영사님.

베르니크

그거야 가족이야말로 사회의 핵이니까요. 평안한 가정, 정직하고 신뢰할 만한 친구들은 외부에서 어떤 파괴적 요소도 끼어들 수 없는 그런 영역이죠─

크라프가 편지와 신문을 들고 오른쪽 문을 통해 들어온다.

크라프

해외에서 온 편지하고 ─ 뉴욕에서 전보가 들어왔습니다, 영사님.

베르니크

(전보를 받으며) 아, '인디언 걸'의 선주군.

룸멜

우편물이 도착한 건가? 그럼 난 이만.

비겔란

네, 저도 가보겠습니다.

산스타

안녕히 계십시오, 영사님.

베르니크

안녕히들 가시오. 그리고 잊지 마세요. 오늘 오후 5시에 만나는 거.

세 남자

네, 여부가 있겠습니까. (세 남자, 오른쪽 문으로 나간다.)

베르니크

(전보를 읽고) 아니, 이거 정말 완전 미국식이구만! 분통이 터져서 원 —

베티

세상에, 여보, 왜 그래요?

베르니크

이거 좀 읽어보게, 지배인!

크라프

(소리 내어 읽는다.) "최소한의 수리. 인디언 걸 곧 출항, 호 시기, 비상시 뱃짐 선적 요망." 그러니까 —.

베르니크

뱃짐을 선적하라니! 이 친구들 뱃짐을 선적하면 배가 바위돌마냥 침몰할 걸 잘 알 텐데, 그러다 무슨 일이라도 생기면 —.

뢰를룬

네, 보십시오, 거대한 나라라고 칭찬받는 곳에서 하는 일이 어떤 모양인지.

베르니크

선생 말이 맞소. 사업상 이득이 된다 싶으면 사람 목숨도 아랑곳하지 않으니 말이오. (크라프에게) 네댓새 후면 '인디언 걸' 출항할 수 있겠나?

크라프

네, 하지만 그동안 '팜 트리' 작업을 멈추는 걸 비겔란 씨가 동의를 하신다면요.

베르니크

흠, 그 사람 동의하지 않을 걸. 하여간 그동안 우편물들을 좀 살펴보게. 혹시 저 아래 부둣가에서 올라프 보지 못했나?

크라프

네, 사장님. (왼쪽 맨 앞에 있는 방으로 간다.)

베르니크

(전보를 다시 들여다보며) 이 사람들 생각이 없어. 사람 목숨을 가지고 도박을 하다니.

힐마르

글쎄요, 이런저런 요인들과 부딪쳐 보는 게 선원이란 직업이잖아요. 자기 몸 뚱이와 깊은 바다 사이에 얇은 판대기만 달랑 있다는 게 아무래도 사람을 흥분시키는 무언가가 있나 봐요 —

베르니크

맞아, 정말이지 여기 그런 일을 할 선주가 있다면 좋겠다! 그런데 한 명도, 단 한 명도 없으니 — (올라프가 오는 것을 보고) 아, 하느님, 저 녀석 별 일 없군.

올라프

(손에 낚싯대를 들고 큰 길에서 정원으로 뛰어 온다. 아직 정원에서) 힐마르 삼촌, 나 부둣가에 가서 증기선이 정박해 있는 것 봤어.

베르니크

너 또 부둣가에 간 거냐?

올라프

아니에요. 그냥 정박된 보트를 타 봤어요. 그런데 힐마르 삼촌, 그 증기선에 서커스단이 타고 있었어. 말도 있고 다른 동물들도 있고 사람들이 엄청 많더라.

룸멜 부인

우리 이제 서커스를 보게 되겠네요!

뢰를룬

우리요? 저는 보고 싶지 않습니다.

룸멜 부인

그래요, 우리도 물론 안 보죠. 그렇지만―

디나

전 서커스 보고 싶어요.

올라프

네, 나도요.

힐마르

야 이 밥통아, 그게 뭐 볼 게 있냐? 그거 그냥 트릭이야. 그럼, 목동이 히히힝 대는 야생마를 타고 대초원을 달리는 걸 봐야 진짜야. 그런데 젠장, 여기 이

코딱지만한 도시에선 —

올라프

(마르티를 창가로 끌고 간다.) 고모, 봐, 봐 — 그 사람들 오고 있어!

홀트 부인

정말 그 사람들이네.

링게 부인

세상에! 끔찍한 사람들!

수많은 선객들이 거리를 지나가고 호기심에 찬 사람들이 몰려든다.

룸멜 부인

세상에, 저 사람들 완전히 어릿광대들 같네. 저 회색 치마 입은 여자 좀 봐요, 홀트 부인, 여행가방을 등짝에 매고 있어요.

홀트 부인

네, 양산 손잡이를 걸었네요! 틀림없이 단장 마누라일 거예요.

룸멜 부인

저기 단장이 오네요. 수염을 길렀네요. 정말 영락없이 산적 같아요. 너, 저 남자 보지 마라, 힐다!

홀트 부인

너도 보지 마라, 네타!

올라프

엄마, 저 서커스 단장이 우리한테 손을 흔들어요.

베르니크

뭐라구?

베티

무슨 말이냐, 올라프?

룸멜 부인

어머, 세상에, 저 여자도 손을 흔드네!

베르니크

아니. 저게 도대체 무슨 짓들이지?

마르타

(깜짝 놀라) 아 — !

베티

왜 그래요, 아가씨?

마르타

오, 아무것도 아니에요. 난 그냥…

올라프

(흥분하여 소리친다.) 저기 봐, 저기, 말이랑 동물들이 와요! 미국 사람들도 와
요! 모두 '인디언 걸' 선원들!

클라리넷과 북 소리에 맞춘 '양키 두들'이 들린다.

힐마르

(손으로 귀를 막으며) 젠장! 시끄러!

뢰를룬

사모님들, 제 생각엔 저희가 좀 물러나 있는 게 좋겠습니다. 저건 우리가 봐
선 안 될 것 같아요. 우린 다시 일어나 하죠.

베티

차라리 커튼을 내릴까요?

뢰를룬

그게 좋겠네요.

> 부인네들이 테이블의 자기 자리에 앉는다. 뢰를룬이 베란다 문을 닫고 창문과 문
> 에 커튼을 내린다. 방은 반쯤 어두워진다.

올라프

(커튼 사이로 밖을 내다보며) 엄마, 그 단장 부인이 지금 펌프 옆에 서서 얼굴을
씻어.

베티

뭐? 시장 한가운데서!

룸멜 부인

벌건 대낮에!

힐마르

글쎄, 사막을 여행하다 물통을 발견하면 나라도 깊은 생각 없이 — 젠장, 저
클라리넷 소리!

뢰를룬

저렇게 당당히 들어오니 경찰을 부를까봐요.

베르니크

오, 아서요. 외국인들을 그렇게 다뤄선 안 돼요. 그 사람들에게 예의범절에 대한 감이 있을 리 없소. 우리야 여기 살면서 당연히 지켜야 한다고 생각하지만. 그들이 하는 대로 내버려둡시다. 우리랑 상관없잖소? 관습과 미풍양속에 어긋나는 저런 소동을 우리 지역사회에선 찾아볼 수 없으니 다행이오. — 아니, 이런!

그 낯선 여인이 당당한 발걸음으로 오른쪽 문을 통해 들어온다.

부인네들

(너무 놀라 작은 목소리로) 서커스 여자! 단장 부인!

베티

세상에! 이게 뭐야?

마르타

(펄쩍 뛰며) 아 — !

낯선 여인

안녕, 베티! 안녕, 마르타 아가씨! 안녕하세요, 사촌총각!

베티

(놀라) 로나 언니 — !

베르니크

(놀라 뒤로 물러서며) 세상에, 이럴 수가 — !

홀트 부인

오, 하나님 — !

룸멜 부인

믿을 수가 없어 —.

힐마르

아, 젠장!

베티

정말 로나 언니지 —?

로나 헤쎌

정말 나냐구? 그래, 나야! 내게 키스해도 좋아!

힐마르

젠장, 젠장!

베티

그러니까 언니 여기에 온 게 —

베르니크

— 정말 공연을 하려는 거요 —?

로나

공연? 무슨 공연요?

베르니크

그러니까 내 말은 — 서커스단이랑 —

로나

(웃으며) 하하하! 제 정신이 아니네, 제부! 내가 서커스단하고 온 줄 알아요? 아니에요, 온갖 예술에 손을 대보았지만 그때마다 웃음거리만 됐죠 —

룸멜 부인

흠—

로나

—그런데 말 타고 재주 부리는 건 아직 안 해봤네요.

베르니크

역시 아니시군—

베티

아, 하느님, 감사합니다!

로나

그래, 우린 다른 보통사람들처럼 여기 온 거야, —2등 칸을 타고 왔는데, 우린 늘 2등 칸을 타.

베티

우리?

베르니크

(한 발자국 가까이 가서) 우리라니 누구 말이오?

로나

나랑 그 애요, 물론.

부인네들

(경악하여) 애까지!

힐마르

세상에!

뢰를룬

이제 저도 한 마디 해야겠는데요ㅡ!

베티

무슨 말이야, 언니?

로나

당연히 존 말이야. 나한텐 존 말고 다른 애는 없었어. ― 참, 여기선 요한이라
고 했지.

베티

요한ㅡ!

룸멜 부인

(링게 부인에게) 그 탕자 동생 말이에요!

베르니크

(망설이듯) 요한도 함께 왔다고요?

로나

네, 그래요. 그 애 없이 여행을 안 하니까요. 그런데 얼굴상들이 모두 우거지
같네요. 이 어두침침한 데 앉아서 뭐 허연 걸 가지고 바느질을 하네요. 설마
가족 중 누군가가 죽은 건 아니죠?

뢰를룬

실례지만, 여긴 도덕적 범죄자를 위한 모임입니다ㅡ

로나

(약간 가라앉은 목소리로) 무슨 소리세요? 설마 여기 계신 이 얌전하게 생기신
부인네들이 ― ?

룸멜 부인

그게 아니고요, 이제 나도 한 마디 해야겠는데 ─!

로나

아, 알겠어요, 알겠어! 아, 그런데 룸멜 부인이시네! 홀트 부인도 계시고! 우리 세 사람 마지막으로 본 뒤 별로 늙지 않았네요. 자, 여러분들, 제 말 좀 들어보세요. 도덕적 범죄자들을 하루만 기다리게 합시다. 그렇다고 더 나빠지진 않을 테니까. 이렇게 기쁜 순간에 ─

뢰를룬

누군가 귀향했다고 항상 기쁜 순간인 건 아니죠.

로나

그래요? 성경을 어떻게 읽으셨나요, 목사님?

뢰를룬

전 목사가 아닙니다!

로나

그렇다면 언젠가 되시겠네요. ─ 그런데 츳츳츳, ─ 이 도덕적 옷감에서 악취가 나네. ─ 꼭 수의 같아요. 난 말이에요, 대 평원의 공기가 좋거든요.

베르니크

(이마를 닦으며) 아닌 게 아니라 여기 좀 후텁지근하군.

로나

잠깐, 잠깐, 우리 여기 이 컴컴한 무덤에서 나갑시다. (커튼을 걷는다.) 그 애가 들어오면 밝은 햇빛이 필요해요. 자, 곧 잘 생긴 청년을 보시게 될 건데요 ─

힐마르

젠장!

로나

(문과 창문을 열며) ― 물론 호텔에서 씻고 오면 그렇다고요. 배에서는 꼭 더러운 돼지 같았어요.

힐마르

젠장, 젠장!

로나

젠장? 저 사촌총각 정말 ― (힐마르를 가리키며 다른 사람들에게) 저 친구 아직도 여기 주변을 어슬렁대며 맨날 "젠장" 소리만 해대나요?

힐마르

나 어슬렁대는 거 아니에요. 건강 때문에 산보하는 거라구요.

뢰를룬

흠! 사모님들, 제 생각으로는 ―

로나

(올라프를 보고) 이 애 네 아들이니, 베티? ― 이리 와, 애야, 손 좀 다오! 너 혹시 이 늙고 못 생긴 이모가 무섭니?

뢰를룬

(자기 책을 팔 겨드랑이에 끼며) 사모님들, 오늘 여기서 우리 일을 계속할 분위기가 아닌 것 같습니다. 내일 다시 모이실 수 있겠죠?

로나

(부인네들이 가기 위해 의자에서 일어나는 동안) 네, 그럽시다. 나도 내일 여기 있을

게요.

뢰를룬

당신도요? 실례지만, 저희 모임에서 무얼 하시려고요?

로나

신선한 공기를 좀 들여보내려고요, 목사님.

베르니크 영사 저택의 정원에 면한 방.

영사 부인 베티가 바느질거리를 가지고 혼자 작업의자에 앉아 있다. 잠시 후 베르
니크 영사가 모자를 쓰고 지팡이, 장갑을 들고 오른쪽 문으로 들어온다.

베티

여보, 벌써 돌아오셨어요?

베르니크

응, 날 만나러 올 사람이 있어서.

베티

(한숨을 쉰다.) 아, 그래요? 요한이 다시 올 것 같아요.

베르니크

누군가 올 거요. (모자를 벗어 테이블 위에 놓으며) 오늘은 부인네들 안 오나?

베티

네, 그 사람들도 오늘 일이 있대요.

베르니크

그래, 그래서 못 온다는 간가?

베티

네, 집에서 할 일이 많대요.

베르니크

당연하겠지. 그래서 다른 부인네들도 안 오는군.

베티

네, 그 사람들도 뭔가 일이 있나 봐요.

베르니크

당신에게 미리 말해줄 걸 그랬군. 헌데 올라프는 어디 갔소?

베티

디나랑 잠깐 산보 갔다 오라고 했어요.

베르니크

흠, 디나, 그 분별없는 것 ─. 어제 그 사이 요한이랑 그렇게 눈에 띄게 구는 꼴이라니 ─!

베티

그렇지만, 여보, 디나는 아무것도 모르잖아요 ─

베르니크

적어도 처남은 그 애 관심을 끌지 않게 요령껏 처신했어야지. 비겔란이 눈을 번쩍 뜨더라고.

베티

(바느질거리를 무릎 위에 놓으며) 여보, 그 두 사람이 왜 왔는지 알아요?

베르니크

글쎄, 거기 농장이 있다고 했는데 잘 안 됐던 모양이지. 어제 처형이 슬쩍 그랬잖아, 2등 칸을 타고 왔다고 —

베티

네, 그러니까요. 뭔가 있는 것 같긴 해요. 그런데 언니까지 같이 왔으니! 언니가! 그때 당신을 그런 식으로 모욕하고선 — !

베르니크

오, 그 옛날이야기 생각하지 마.

베티

내가 지금 그걸 어떻게 생각 안 해요? 그 앤 그래도 내 동생이에요. — 그 애 때문에 걱정하는 게 아니에요. 당신한테 이것저것 볼썽사나운 일이 생길까 봐서죠. 여보, 나 너무 걱정이 돼서 —

베르니크

뭐가 걱정된다는 거요?

베티

그때 당신 어머니가 도난당하신 돈 때문에 혹시 지금이라도 그 앨 체포해야 한다는 생각들이 들면 어쩌죠?

베르니크

오, 쓸데없는 소리! 그때 진짜 돈을 도난당했는지 어쨌는지 도대체 누가 증명할 수 있을까?

베티

아, 여기서 모르는 사람이 없잖아요. 당신도 그렇게 말했고 —

베르니크

난 아무 말 안 했어. 그리고 이 도시 사람들도 그 사건에 대해 자세한 건 몰라. 그냥 막연한 소문이었지.

베티

오, 당신 정말 마음이 넓어요, 여보!

베르니크

그 옛날이야기는 이제 그만 잊어버리라고 했잖아! 당신이 그 이야길 꺼내 헤집을 때마다 내가 얼마나 괴로워하는지 당신도 알잖아. (불안한 듯 왔다 갔다 하다가 지팡이를 한쪽 구석으로 던진다.) 헌데 그 사람들 하필 이런 때 오다니 — 내가 지역민들한테나 언론에 아주 밝은 모습으로 보여야 될 바로 이 순간에 말이야. 이 근처 지역 신문쟁이들이 써댈 텐데. 내가 두 사람을 따뜻하게 맞았건 아니건 간에 이러쿵저러쿵 추측들을 해대며 써 갈길 거라고. 그 옛날이야기를 새삼스레 파헤치겠지 — 지금 당신처럼 말이야. 우리 지역 같은 곳에서 — (테이블 위로 장갑을 던진다.) 그런데 마음을 터놓고 말할 사람 한 명 없고, 지지해줄 사람도 없어.

베티

정말 한 명 없어요, 여보 카르스텐?

베르니크

그래. 누가 있어? — 두 사람이 하필 이런 때 오다니! 그 사람들 분명 이런저런 스캔들을 일으킬 거야. — 특히 처형은. 가족 내에 그런 식구가 있다는 건 정말 끔찍한 일이야!

베티

네, 나도 어쩔 수가 없어요 ─

베르니크

뭘 어쩔 수가 없다는 거야? 당신이 두 사람과 형제 자매지간이라는 거? 그래, 사실은 사실이지.

베티

내가 두 사람한테 오라고 한 것도 아니잖아요.

베르니크

그래, 그래, 그것뿐인가 또 있지! 내가 두 사람에게 오라고 한 것도 아니구요, 오라고 편지를 쓴 것도 아니구요, 목을 끌고 온 것도 아니구요! 이제 다 외울 지경이야.

베티

(눈물을 터뜨리며) 당신 어떻게 그런 ─!

베르니크

그래, 그게 순서지. 눈물 바람을 시작해서 여기 사람들이 짖고 까불게 해줘야 지. 그만 좀 해둬, 베티! 밖에 좀 나가 앉아 있어. 누군가 올지 모르니까. 내 마누라 눈이 통통 부은 걸 봤다고 말하게 하고 싶어? 그래, 그런 말이 돌면 정말 좋겠군 ─. 누군가 오는 것 같아. (노크 소리) 들어와요!

베티, 바느질거리를 가지고 베란다로 나간다. 아우네가 오른쪽 문으로 들어온다.

아우네

안녕하십니까, 사장님?

베르니크

잘 왔네. 내가 왜 오라고 했는지 알고 있겠지?

아우네

어제 지배인이 사장님께서 만족스러워하시지 않는다고 말하더군요—

베르니크

난 조선소에서 일어나는 모든 일에 불만이야, 아우네. 일이 전혀 진척이 안 되고 있다지? '팜 트리'는 벌써 출항할 준비가 되어 있어야 하잖은가. 비겔란 이 매일 와서 구시렁대네. 그 사람 동업자로서 힘든 상대야.

아우네

'팜 트리'는 모레 출항할 수 있습니다.

베르니크

이제 드디어! 그런데 미국 배 '인디언 걸'은 벌써 5주째 정박해있는데—

아우네

미국 배요? 전 사장님 배를 우선적으로 작업해야 한다고 알고 있었는데요.

베르니크

난 자네가 그렇게 생각할 빌미를 준 적이 없어. 미국 배 수선도 동시에 똑같 이 빨리 하라고 했는데 그렇게 되고 있질 않아.

아우네

그 배 선체는 완전히 녹슬었어요, 사장님. 여기저기 손봐 봐야 더 나아지지 않습니다.

베르니크

그건 진짜 이유가 아니지. 크라프가 내게 진실을 다 말해줬네. 진짜 이유는 자네가 새로 구입한 새 기계를 쓸 줄 모른다는 거야. ─ 아니, 정확히 말하면 쓰기 싫은 거지.

아우네

사장님, 저도 이제 곧 나이 오십이 됩니다. 어릴 때부터 하던 옛날 작업 방식이 손에 익어서 ─

베르니크

오늘날엔 그 방식으론 안 되네. 이익을 내는 게 중요하다고 생각진 말게, 아우네. 다행스럽게도 난 이익을 내지 않아도 돼. 난 내가 사는 이 지역사회와 내가 대표로 있는 회사를 고려해야 해. 새로운 발전은 나를 통해서 되는 거야. 그렇지 않으면 발전은 절대 오지 않네.

아우네

저도 발전을 원합니다, 사장님.

베르니크

그렇겠지. 자네가 속한 좁은 동아리, 노동자 계층을 위해서겠지. 오, 나도 자네가 선동을 한다는 걸 아네. 연설을 하고, 사람들을 사주하고, 그러나 진짜 발전이 오면, 지금처럼 우리 새 기계를 통해서 말이야, 자넨 거기엔 관심이 없겠지. 두려울 테니까.

아우네

네, 정말 두렵습니다, 사장님. 새 기계가 도입됨으로써 일자리를 잃게 될 그 많은 사람들을 생각하면 두렵습니다. 사장님께선 자주 지역사회를 고려해야 한다고 말씀하시는데 전 지역사회도 어떤 의무가 있다고 생각합니다. 과학과 자본이 새로운 발명품들을 어떻게든 인류가 사용하도록 해야지요. 사회가 사람들이 그런 것들을 사용할 수 있도록 교육하기 전에 사용하라고 한다는 게 말이 안 되죠?

베르니크

자넨 책을 너무 많이 읽고 생각이 너무 많아, 아우네. 그건 자넬 위해 좋지 않아. 그게 바로 자네가 자네 자리에 만족을 못하는 이유야.

아우네

그렇지 않습니다, 사장님. 그렇지만 전 그런 기계들 때문에 평범한 노동자들이 쫓겨나고 일자리를 잃는 걸 보고만 있을 수가 없습니다.

베르니크

흠, 인쇄술이 발명되었을 때도 많은 필경사들이 일자리를 잃었지.

아우네

만일 사장님께서 당시에 필경사셨다면 그 발명품에 아주 기뻐하셨을까요?

베르니크

나 이런 말이나 하자고 자넬 부른 게 아냐. 내가 부른 건 '인디언 걸'을 모레 출항시키도록 하라고 말하기 위해서야.

아우네

그렇지만 사장님 —

베르니크

모레야 — 들었지? 내 배와 똑같은 시간에. 한 시간 늦게가 아니라. 내가 이렇게 서두르는 이유가 있네. 자네 오늘 신문 읽었나? 읽었다면 저 미국인들이 다시 온갖 잡스런 짓들을 하고 있다는 걸 알겠지. 이 방종한 떼거리들이 온 시내를 뒤죽박죽 만들고 있다고. 밤마다 술집이나 거리에서 쌈질이야. 쌈질만이 아냐. 온갖 지저분한 짓들을 하고 있단 말일세.

아우네

네, 정말 질이 나쁜 사람들이에요.

베르니크

헌데 이 모든 일에 책임이 누구한테 있는 줄 아나? 날세! 그래, 그걸 감당해야 하는 게 바로 나라고. 우리들이 모든 노동력을 '팜 트리'에만 쏟고 있다고 신문기자들이 교묘하게 암시를 하고 있어. 시민들의 모범이 되도록 온 힘을 쏟는 게 의무인 내가 그런 놈들이 내 면전에 대고 그런 비판을 하게 내버려둘 수는 없지. 그건 안 돼. 내 이름이 진흙탕에서 구르게 할 수 없어.

아우네

사장님 존함이야 너무 훌륭해서 그 이상의 것도 견뎌내실 수 있습니다.

베르니크

이 순간에는 아니야. 바로 지금 난 시민들의 존경과 호감이 필요해. 아마 자네도 들었겠지만 아주 의미 있는 계획을 막 실행에 옮기려 하는 때니까. 그런데 악의에 찬 누군가가 사람들의 나에 대한 절대적인 신뢰를 뒤흔들어 놓는다면 난 굉장한 어려움에 빠질 수 있어. 그러니 언론의 악의적 비판을 어떻게 해서든 피해야 해. 그래서 출항 일을 모레로 잡은 거네.

아우네

출항 일을 오늘 오후로도 잡으실 수 있습니다, 사장님.

베르니크

내가 불가능한 것을 요구한다는 건가?

아우네

네, 현재의 노동력으로는—

베르니크

알았네, 알았어, 그럼 우리 어디 다른 델 찾아봐야겠군.

아우네

나이든 노동자들을 정말 더 자르진 않으실 거죠?

베르니크

응, 그럴 생각 없네.

아우네

만일 그렇게 하신다면 시내에서도 신문에서도 정말 불경한 자들이 생겨날 겁니다.

베르니크

불가능한 얘긴 아니지. 그래서 지금 대로 놔두자는 거야. 그렇지만 '인디언 걸'이 모레까지 출항하지 못하면 자넨 해고야.

아우네

(깜짝 놀라) 저를! (웃는다.) 설마 농담이시겠죠, 사장님!

베르니크

그렇게 생각하지 않는 게 좋을 거야.

아우네

저를 해고하겠다고 생각하는 건 아니시죠? 저의 선친과 조부님께서 평생을 일하셨고, 저 또한 마찬가지로 —

베르니크

내가 그렇게 하지 않을 수 없게 만드는 사람이 누구지?

아우네

정말 불가능한 것을 요구하시니까요, 사장님.

베르니크

오, 의지가 있는 곳에 길이 있는 법이야. 예스인가, 노인가. 분명하게 대답하게. 그렇지 않으면 자넨 이 자리에서 즉시 해고야.

아우네

(한 발지국 앞으로 다가서며) 사장님, 늙은 노동자를 해고한다는 게 무엇을 의미하는지 깊이 생각해본 적 있으십니까? 그가 어딘가 다른 일자리를 찾을 수 있다고 생각하십니까? 네, 물론 찾을 수도 있겠지요. 그러나 그것으로 끝일까요? 사장님께선 해고된 노동자가 밤에 집에 돌아가 자기가 쓰던 공구를 집안 어딘가 구석에 조용히 내려놓는 걸 보셔야 합니다.

베르니크

내가 자네를 해고한다는 게 쉬운 일인 것 같나? 난 자네한테 언제나 좋은 고용주 아니었나?

아우네

그래서 문제가 더 심각한 겁니다, 사장님. 바로 그 때문에 집에서는 사장님께 문제가 있다고 생각하지 않을 겁니다. 식구들이 물론 말을 하진 않겠죠. 차마 그러진 못할 겁니다. 그러나 저 모르게 저를 보며 생각할 겁니다. 분명 이 사람한테 문제가 있었을 거야라고요. ─ 전 그걸 견딜 수 없습니다. 전 비록 보잘 것 없는 위인이지만 그래도 제 집에서는 가장이었습니다. 제 가난한 가정도 하나의 작은 사회입니다, 사장님. 이 작은 사회를 제가 부양했고 지탱해왔습니다. 제 아내와 아이들이 저를 믿었기 때문에요. 헌데 이제 이 모든 게 무너져야 하네요.

베르니크

그래, 다른 방법이 없다면 대의를 위해 소의를 희생할 수밖에 없지. 한 개인의 이익은 하느님의 이름으로 공동의 이익을 위해 희생되어야 한단 말일세. 난 더 이상의 대답은 줄 수 없네. 세상은 그렇게 돌아가는 거고 다르게 돌아가는 게 아니니까. 그런데 자넨 정말 요령부득이야, 아우네! 자넨 나에게 반대하고 있지. 기계가 인간의 노동력을 능가한다는 사실을 인정하고 싶지 않은 거야.

아우네

계속 그 말씀만 하시는군요, 사장님. 저를 해고하시면 어쨌든 언론에 의도를 증명하셔야겠지요.

베르니크

그렇게 된다면? 내게 지금 무엇이 중요한지 자넨 알고 있지 않나. — 언론이야 내게 벌떼처럼 달려들거나, 아니면 호의를 갖고 내 편에 설 것이네. 공동의 이익을 위해 커다란 프로젝트를 추진 중이니까. 그래서 어떻게 되느냐고? 내가 지금 하고 있는 일 말고 어떤 다른 일을 할 수 있겠나? 요점이 뭔지 말해 주지. 자네 말대로 자네가 자네 가정을 소중히 지키든지, 아니면 수백 가정이 아예 이루어지지도 않고, 굴뚝에서 연기도 나지 않게 되든지 둘 중 하나네. 내 지금 계획이 실현되지 않는다면 말이야. 그래서 바로 자네에게 선택을 하라고 한 걸세.

아우네

그렇다면 더 이상 드릴 말씀이 없습니다.

베르니크

흠 — , 여보게 아우네, 우리 헤어지게 되어 정말 유감이네.

아우네

우린 헤어지지 않습니다, 사장님.

베르니크

무슨 소린가?

아우네

아무리 보잘것없는 사람이라도 이 세상에서 지켜야 할 것은 있습니다.

베르니크

물론, 그렇고말고. ─그러니까 자넨 약속한 것을─

아우네

'인디언 걸'은 모레 출항할 수 있습니다. (인사하고 오른쪽 문으로 나간다.)

베르니크

아하, 저 고집불통 위인을 내가 굽혔단 말이렷다. 조짐이 좋아─

힐마르 퇴네센이 시가를 물고 정원을 통해 들어온다.

힐마르

(베란다에서) 나 왔어, 누나. 나 왔습니다, 매형!

베티

좋은 날이구나.

힐마르

아니, 누나 울었잖아. 벌써 알고 있는 거야?

베티

뭘?

힐마르

그 스캔들이 완전히 다 퍼졌다는 거? 젠장!

베르니크

무슨 말인가?

힐마르

(안으로 들어오며) 있잖아요, 미국에서 온 그 두 사람이 디나 씨랑 함께 시내를 휘갈고 다녀요.

베티

(그를 따라 들어오며) 그렇지만, 힐마르, 그게 어떻게 ─?

힐마르

맞아, 완전 사실이야. 로나 누나는 내 뒤에서 뻔뻔스럽게 날 부르더라고. 물론 난 못 들은 척했어.

베르니크

그러니 사람들이 눈치 채지 못했을 리 없지.

힐마르

네, 매형 말이 맞아요. 사람들이 길 가다 멈춰 서서 두 사람을 쳐다보더라고요. 시내 전체에 들불이 번지는 것 같았어요. ─ 미국 서부 대평원에 일어난 불 비슷했어요. 집집마다 사람들이 창가 커튼 뒤에 서서 구경했고요. ─ 젠장! 그래, 용서해 줘, 누나, 자꾸 젠장, 젠장 해서. 젠장, 엄청 신경에 거슬렸어. ─ 이런 식으로 오래 가면 나도 어디 여행이나 떠나버릴까 봐.

베티

그럼 요한 형에게 말하지, 분명하게 ─.

힐마르

훤한 길에서? 아니, 나한테 그런 소리 마. 그 인간 어떻게 그렇게 사람들 눈에 띄게 설치고 돌아다니는지! 언론에서 그 인간을 어떻게 하는지 봐야 하지 않을까? 미안해, 누나, 그렇지만 —

베르니크

처남, 언론이라 했어? 뭐 들은 것 있는 건 아니지?

힐마르

네, 그런 게 완전히 없는 건 아니에요. 어제 집에 가는 길에 제 건강을 위해 잠깐 클럽에 들렀어요. 제가 클럽에 들어가자 갑자기 조용해지더라구요. 사람들이 그 두 사람 얘길 하고 있었던 것 같아요. 그런데 그 뻔뻔한 편집장 함메르가 내 테이블에 오더니 아주 큰 소리로 부자 사촌이 돌아온 걸 축하한다고 하더라구요.

베르니크

부자 — ?

힐마르

네, 그 사람이 그렇게 말했어요. 저야 뭐 당연히 그 사람을 경멸하듯 쳐다보면서 요한 퇴네센이 부자인지 어떤지 아는 바 없다고 말했죠. 그러자 그 사람 "오, 그렇군. 이상하네. 미국에선 처음 시작할 때 돈이 좀 있으면 꽤 잘 해나갈 수 있다고 하던데. 당신 사촌은 분명 맨손으로 건너가진 않았을 텐데"라고 하더라구요.

베르니크

흠, 처남, 부탁이 있는데 —

베티

〈근심스럽게〉 두고 봅시다, 여보 —

힐마르

그래, 난 어쨌든 그 인간 때문에 잠을 잘 못 잤어. 그 인간은 아무 잘못도 없다는 듯한 얼굴을 하고 거리를 여기저기 휘갈고 다니잖아. 그 인간 왜 꺼지지 않고 온 거야? 그런 인간들이 살아남는 꼬라지가 역겨워.

베티

세상에, 힐마르, 무슨 말을 그렇게 하니?

힐마르

오, 나 아무 말 안했어. 그 인간 철도 사고나, 캘리포니아 곰과의 싸움에서나, 더러운 인디언들의 공격에서도 상처 하나 안 입었잖아. 머리 가죽도 벗겨지지 않았고, ─ 젠장, 그 인간들 오네!

베르니크

올라프도 함께!

힐마르

네, 당연하죠! 이 지역의 최고 가문에 속한다는 걸 보여주고 싶을 테니까요. 봐요, 봐요, 저기 잡화상에서 나온 한가한 사람들이 모두 쳐다보고 한 마디씩 하네요. 정말이지 내 신경줄로는 견디기 힘드네요. 이런 상태에선 누군가 이 상주의의 깃발을 높이 들거라 희망할 수 없고, 그건 ─

베르니크

곧바로 이리로 오는군. 잘 들어, 여보 베티, 저 사람들 아주 친절하게 맞아줘.

베티

그래도 되는 거예요, 여보?

베르니크

그래, 당연하지. 처남도 마찬가지고. 그 사람들 아마 오래 있진 않을 거야. 우리가 함께 있을 때 어떤 변죽도 울리지 마. ─ 그들 마음을 상하게 해선 안 돼.

베티

오, 여보, 당신 정말 마음이 넓으세요.

베르니크

알았어, 그래, 그렇게 하라고.

베티

그래도 당신에게 고맙다고 하고 싶어요. 조금 아까 눈물 바람 해서 미안해요.
오, 당신이야 여러 가지 이유가 있어 얘기한 건데 —

베르니크

됐다니까, 됐어.

힐마르

젠장!

요한 퇴네센과 디나가 정원을 가로질러 온다. 그 뒤로 로나 헤쎌과 올리프가 온다.

로나

안녕, 모두들 안녕!

요한

우리, 시내 여기저기 돌아다녔고 옛날에 가봤던 곳들도 가 봤어, 카르스텐.

베르니크

응, 들었어. 많이 변했지, 안 그래?

로나

어딜 가나 베르니크 영사님의 선행과 업적이 대단하던데요. 제부가 시에 기
증했다는 공원에도 가봤고 —

베르니크

아, 거기요?

로나

'카르스텐 베르니크 기증', 입구에 그렇게 쓰여 있던데요. 정말 제부는 이곳을 위해 굉장한 기여를 했나 봐요.

요한

게다가 굉장한 배도 몇 척 있더군. '팜 트리' 선장도 만났는데 학교 동창이더라고 —

로나

그래, 학교도 지었다면서요. 듣자하니 가스랑 수돗물도 모두 제부 덕이라던데요.

베르니크

글쎄, 누구나 자기가 사는 지역사회를 위해 온 힘을 다 쏟아야죠.

로나

그래요, 훌륭한 일이에요, 제부. 그런데 사람들이 제부한테 감사할 줄 아니까 참 보기 좋아요. 내가 원래 우쭐대는 타입은 아닌데 사람들과 이야길 하다 보니 우리가 이 가족의 일원이라는 생각에 으쓱해지더라고요.

힐마르

젠장 —!

로나

"젠장"이라고 했어?

힐마르

아니오, 그냥 "저 —"라고 했는데요.

로나

말하고 싶은 대로 해, 딱한 녀석. 그런데 오늘은 혼자네?

베티

그래, 언니, 오늘은 우리밖에 없어.

로나

그래, 그 도덕적 모임인가에 오는 사람들을 시장에서 만났다. 아주 바쁜 것 같더라. 그래서 서로 이야기할 시간은 없었어. 어제는 철도사업가들과 목사 인가 하는 사람들이 있었는데 —

힐마르

학교 선생님이에요.

로나

나한테는 목사야. 내가 지난 15년간 어떻게 살았을 것 같니? 쟤 정말 근사한 젊은이가 됐지? 쟤가 가출했던 날건달이라고 누가 생각하겠니?

힐마르

흠 —!

요한

오, 누나, 제발 그렇게 떠벌이지 마.

로나

아니, 난 정말 자랑스러워. 정말이지 그게 내가 이 세상에서 성취한 유일한 거야. 내 존재 이유였다. 그래, 요한, 우리가 거기서 처음 시작했던 때 맨주먹

뿐이었다는 걸 생각하면 —

힐마르

맨손.

로나

맨주먹이라 했어. 그것도 더러운 —

힐마르

젠장!

로나

— 맨주먹이었다고.

힐마르

맨주먹? 아니, 나 정말 한 마디 해야겠는데 — !

로나

무슨 한 마디를 해야겠는데?

베르니크

흠!

힐마르

젠장 — 이라고 말해야겠다고요! (베란다로 나간다.)

로나

쟤 왜 저러냐?

베르니크

오, 처남한텐 신경 쓰지 말아요. 요즈음 신경이 예민해서 그래요. 처형, 정원을 좀 둘러보지 않겠어요? 정원은 아직 안 봤잖아요. 마침 한 시간쯤 시간이 있어요.

로나

네, 그러죠. 생각 속에서는 늘 여기 정원에 식구들과 함께 있었어요.

베티

정원도 아주 확 달라진 걸 보게 될 거야.

> 베르니크, 베티, 로나 헤쎌은 정원으로 나간다. 다음의 대화가 이루어지는 동안
> 이들은 가끔씩 보인다.

올라프

(베란다로 가는 문에서) 힐마르 삼촌, 요한 삼촌이 나한테 뭘 물어봤는지 알아? 나더러 자기랑 같이 미국에 가지 않겠느냐고 물었어.

힐마르

너, 이 밥통아, 넌 아직 엄마 치마폭에 싸여 다니잖아 —

올라프

그래, 그렇지만 이젠 그러지 않을 거야. 내가 커서 강하게 되는 걸 보라고 —

힐마르

오, 헛소리 하고 있네. 이 거친 현실에 대적할 힘도 없는 녀석이 —

> 둘은 베란다를 지나 정원으로 간다.

요한

(오른쪽 문에 서서 모자를 벗고 옷에 먼지를 터는 디나에게) 좀 걷고 오니 몸이 꽤 더워 졌겠죠.

디나

네, 그렇게 걸으니 정말 좋았어요. 그런 산보는 평생 해본 적이 없었어요.

요한

아침이면 산보 자주 나가지 않았나요?

디나

네, 나가긴 하죠. 올라프하고만.

요한

그렇군요. ― 정원으로 나갈까요?

디나

아니오, 그냥 여기 있고 싶어요.

요한

나도 그래요. 그럼 매일 아침 함께 산보 나가기로 해요.

디나

안 돼요, 퇴네센 씨, 그러면 안 돼요.

요한

왜 안 돼요? 약속했잖아요.

디나

네, 그런데 지금 생각해보니 ― 당신이 나랑 함께 가면 안 될 것 같아요.

요한

그러니까 왜 안 되냐고요?

디나

당신은 외지인이잖아요. 이해를 못 하시겠지만 말씀드리자면 —

요한

뭘요?

디나

아니에요, 아무 말도 하고 싶지 않아요.

요한

아니오, 말해 봐요. 무슨 말이든지 해도 돼요.

디나

네, 전 다른 젊은 여자들과는 달라요. 저한테는 — 저한테는 무언가가 있어요. 그래서 당신, 그러면 안 돼요.

요한

난 도대체 무슨 말인지 모르겠네요. 뭐 나쁜 짓 한 건 어니죠?

디나

네, 제가 한 게 아니지만 — 아니에요, 이젠 말하고 싶지 않아요. 다른 사람들에게서 듣게 될 거예요.

요한

흠.

디나

묻고 싶은 게 있어요.

요한

뭔데요?

디나

거기 미국에선 무언가 하기가 쉽다던데요?

요한

글쎄, 항상 그렇진 않아요. 처음에는 힘든 일도 많고 죽어라 일해야 되죠.

디나

네, 나도 그러고 싶은데 —

요한

당신이?

디나

나도 일할 수 있어요. 힘도 세고 건강해요. 마르타 아줌마에게서 여러 가지 배우기도 했고요.

요한

그럼, 우리랑 함께 가요.

디나

오, 그냥 말만 하는 거겠죠. 올라프한테도 그렇게 말했잖아요. 그런데 제가 진짜 묻고 싶었던 건요 — 거기 사람들도 그렇게 도덕적인가요?

요한

도덕적?

디나

네, 그러니까 거기 사람들도 — 그렇게 착실하고 단정하냐구고요, 여기 사람들처럼요.

요한

글쎄, 여기서 생각하는 것처럼 그렇게 형편없진 않아요. 그러니 걱정할 필요 없어요.

디나

내 말을 잘 못 알아들으신 것 같아요. 그들이 그렇게 끔찍하게 단정하고 도덕적이지 않았으면 좋겠어요.

요한

그래요? 그럼 그들이 어땠으면 좋겠는데요?

디나

자연스러웠으면 좋겠어요.

요한

네, 네, 그 사람들 바로 그래요.

디나

혹시 내가 미국에 갈 수 있다면 나한테 좋을 거예요.

요한

당연히 그렇죠. 그러니까 우리랑 함께 가요.

디나

아니오, 당신들이랑 함께는 안 가요. 혼자 가야 해요. 오, 거기선 무언가 할 수 있을 거예요. 진짜 사람이 될 거고 —

베르니크

(정원 계단에서 두 여자 사이에 서있다.) 잠깐, 잠깐만, 내가 가져올게, 여보. 당신, 까딱하면 감기 걸려. (안으로 들어 와 아내의 숄을 찾는다.)

베티

(정원에서) 너도 같이 가자, 요한. 우리 동굴에 갈 거야.

베르니크

아니, 요한은 여기 있을 거야. 자, 디나, 이 숄 아줌마 갖다 드리고 너도 함께 가라. 요한은 나와 있을 거야, 여보. 거기서 어떻게 살았는지 좀 듣고 싶어.

베티

네, 그래요. 금방 따라와요. 우리가 어디 있을지 알 테니까.

> 베티, 로나 헤쎌, 디나가 정원을 가로질러 왼쪽으로 나간다. 베르니크는 그들을
> 잠시 바라보다가 전면 왼쪽에 있는 문으로 가서 문을 닫는다. 그 다음 요한에게
> 가서 그의 양 손을 꽉 잡고 악수한다.

베르니크

이제 둘만 있게 됐군, 요한. 너에게 고마워해야지.

요한

오, 쓸데없는 소리!

베르니크

집과 가정, 가족의 행복, 우리 지역사회에서의 내 위치 — 이 모든 게 다 네

덕이야.

요한

그렇게 말해주니 기뻐, 카르스텐 형. 그러니까 그 어리석은 짓이 그래도 결과적으로 좋게 된 셈이네.

베르니크

(다시 한 번 요한의 손을 잡고 흔들며) 고마워, 어찌 됐든 고마워. 만 명 중 한 사람도 날 위해 그때 네가 한 것 같은 건 못 했을 거야.

요한

쓸데없는 소리! 우리 둘 다 그때는 젊고 분별이 없었잖아? 우리 중 한 사람은 책임을 져야 했으니까 —

베르니크

책임이라면 죄를 진 사람이 져야 했지?

요한

그만! 그때는 죄를 짓지 않은 사람이 책임을 져야 했어. 나야 매인 데도 없었고 사고무친이었으니 그 끔찍한 직장에서 도망갈 수 있었던 게 행운이었지. 형은 노모께서도 살아계셨고, 형을 철썩 같이 믿고 있던 누나랑 비밀리에 약혼까지 했으니까. 사실을 알았더라면 누나가 굉장히 충격을 받았겠지 — ?

베르니크

맞아, 맞아, 맞아, 그렇더라도 —

요한

마담 도르프와의 관계를 딱 끊어버린 게 정말 베티를 위해서였지? 형이 그날 밤 그 여자에게 갔던 건 그 여자와 끝내고 싶어서였잖아 —

베르니크

그래, 그 끔찍한 밤, 그 여자 남편이 술이 고래로 취해서 돌아왔었어 ㅡ! 그래, 요한, 그건 베티를 위해서였어. 어쨌든 ㅡ 모든 혐의를 뒤집어쓰고 떠난 네 행위는 정말 고결한 거였어.

요한

그 때문에 양심에 찔려 할 것 없어, 카르스텐 형. 우리 그렇게 하기로 합의를 봤으니까. 형은 빠져나갈 구멍이 필요했고, 어쨌거나 내 친구였잖아. 정말이지 난 그 우정에 으쓱했었어! 여기서 난 처량하게도 맨날 같은 일을 악착같이 하고 있었을 때 형은 대단한 외국여행을 하고 우아하고 고상하게 돌아왔잖아. 런던에도 갔었고 파리에도 갔었고. 그리고선 내가 네 살이나 어린데도 바로 날 불알친구로 선택해 주었잖아. ㅡ 그래, 누나한테 마음이 있었으니까. 그 모든 걸 분명히 알게 되었어. 그 당시에는 정말 으쓱했다니까! 누군들 그렇지 않았겠어? 누군들 형을 위해 희생하지 않았겠냐고. 그 모든 게 사람들이 그저 입방아 찧어대는 것에 불과한데다 곧 바로 보다 크고 넓은 세계로 가게 되었으니까 말이야.

베르니크

흠, 그런데 요한, 솔직히 말하는데 그 이야기는 아직도 사람들 기억에서 완전히 사라지지 않았어.

요한

아, 정말? 그렇지만 뭐 난 다시 내 농장으로 돌아갈 거니까 상관없어 ㅡ

베르니크

다시 돌아가?

요한

물론이지.

베르니크

그렇지만 그렇게 금방은 아니지?

요한

가능한 한 빨리 갈 거야. 사실 내가 온 이유는 로나 누나를 위해서야.

베르니크

그래? 왜?

요한

응, 형도 알다시피 로나 누나 이제 젊지 않잖아. 최근에는 향수병에 걸려 점점 힘들어했어. 물론 겉으로는 안 그런 척 했지만. (미소 지으며) 누나가 어떻게 날 거기다 혼자 놔두겠어. 열아홉 나이에 벌써 연애사건을 일으켰던 분별 없는 애를 말이야.

베르니크

그래?

요한

응, 형, 창피하긴 하지만 고백할 게 있어.

베르니크

너, 그때 그 사건의 진짜 경위를 처형에게 얘기한 건 아니지?

요한

아니, 했어. 그러지 말았어야 했는데 어쩔 수 없었어. 로나 누나가 내게 어떤 존재인지 아마 형은 모를 거야. 형은 누나를 견디기 힘들어했지만 누난 나한테 엄마 같은 존재였어. 미국에 건너가서 어려웠던 처음 몇 해 동안―누나가 일을 안 했겠어? 나도 정말 열심히 일했어. 내가 오래도록 아파서 일할 수 없을 때 누나는 카페에서 노래를 부르고, ―사람들한테서 비웃음거리가 되면서 강연도 했어. 책도 썼고. 나중에 그 책을 보고 본인이 울기도 하고 웃기도 하더라고, ─ 그 모든 걸 누나는 날 살리려고 한 거야. 그래서 지난겨울 누나가 향수병에 걸려 힘들어하는 걸 보고만 있을 수 없었어. 누나는 날 위해 그렇게 뼈 빠지게 일을 했잖아? 아니, 카르스텐 형, 정말 보고만 있을 수가 없었어. 그래서 누나에게 말했지. "누나, 그냥 떠나. 내 걱정은 마. 누나가 생각하는 것처럼 나 그렇게 무책임하지 않아." 그리고서 ─ 모든 걸 다 이야기 해줬어.

베르니크

처형이 어떻게 받아들였어?

요한

글쎄, 누나가 옳은 말을 했어. 내가 양심에 꺼리는 게 없다면 같이 가도 좋다고. 그렇지만 걱정 마, 누나가 입을 열진 않을 테니까. 나도 두 번 다시 그 이야긴 안 할 거야.

베르니크

그래, 그래, 그건 나도 믿어.

요한

자, 악수하자. 이제 우리 옛날이야긴 절대 하지 말자. 다행히도 우리 두 사람 그 외에 개판 친 건 없잖아. 난 여기 있는 며칠을 즐기고 싶어. 우리가 오늘 아침 얼마나 근사한 산보를 했는지 형은 상상도 할 수 없을 거야. 옛날에 여기서 뛰어다니고 연극에서 천사로 나왔던 그 꼬마를 누가 생각이나 했겠어 ─! 그런데 그 후 그 애 부모가 어떻게 됐는지 이야기 좀 해볼래?

베르니크

글쎄, 네가 떠난 직후 보낸 편지에 쓴 것 말고 더 이상 말할 게 없어. 그래, 내가 보낸 편지 두 통 받았지?

요한

응, 그럼, 두 통 다 받았어. 그 주정뱅이는 결국 그 여잘 버렸지?

베르니크

나중에 술독에 빠져 죽었어.

요한

얼마 안 가 그 여자도 죽었다며? 그렇지만 형은 그 여잘 위해 조용히 모든 걸 해주려고 했지?

베르니크

그 여잔 자존심이 강했어. 입도 뻥긋하지 않았고 어떤 것도 받으려 하지 않았어.

요한

어쨌든 형이 디나를 이 집으로 데려온 건 잘한 거야.

베르니크

그런 것 같다. 헌데 그때 그렇게 일을 추진한 건 마르타였어.

요한

마르타가 그랬구나? 그래, 마르타가 ─ 그런데 마르타는 오늘 어디 있어?

베르니크

오, 학교에 없으면 환자들을 돌봐.

요한

그러니까 그 꼬맹이를 받아들인 게 마르타였구나.

베르니크

그래, 마르타는 예나 지금이나 애들 교육이라면 무어든 가리지 않아. 그래서 초등학교에 자리를 얻은 거고. 정말 바보 같은 짓이지.

요한

그래, 어제 보니까 완전히 지친 것 같던데. 건강이 따라주지 못하는 것 같더라.

베르니크

오, 건강은 그럭저럭 괜찮아. 그렇지만 나로서는 그 애 문제가 좀 언짢아. 누가 보면 오빠인 내가 그 애 먹여 살리는 걸 못마땅해하는 줄 알 것 아냐.

요한

형이 먹여 살린다고? 난 마르타한테 자기 먹고 살 건 충분히 있다고 생각했는데—

베르니크

땡전 한 푼 없어. 네가 떠났을 때 우리 어머니가 어떤 어려움에 처해 있었는지 너도 알잖아. 어머닌 내가 좀 도와서 한 동안 사업을 꾸리셨지. 결국에는 그걸로 해결이 안 되어서 내가 어머니와 함께 사업을 하기로 했었어. 헌데 그것도 잘 안 됐어. 그래서 내가 전적으로 떠맡았지만 결산을 해보니 어머니 몫으로는 실질적으로 남은 게 전혀 없었어. 얼마 지나지 않아 어머니가 돌아가셨을 때 마르타에게 주어진 건 아무것도 없었지.

요한

불쌍한 마르타!

베르니크

불쌍해? 왜? 내가 그 애한테 뭐 부족하게 해준다고 생각하는 거야? 오, 아니야, 난 그래도 좋은 오빠라고 생각해. 그 앤 우리랑 함께 살고 있고 식탁에서 밥도 같이 먹어. 학교에서 받는 월급으로 옷가지도 충분히 사고. 게다가 결혼도 안 한 독신으로 홀로서기를 하고 있는데—뭐가 더 필요하겠어?

요한

흠! 미국에서 우린 그렇게 생각하지 않아.

베르니크

그렇겠지. 미국처럼 그렇게 모던하고 자극적인 사회에서는. 그렇지만 다행스럽게도 미풍양속이 아직은 타락하지 않은 여기 같이 좁은 사회에서는 여자라면 대단하지 않더라도 미풍양속에 어긋나지 않는 위치를 갖는 것에 만족해. 더구나 마르타의 경우는 자기 탓도 있어. 원하기만 했다면 자길 부양해 줄 사람을 구할 수도 있었을 테니까.

요한

결혼했을 수 있다는 거지?

베르니크

그래, 게다가 꽤 괜찮은 상대를 만날 수도 있었어. 여러 이점(利點)이 있었으니까. 재산 없지, 젊지 않지, 눈에 띄지 않는 타입이고.

요한

눈에 띄지 않는 타입이라고?

베르니크

글쎄, 그 앨 욕하자는 건 아냐. 난 그 애 지금대로가 좋아. 자네 보다시피 — 이렇게 집안 살림이 크면 — 모든 일을 감당할 수 있는 소박하면서도 단순한 사람이 곁에 있으면 좋아.

요한

그래, 그렇지만 마르타는?

베르니크

그 애? 무슨 말이야? 글쎄, 그 앤 물론 관심을 쏟을 게 충분해. 나도 있고,

베티도 있고, 올라프도 있잖아. 인간은 누구나 자기만 생각해선 안 돼. 여자라면 더욱 그렇고. 우린 모두 크건 작건 어떤 사회에 속해 있으니 그걸 지탱하고 가꿔가야지. 어쨌든 난 그렇게 하고 있어. (오른쪽 문으로 들어오는 지배인 크라프를 가리키며) 그래, 여기 내 주장을 뒷받침하는 인물이 오네. 내가 개인적인 일에 시간을 쓴다고 생각하나? 전혀 그렇지 않아. (크라프에게 급하게) 무슨 일인가?

크라프

(한 뭉치의 서류를 꺼내 보이며 낮은 목소리로) 모든 매매 서류는 끝났습니다.

베르니크

잘했네, 훌륭해! ─자, 처남, 우리 잠깐 실례해야겠네. (악수를 하며 낮은 목소리로) 고마워, 고마워, 요한, 내가 뭐 도울 일이 있으면 기꺼이 ─내 말 무슨 뜻인지 알 거야. ─자, 크라프, 이리로! (두 사람, 영사의 방으로 들어간다.)

요한

(두 사람의 뒷모습을 잠시 바라본다.) 흠! (정원으로 나가려 한다. 그때 마르타가 바구니를 들고 들어온다.) 아니, 마르타!

마르타

아, ─요한─여기 있었어?

요한

시간 맞춰 나가는 모양이구나.

마르타

응. 잠깐만, 사람들이 금방 올 거라서. (뒤쪽에 있는 왼쪽 문으로 나가려 한다.)

요한

마르타, 항상 그렇게 바빠?

마르타

내가?

요한

응, 어제는 나를 피하는 것 같아서 말 한 마디 붙이질 못했고, 오늘은—

마르타

응, 그렇지만—

요한

옛날엔 우리 두 사람 항상 붙어 다녔잖아, —소꿉 친구였으니까.

마르타

아, 요한, 그건 아주 아주 옛날이었지.

요한

아니, 무슨 소리야. 딱 15년이야. 더도 덜도 아니고. 내가 많이 변한 것 같니?

마르타

너? 글쎄, 너도 알겠지만—

요한

무슨 소리야?

마르타

아냐, 아무것도.

요한

넌 날 다시 만났는데도 별로 기뻐하는 것 같지 않다.

마르타

난 오래 기다렸어, 요한—너무 오래.

요한

기다려? 내가 돌아올 거라고?

마르타

응.

요한

내가 왜 돌아와야 된다고 생각했던 거야?

마르타

네가 한 짓을 속죄해야 되니까.

요한

내가?

마르타

너 때문에 한 여자가 치욕과 가난 속에서 죽었다는 걸 잊었니? 또 네 잘못 때문에 자라나는 한 아이가 어린 시절을 쓰라림 속에서 보냈다는 걸 잊었어?

요한

내가 너한테서 이런 소릴 들어야 하니? 마르타, 네 오빠가 네게—

마르타

오빠가 뭘?

요한

네 오빠가—그러니까 내 말은, 네 오빠가 한 번이라도 나를 변호해주는 말을 한 적이 없단 말이야?

마르타

아, 요한, 오빠의 엄격한 원칙을 너도 알잖아.

요한

흠―, 물론 알지, 알아. 내 옛날 친구 카르스텐의 엄격한 원칙을 알고말고. ―그 렇지만 이건 정말―! 아니다. 형이랑 다시 이야기해봐야지. 그런데 형은 많 이 변한 것 같더라.

마르타

어떻게 그런 말을 해? 오빠 예나 지금이나 늘 모범적인 사람이야.

요한

그래, 내 말은 꼭 그런 뜻은 아니야. 그 얘긴 그만 두자. ―어쨌든 이젠 네가 나를 어떻게 봐왔는지 알게 됐다. 탕아의 귀향을 넌 기다리고 있었구나.

마르타

너를 어떻게 봐왔는지 내가 말할게. (정원을 가리키며) 잔디에서 올라프랑 놀고 있는 저 애 보이니? 디나야. 그때 네가 떠나면서 내게 보낸 그 정신없던 편지 기억나니? 널 믿어달라고 썼었지. 난 널 믿었어, 요한. 네가 떠난 후 그 모든 끔찍한 소문은 한 순간의 혼란이었을지도 몰라. 생각 없이, 즉흥적으로 내뱉 는―

요한

무슨 말 하는 거야?

마르타

오, 내가 무슨 말 하는지 잘 알잖아. ―더 이상 말하고 싶지 않아. 물론 넌 그때 도망가야 했을 거야. 그리고선 ― 새로운 삶을 시작해야 했겠지. 나, 너의 소꿉친구 나는 여기서 네 대변인이었어, 요한. 네가 다했어야 할 의무를, 아니 네가 할 수 없었던 의무를 내가 대신 떠맡았지. 내가 이런 말 하는 이유는 네가 네 자신을 책망하지 않게 하기 위해서야. 난 저 불쌍하고 불행한 아이한테 엄마였었고, 내 최선을 다해 키웠으니까 —

요한

그러느라 네 삶을 망친 거네 —

마르타

망친 건 아냐. 그렇지만 넌 너무 늦게 돌아왔어, 요한.

요한

마르타, — 너한테 다 털어놓을 수만 있다면 —. 어쨌든 네 그 변하지 않은 우정 고맙다.

마르타

(고통스러운 미소를 지으며) 음, — 그래, 우리 서로 할 말 다했네, 요한. 쉿! 누가 와, 안녕! 난 이제 — (뒷면 왼쪽 문으로 나간다.)

로나 헤쎌이 정원에서 들어온다. 그 뒤를 베티가 따라온다.

베티

(아직 정원에서) 세상에, 언니, 그런 생각을 하다니!

로나

가만 내버려 두라고 했다. 난 그 남자랑 이야기 좀 해야 돼.

베티

그럼 또 최악의 스캔들이 될 거야. 아, 요한, 너 여기 있었니?

로나

밖으로 나가 있어라, 애야! 여기 안에서 어슬렁거리지 마. 정원에 가서 디나
와 이야기나 해.

요한

나도 막 그러려고 했어.

베티

그렇지만 —

로나

애, 요한, 너 디나를 한 번이라도 제대로 봤니?

요한

응, 그런 것 같은데.

로나

그래, 진짜 제대로 봐야 돼. 널 위해 괜찮은 일이야!

베티

그렇지만, 언니 —!

요한

날 위해 괜찮은 일?

로나

그래, 그러니까 잘 좀 보라고. 자, 나가봐!

요한

네, 네, 기꺼이 가보겠습니다. (정원으로 나간다.)

베티

언니, 난 언니가 왜 이러는지 모르겠어. 이게 설마 언니 진심은 아니겠지.

로나

아니, 진심이야! 그 앤 어리고 건강하지 않니? 그러니 요한한테 딱 맞는 색시 감이다. 그 앤 미국에 가면 그런 여자가 있어야 돼. 누군가 늙은 의붓누나와 는 다른 여자말이다.

베티

디나! 디나 도르프라니! 생각을 좀 해 봐.

로나

난 무엇보다 첫째 이 젊은 애의 행복을 생각해. 난 그저 옆에서 조금 돕는 거지. 그 앤 그런 문제엔 아주 숙맥이라 젊은 여자한테 눈길 한 번 제대로 준 적 없거든.

베티

그 애? 요한! 글쎄, 우리에겐 걱정스런 증거가 정말 많은데 ―

로나

오, 또 그 빌어먹을 옛날 얘기! 그런데 네 남편은 어디 있니? 얘길 좀 해야 해.

베티

언니, 그러면 안 된다고 했잖아!

로나

꼭 해야 돼. 만일 저 애가 그 앨 맘에 들어 한다면, ― 또 그 애도 그가 좋다면 ― 두 사람 맺어져야지. 네 남편 똑똑하니까 해결책을 찾아내겠지 ―

베티

언닌 미국식의 그런 무례함이 여기서도 통할 거라고 생각하는 모양인데—

로나

멍청하긴, 베티—

베티

—카르스텐 같이 엄격한 원칙을 가진 남자가—

로나

흥, 그 원칙이 그렇게 대단히 엄격하지도 않아.

베티

그렇게 주장하는 이유가 뭐야?

로나

카르스텐이 다른 남자들보다 특별히 더 도덕적이진 않으니까.

베티

언니는 아직도 그이를 뼛속 깊이 미워하는구나! 그 모든 걸 잊을 수 없으면서 왜 돌아온 거야—? 난 언니가 옛날에 그이를 그렇게 수치스럽게 모욕하고선 어떻게 감히 그이와 대면하려는지 통 이해할 수 없어.

로나

그래, 베티, 그때 난 제 정신이 아니었다.

베티

생각해 봐, 아무 죄도 없는 그이가 언니를 얼마나 넓은 마음으로 용서했는지! 언니가 그이한테 마음이 있었던 거 그이로서도 어쩔 수 없었잖아. 그때부터 언닌 나도 미워하잖아. (눈물을 글썽이며) 내가 행복한 걸 늘 질투했고.

그러더니 이제 돌아와서는 내게 이렇게 쏟아 붓고 — 온 시민들에게 카르스텐의 처가 사람들이 어떤지 까발리려는 거지. 그래, 그래서 고통당하는 건 나고, 그게 바로 언니가 원하는 거지. 오, 언니, 잔인해! (울면서 뒷면 왼쪽 문으로 나간다.)

로나

(그녀의 뒷모습을 보면서) **불쌍한 베티.**

베르니크가 자신의 방에서 나온다.

베르니크

(아직 문에서) 그래, 좋아, 크라프, 아주 잘 됐어. 자선헌금으로 400크로네 보내게. (몸을 돌린다.) 처형! (가까이 다가오며) 혼자예요? 집사람 안 옵니까?

로나

네, 불러올까요?

베르니크

아니, 아니오, 아니오, 놔두세요! 오, 로나, 당신과 터놓고 얘기할 수 있을 때를 얼마나 기다렸는지 모를 거요. — 당신에게 용서를 빌려고.

로나

자, 카르스텐, 우리 센티멘털해지지 맙시다. 그런 거 우리에게 맞지 않아요.

베르니크

내 말 좀 들어봐요, 로나. 내가 외양과 다르다는 거 나도 알고 있소. 당신도 디나 엄마와의 일이 어떻게 됐었는지 안 이상. 그렇지만 맹세코 그건 내가 한 순간 정신이 나갔던 거요. 그때 난 정말로, 진심으로 당신을 마음에 뒀었소.

로나

내가 왜 돌아왔는지 알아요?

베르니크

당신이 어떤 생각을 하는지 모르겠지만 내가 내 입장을 변명할 때까지 어떤 행동도 하지 말아요. 난, 그렇게 할 수 있소, 로나. 적어도 설명은 할 수 있소.

로나

이제 겁이 나는군요. ― 날 한때 마음에 뒀다고 했어요? 그래요, 내게 보낸 수많은 편지에 그렇게 썼었죠. 어쩜 그랬을지도 모르죠. ― 외국에서, 넓고 자유로운 세상에서 지냈으니까 넓고 자유롭게 생각하는 용기를 가졌을 거예요. 아마도 내게서 여기 사는 대다수의 사람들과는 다른 개성과 의지, 독립심 같은 걸 발견했겠죠. 게다가 그건 우리 둘 사이의 비밀이었으니까. 당신의 그 천박한 취향을 조롱할 수 있는 사람은 아무도 없었겠죠.

베르니크

로나, 당신 어떻게 그런 생각을 ― ?

로나

그러다가 돌아와서 사람들이 내게 조롱을 퍼붓고 괴짜라고 욕을 해대는 걸 듣고는 ―

베르니크

당신 정말 그때는 막무가내였잖아.

로나

그거야 여기서 어슬렁대는 새침떼기 아줌마들 약을 올리기 위해서였죠. 그러다 당신이 그 젊고 매혹적인 여배우를 만났고 ―

베르니크

그건 그냥 남자의 허세였소. 그 이상도 이하도 아니었소. 맹세컨대 당시 여기서 돌아다니던 소문과 스캔들은 진실과는 거리가 멀었소.

로나

그 얘긴 그만 둡시다. 그러다 베티가 다시 돌아왔죠. 젊고 아름답고, 모든 남자들의 선망의 대상이자 우상이었던 그 애가 고모의 유산을 모두 물려받게 되고 나는 한 푼도 못 받는다는 것이 알려지니까 —

베르니크

그래, 우리 드디어 본론에 들어섰군, 로나. 이제 정말 거짓 없는 진실을 말하겠소. 난 당시 베티를 사랑한 게 아니었소. 당신과 끝낸 건 내 마음이 떠나서가 아니었소. 순전히 돈 때문이었어. 절실했지. 난 돈을 손에 쥐어야 했으니까.

로나

지금 그 얘길 내 면전에 대고 하는 거예요?

베르니크

그래, 그래요. 내 말을 들어봐요, 로나 —

로나

그런데도 내게 편지 했잖아요. 베티한테 끌려 사랑에 빠졌다고. 그러니 넓은 아량으로, 베티를 위해 우리 사이에 있었던 일을 절대 발설하지 말라고 —

베르니크

어쩔 수가 없었다고 했잖소.

로나

세상에, 그때 내가 한 일을 잊었다는 게 정말 유감이네.

베르니크

그때 내 상황이 어땠는지 들어 봐요. 당신도 우리 어머니가 사업을 하셨던 거 알잖소. 그런데 어머닌 사업수완이란 게 전혀 없는 양반이었소. 난 급하게 파리에서 불려왔소. 아주 절박한 때였고, 내가 모든 걸 제대로 돌려놓아야 했소. 상황이 어땠는지 알아요? 정말, 회사가 파산 직전이었소. 삼대를 거쳐 온 존경받는 가업이 말이오. 외아들인 내가 회사를 구해야겠다는 것 말고 다른 생각이 있었겠소?

로나

그래서 한 여자를 희생시키고 베르니크 가문을 구했단 말이군요.

베르니크

당신도 베티가 날 사랑했다는 걸 알잖소.

로나

그럼 나는요?

베르니크

로나, 내 말 믿어요, ─ 당신은 나와 결코 행복하지 못했을 거요.

로나

그럼 나를 희생시킨 건 내 행복을 위해서였어요?

베르니크

당신은 내가 이기적인 목적 때문에 그렇게 했다고 믿소? 내가 당시에 홀로서기를 할 수만 있었다면 즐겁게 처음부터 다시 시작했을 거요. 아마 당신은 모를 거요. 유산으로 물려받은 사업을 꾸려가야 하는 남자가 얼마나 무거운 책임을 져야 하는지. 수백, 아니 수천 사람들의 행과 불행이 그 남자의 두 어깨에 달려있었다는 걸 알았소? 이 전 지역사회가, 당신과 나의 고향인 이 지역이 만일 베르니크 가문이 파산했더라면 얼마나 비참하게 되었을지 당신,

생각이나 해보았소?

로나

그러니까 당신이 15년간 거짓 속에서 살아온 게 이 지역사회를 위해서였군
요?

베르니크

거짓 속에서?

로나

당신과 결혼하기 전 있었던 이 모든 일들에 대해 베티가 아니요?

베르니크

아무 소용도 없는데 그 모든 걸 까발려서 베티에게 상처를 줘야 했단 말이
오?

로나

아무 소용도 없다고요? 그래요, 그래, 당신 사업가니까 결국 이익에 대해 생
각하겠죠. ― 그렇지만 카르스텐, 이제 나도 아주 냉정하고 솔직하게 당신에
게 묻고 싶어요. 당신 ― 정말 행복해요?

베르니크

가족들과 말이오?

로나

네.

베르니크

그래요, 나, 행복해요, 로나. 오, 당신이 친구로서 희생한 게 헛되진 않았소.
해가 거듭될수록 더욱 더 행복해졌다고 감히 말하고 싶소. 베티는 착하기도

하지만 잘 맞출 줄 아는 여자요. 그녀가 시간이 지나면서 자신의 성격을 내 삶의 방식에 얼마나 잘 맞춰갔는지 —

로나

흠.

베르니크

그녀도 처음에는 물론 사랑에 대해 대단한 환상 같은 걸 가지고 있었소. 사랑이란 게 시간이 지나면서 따스한 우정으로 변한다는 생각에 적응하지 못했지.

로나

그런데 이제는 그걸 받아들이나요?

베르니크

완벽하게. 매일 나와 지내면서 그녀는 내게서 적지 아니 영향을 받았고 그래서 보다 성숙해졌소. 누구나 자기가 속한 사회를 위해 최선을 다하려면 자기의 요구를 조금씩 줄여야 한다는 것을 공동생활에서 배워야 하오. 베티는 시간이 지나면서 그걸 알게 되었고, 그 덕에 우리 가정은 다른 시민들에게 모범이 되었소.

로나

시민들이 그 거짓에 대해서는 물론 모르겠죠?

베르니크

거짓?

로나

당신이 지난 15년 동안 그 속에서 살아온 그 거짓.

베르니크

아니, 그걸 당신은 —

로나

난 그걸 거짓이라고 해요. 3중의 거짓. 나에 대한, 베티에 대한, 그리고 요한에 대한 거짓.

베르니크

베티는 나에게 무언가 말하라고 요구한 적이 없소.

로나

아무것도 모르니까요.

베르니크

당신도 내게서 그걸 요구할 수는 없소. — 베티를 생각해서라도 그래선 안 되지.

로나

오, 물론 안 해요. 난 사람들의 조롱을 견디는 걸 배우게 될 거예요. 참을성이 많으니까.

베르니크

요한도 내게서 그걸 요구하지는 않을 거요. 내게 그렇게 약속했소.

로나

당신 자신은 어때요, 카르스텐? 당신의 내면에 그 거짓에서 빠져나오고 싶다는 무언가 그런 요구 같은 게 없어요?

베르니크

그러니까 내 가정의 행복과 사회적 위치를 자의로 포기하란 말이군!

로나

당신이 서있는 그 자리에 있을 수 있는 어떤 권리가 당신에게 있죠?

베르니크

난 그 권리를 15년 동안 매일같이, 한 발자국 한 발자국 조금씩 얻었소. — 나의 변화와 사회를 위한 공적 활동을 통해서.

로나

네, 당신 자신과 다른 사람들을 위해 열심히 일했고 많은 것을 성취했겠죠. 이 도시에서 가장 부유하고 가장 권력이 많으니까. 감히 누구도 당신에게 반대하지 못하죠. 어떤 결점이나 흠도 없는 존경스러운 인물이라는 평판을 듣고 있으니까. 당신의 가정은 모범 가정, 공적 생활 역시 마찬가지고요. 그렇지만 이 모든 영광의 근거는 삐그덕대요. 사상누각이죠. 한 순간, 한 마디 말이면 충분해요. — 당신이 누리는 모든 영광은 사라질 거예요. 스스로를 제때에 구하지 않으면.

베르니크

로나, — 당신 도대체 여기서 원하는 뭐요?

로나

난 당신이 다시 확고한 기초 위에 설 수 있도록 돕고 싶어요, 카르스텐.

베르니크

복수군! 복수하고 싶은 거요? 나도 감은 잡았지. 그러나 그렇게 되진 않을 거야! 나에 반대하는 목소리를 낼 사람은 여기에 단 한 사람밖에 없으니까.

로나

요한?

베르니크

그래요, 요한. 누군가 다른 사람이 날 고발한다면 난 모든 걸 부인할 거요.
누군가 날 파멸시키려 한다면 나도 가만있진 않을 거요. 절대 당신이 원하는
대로 되진 않을 거요! 날 파멸시킬 수 있는 유일한 사람은 침묵하고 있고,
곧 떠난다고 했소.

룸멜과 비겔란이 오른쪽 문으로 들어온다.

룸멜

별 일 없겠지, 베르니크. 같이 상공회의소에 가세. 우리 철도 때문에 회의가
있잖나.

베르니크

갈 수가 없어. 지금은 곤란해.

비겔란

그래도 가셔야 합니다, 영사님. 다른 도리가 없어요.

룸멜

가야 돼, 베르니크. 거기 우리한테 반대하는 작업을 하는 사람들이 있다고.
함메르 편집장과 또 몇 사람 있지. 당시에 해안가에 면한 노선을 찬성했던
자들인데 이번 새로운 제안의 뒤에 사적 이해관계가 숨어있다고 떠들고 있
어.

베르니크

글쎄, 그런 사람들에게 설명을 하면 —

비겔란

우리가 설명해야 아무 소용없습니다, 영사님.

룸멜

그래, 그래, 영사가 직접 가야 해. 영사에게야 그 따위 의혹을 제기할 사람이 없을 테니까.

로나

그래요, 내 생각도 그래요.

베르니크

난 갈 수 없다고 했잖소. 몸이 좋지 않아요. ─ 하여튼 잠깐 시간을 줘요. ─ 몸을 좀 추스러야 하니까.

뢰를룬이 오른쪽 문에서 들어온다.

뢰를룬

죄송합니다, 영사님. 제가 마음이 급해 이렇게 왔습니다.

베르니크

그래, 무슨 일이오?

뢰를룬

묻고 싶은 게 있습니다, 영사님. 영사님 댁에서 살고 있는 그 처녀가 중인환시속 거리에서 어떤 사람과 노닥거리고 있는데 영사님께서 허락하신 건지 ─

로나

어떤 사람이죠, 목사님?

뢰를룬

그녀가 이 세상 누구보다도 멀리 해야 할 사람입니다.

로나

오호!

뢰를룬

영사님께서 허락하신 건가요?

베르니크

(모자와 장갑을 찾으면서) 무슨 말을 하는지 모르겠소. 미안하지만 난 지금 바빠요. 상공회의소에 가야 돼요.

힐마르

(정원에서 들어와 왼쪽 뒷문으로 가서) 누나! 베티 누나!

베티

(문간에서) 무슨 일이야?

힐마르

가서 모 인물과 디나 도르프가 정원에서 노닥거리는 것 좀 그만 두게 해. 듣는 것만으로도 신경 쓰여.

로나

그래? 그 모 인물이 뭐라고 했는데?

힐마르

오, 다른 말은 아니고 자기랑 같이 미국에 가자고 하더라구. 아, 젠장!

뢰를룬

말도 안 돼!

베티

뭐?

로나

그거 정말 근사한 일이네.

베르니크

말도 안 돼! 처남이 잘못 들었겠지.

힐마르

그럼 직접 물어봐요. 저기 두 사람이 오네요. 그렇지만 난 빼주세요.

베르니크

(룸멜과 비겔란에게) 내 뒤따라가리다 — 잠깐 —

룸멜과 비겔란은 오른쪽 문으로 퇴장한다. 요한과 디나가 정원에서 들어온다.

요한

만세, 로나 누나, 우리랑 함께 가겠대요!

베티

그렇지만 요한, — 너 서두른다 — !

뢰를룬

믿을 수가 없소! 전대미문의 일이오! 무슨 재주를 부려 그렇게 꼬드기셨는지 —

요한

자, 자, 이봐요, 무슨 그런 말을 해요?

뢰를룬

디나, 대답해 봐요. 정말 진정으로, ─ 본인의 의지로 그런 결정을 한 거요?

디나

난 여기서 떠나야 해요.

뢰를룬

그런데 이 남자와 ─ 이 남자와!

디나

여기서 날 데려갈 수 있는 용기를 가진 다른 사람이 있으면 말해 보세요.

뢰를룬

그렇다면 이 남자의 실체를 알아야 해요.

요한

입 다물어요!

베르니크

한 마디도 더 하지 마시오!

뢰를룬

그러면 전 이 사회에서 미풍양속의 파수꾼이자 도덕의 수호자로서의 제 몫을 제대로 하지 못하는 겁니다. 게다가 그 교육에 중요한 역할을 하고 있는 젊은 처녀에 대해 무책임하게 됩니다. 이 처녀는 제게 ─

요한

당신이 무슨 짓을 하는 건지 똑바로 아시오!

뢰를룬

그녀는 알아야 돼요! 디나, 이 사람이 당신 어머니의 그 불행과 치욕을 가져
온 장본인이오.

베르니크

아드융크트 선생 —!

디나

그가! (요한에게) 그게 사실인가요?

요한

카르스텐 형, 형이 대답해요.

베르니크

그만들 둬요! 오늘은 여기서 끝냅시다.

디나

역시 사실이군요.

뢰를룬

사실이고말고. 그것만이 아니오. 당신이 믿고 있는 이 인간은 맨주먹으로 미
국에 간 게 아니오 — 돌아가신 베르니크 부인의 돈도 — 그건 영사님이 증인
이요!

로나

거짓말!

베티

오, 세상에, 하느님!

요한

(뢰를룬에게 주먹을 휘두르며) 어떻게 그런 말을—!

로나

(두 사람의 중간에 서며) 이 남자 때리지 마, 요한!

뢰를룬

자, 때리려면 때려요. 진실은 밝혀질 거요. 그러니까 진실인 거요. 그건 베르니크 영사님이 직접 말한 거고 온 도시가 다 알고 있소.—이제, 디나, 이제 이 작자가 어떤 사람인지 알았겠지.

잠깐의 침묵

요한

(베르니크의 팔을 잡고 낮은 목소리로) 카르스텐 형, 형 그런 짓을 하다니!

베티

(눈물을 글썽이며 목이 막혀) 오, 여보, 우리 식구들 때문에 당신이 이런 치욕을 당하네요.

산스타

(급하게 오른쪽 문으로 들어와 손잡이를 잡고 소리 지른다.) 빨리 좀 오셔야 합니다, 영사님! 철도사업 전체가 간당간당 합니다.

베르니크

(정신이 나간 듯) 뭐요? 내가 뭘 해야—?

로나

(진지하게 강조한다.) 가서 사회의 기둥이 돼야죠, 제부.

산스타

네, 갑시다, 가요. 지금 우리한텐 영사님의 도덕적 우세가 절실합니다.

요한

(베르니크에게 바짝 다가서서) 형, ─ 우리 두 사람 내일 이야기해.

요한은 정원으로 나가고 베르니크는 혼란스러운 듯 산스티와 함께 오른쪽 문으로
나간다.

베르니크 영사 집의 정원에 면한 홀.
베르니크가 손에 회초리를 들고 화가 나 뒷면 왼쪽 문으로 들어오고 문을 빈쯤
열린 채 둔다.

베르니크

자, 보라고. 한 번 본때를 보여야겠어. 따끔하게 야단맞으면 그 녀석 잊어버
리지 않겠지. (방안을 향해) 뭐라고? ─ 당신, 제 정신 못 차리는 엄마라고 했잖
아! 그 앨 늘 용서하고 어린아이처럼 바보짓을 해도 그냥 오냐오냐 하면서
넘어가잖아. ─ 뭐 바보짓이 아냐? 그럼 뭐야? 밤중에 몰래 빠져나가서 고깃
배를 타고 바다에 나가질 않나, 반나절이나 나가있질 않나, 온갖 일로 머릿속
이 터질 것 같은 날 끔찍하게 두렵게 했는데도? 헌데 이 녀석이 이젠 아예
집에서 나가겠다고 을러대! 그래, 그러기만 해봐라! ─ 당신이? 그래, 그건
믿지. 그 녀석한테 무슨 일이 일어나든 당신은 상관없을 테니까. 그 녀석이
아주 제 무덤을 파고 있잖아 ─! ─ 그래? 그래, 내가 죽으면 그 녀석이 내
일을 물려받아야 해. 나한테 자식이 없는 게 아니잖아. ─ 말대꾸하지 마, 베
티! 이미 말했어, 그 녀석 이제 금족령이야 ─ (귀를 기울인다.) 쉿! 이 일을 누
구도 알아선 안 돼.

지배인 크라프가 오른쪽 문에서 들어온다.

크라프

잠시 말씀 좀 드려도 될까요, 사장님?

베르니크

(회초리를 구석으로 던지고) 그럼, 되고말고, 작업장에서 오나?

크라프

네, 지금 막. 흠—

베르니크

그래? '팜 트리'에 뭐 문제가 생긴 건 아니겠지?

크라프

'팜 트리'는 내일 출항합니다만—

베르니크

그럼 '인디언 걸'에 문제가? 내 그럴 줄 알았지, 그 고집불통이—

크라프

'인디언 걸'도 내일 출항할 수 있습니다. 다만—그리 멀리 가진 못할 겁니다.

베르니크

무슨 소리야?

크라프

죄송합니다, 사장님, 문이 열려 있네요. 방안에 누군가 있는 것 같기도 하고—

베르니크

(문을 닫는다.) 무슨 소리길래 다른 사람이 들으면 안 되나?

크라프

'인디언 걸'이 승객과 화물을 모두 실은 채 침몰하게 된다는 게 아무래도 아우네의 의도인 것 같습니다.

베르니크

아니 세상에, 자네 어떻게 그런 생각을 ―

크라프

다르게는 설명이 안 되어서요, 사장님.

베르니크

그럼 짤막하게 얘길 해 보게 ―

크라프

그러지요. 새 기계가 도입되고 노동자들이 아직 그 기계에 익숙하지 않아 일이 아주 느리게 진척된다는 건 사장님께서도 아실 테고요.

베르니크

그래, 그래.

크라프

제가 오늘 아침 내려가보니 미국 배 수선이 눈에 띄게 진척이 되어 있더군요. 선체 바닥에 있던 커다란 구멍 있잖아요, ― 거 왜 나무가 다 썩었던 곳 말입니다 ―

베르니크

그래, 그래, 그게 어떻게 되었어?

크라프

완전히 수선이 되어 있었어요. ─ 적어도 겉으로 보기에는요. 완전히 막아져서 아주 새 것 같았어요. 아우네가 밤새 램프불을 켜놓고 직접 작업했다고 하더라고요.

베르니크

그래, 잘했군. 그런데 ─?

크라프

곰곰이 생각해 보았습니다. 마침 조찬 휴식시간이어서 아무도 보지 않길래 선체 외부와 내부를 둘러 볼 수가 있었죠. 선적이 되어 있을 때는 화물칸에 내려가기가 쉽지 않지요. 그래서 어찌 된 일인지 면밀히 살펴보았습니다. 무책임한 일이 벌어진 겁니다, 사장님.

베르니크

자네 말을 믿을 수가 없네, 크라프. 아우네가 그랬을 거라 믿을 수도 없고, 믿고 싶지도 않네.

크라프

유감입니다만 ─ 사실입니다. 무책임하다고 말씀드렸지요. 제가 본 바로는 새 선판(船板)을 댄 것이 아니라 나무 조각과 방수포 같은 걸로 누덕누덕 메꾸고 덧칠을 해놓았더군요. 날림 작업이죠! '인디언 걸'은 절대 뉴욕까지 가지 못합니다. 구멍 난 냄비처럼 가라앉고 말 겁니다.

베르니크

이런 끔찍한 일이! 그런데 그 작자가 무슨 의도로 그런 작업을 한 것 같나?

크라프

당연히 새 기계가 믿을 수 없다는 걸 보여주고 싶은 거겠죠. 복수하고 싶은 거고요, 옛날 작업팀들을 다시 불러들이고 싶은 거겠죠.

베르니크

그렇다고 수많은 목숨을 희생시키겠다고?

크라프

최근에 이런 말도 했답니다. "'인디언 걸'의 선원들은 사람이 아니라 — 짐승 이다"라고요.

베르니크

그래, 그래, 그럴지도 몰라. 그런데 그렇게 됐을 경우 돈이 얼마나 날아가는 지 그 작자는 생각을 안 해봤나?

크라프

아우네는 돈 문제에 대해서는 별로 감이 없습니다, 사장님.

베르니크

맞아. 그 친구는 그저 사고뭉치에다 선동가야. 그렇지만 이렇게 무책임한 행 동방식에 대해서는, — 크라프, — 이 문제는 아주 면밀히 조사해 보아야겠네. 일단은 누구에게도 입도 뻥긋 말게. 그런 일이 알려지면 우리 조선소의 명성 은 땅에 떨어져.

크라프

알겠습니다, 그렇지만 —

베르니크

점심 휴식 때 다시 한 번 내려가 보게. 확실한 증거가 있어야 되니까.

크라프

그렇게 하겠습니다, 사장님. 그런데 원하시는 걸 제가 해도 될까요?

베르니크

당연히 보고를 해야 되겠지. 우리가 그런 범죄행위에 연루되어 있으면 안 되니까. 난 양심이 깨끗해야 돼. 더군다나 내가 개인적인 이익을 멀리하고 정의가 실현되도록 하면 언론과 전체 시민들에게 좋은 인상을 줄 걸세.

크라프

당연하지요, 사장님.

베르니크

그렇지만 우선 확실한 증거가 있어야 해. 그때까지는 철저하게 입 다물고 있게 ―

크라프

절대 말하지 않겠습니다, 사장님. 그리고 증거를 갖다 드리겠습니다. (정원을 통해 큰길로 나간다.)

베르니크

(혼잣말로) 어떻게 이런 일이! 안 돼, 말도 안 돼 ― 있을 수 없는 일이야!

그가 자기 방으로 가려는 순간 힐마르가 오른쪽 문으로 들어온다.

힐마르

굿 모닝, 매형! 어제 상공회의소에서의 성공 축하합니다.

베르니크

오, 고맙네.

힐마르

대단한 성공이었다고 들었어요. 이기심과 선입견에 대한 계몽된 시민의식의 승리였다면서요. ― 알제리 인들에 대한 프랑스의 일제 수색 같아요. 여기서 볼썽사나운 일이 있은 다음에 그렇게 하셨으니 대단하세요.

베르니크

그래, 그래, 됐네.

힐마르

그런데 진짜 싸움은 아직 안 벌어졌잖아요.

베르니크

철도부설 문제에서 말인가?

힐마르

네, 함메르 편집장이 무언가 꿍꿍이를 꾸미고 있는 거 아시죠?

베르니크

(긴장하며) 아니, 무슨 꿍꿍인데?

힐마르

떠도는 소문을 파헤쳐 신문에 기사를 쓸 거래요.

베르니크

무슨 소문?

힐마르

당연히 철도 지선을 따라 있는 넓은 땅에 대한 거죠.

베르니크

무슨 말이야? 요즘 여기 그런 소문이 떠도나?

힐마르

네, 모르는 사람이 없어요. 클럽에서 들은 소리예요. 여기 변호사 한 사람이 익명의 위탁자에게서 비밀리에 모든 숲과 광산, 급수권을 매입하라는 위탁을 받았다는데요 —

베르니크

그 위탁자가 누군지 모른단 말이지?

힐마르

클럽에서 사람들 말로는 누군가 외지인이 매형이 계획하고 있는 일에 대해 듣고는 땅값이 올라가기 전에 급히 사들이는 것 같대요. — 정말 비열한 짓이에요 — 젠장!

베르니크

비열한 짓?

힐마르

네, 누군가 외지인이 그런 방식으로 우리를 침입하는 거잖아요. 게다가 우리 도시의 변호사가 그런 일을 하고 있다니! 이제 외지인이 이익을 몽땅 긁어가게 생겼어요.

베르니크

그렇지만 확증되지 않은 소문이구만.

힐마르

그래도 사람들은 그렇게 믿는다구요. 게다가 편집장 함메르는 내일 아니면 모레 그걸 사실로 확 못 박을 걸요. 사람들은 이미 입맛 써 하고 있어요. 여러 사람들이 직접 말하는 걸 들었는데요, 만일 이 소문이 사실이라면 청원 리스트에서 자기들 이름을 지우겠다고 하더라고요.

베르니크

말도 안 돼!

힐마르

그래요? 왜 그 째째한 인간들이 매형의 제안에 그렇게 관심을 갖는 걸까요? 그 인간들 혹시 무언가 기대하고 있는 거 같지 않아요 ─ ?

베르니크

그럴 리가 없다고 했잖나. 여긴 작은 사회라도 시민의식이 투철해 ─

힐마르

여기가요? 네, 다른 사람들이 다 매형 같은 줄 아시니 매형은 진짜 낙관주의 자시네. 그렇지만 난, 상당히 날카로운 눈을 가지고 있지요 ─. 여기엔 ─ 물론 우리들은 제외하고요 ─ 이상주의의 깃발을 높이 쳐들 사람이 한 명도 없어요. (큰길을 내다보며) 젠장, 저 사람들 오네!

베르니크

누가 와?

힐마르

미국에서 온 두 사람이요. (밖을 내다보며) 누구랑 같이 오는데? 그래, 세상에, 저 인간 '인디언 걸' 선장 아냐 ─ 젠장!

베르니크

두 사람이 그 선장하고 무슨 볼 일이지?

힐마르

오, 아주 꿍짝이 잘 맞는 패거리인데요. 저 선장 인신 매매꾼인지 해적인지 그랬대요. 저 두 사람이 그 몇 해 동안 무얼 했는지 알 게 뭐예요.

베르니크

그 두 사람에 대해 그렇게 함부로 생각하지 말라고 했을 텐데.

힐마르

네, 매형이야 낙관주의자시니까. 그렇지만 이제 곧 그들 때문에 시달릴 거예요. 아직 시간이 있을 때 저는 이만— (뒷면 왼쪽 문으로 간다.)

로나 헤쎌이 오른쪽 문으로 들어온다.

로나

아니, 힐마르, 내가 오니 도망가는 거야?

힐마르

천만에요, 마침 급한 일이 있어서요. 베티 누나랑 얘기 할 게 있어서. (왼쪽에 있는 뒷방으로 들어간다.)

베르니크

(잠깐 뒤에) 자, 로나?

로나

네.

베르니크

오늘 당신 앞에 서있는 나는 어떻소?

로나

어제와 비슷해요. 거짓말 한 마디 더하거나 덜하거나—

베르니크

당신한테 설명해야겠소. 요한은 어디 있소?

로나

올 거예요. 어떤 남자랑 얘기할 게 있대요.

베르니크

어제 내 말을 들었으니 진실이 만천하에 밝혀지면 내 전 존재가 다 무너진다
는 걸 알게 되었을 거요.

로나

알게 됐어요.

베르니크

또한 여기서 떠돌던 소문의 장본인이 내가 아니라는 것도 알게 되었겠지.

로나

그렇다고 쳐요. 그럼 누가 도둑이죠?

베르니크

도둑은 없었소. 훔쳐 간 돈도 없었고, 한 푼도 도난당하지 않았소.

로나

뭐라구요?

베르니크

한 푼도 도난당하지 않았다고 했잖소.

로나

그럼 그 소문은? 요한에 대한 수치스런 그 소문은 어떻게 퍼진 거죠ㅡ?

베르니크

로나, 다른 사람에겐 못했지만 당신에겐 솔직히 말하겠소. 당신에게 비밀로

하고 싶지만. 그 소문이 퍼진 데는 내 책임도 일부 있소.

로나

당신이? 그런데도 당신의 잘못을 그 애에게 뒤집어씌웠다니―!

베르니크

당시의 상황을 생각하고 함부로 판단하지 말아요. 어제 이미 말했지만, 외국에서 돌아와 보니 어머니께서 벌려놓은 사업이 엉망이었소. 이것저것 다 실패였고, 우리 회사는 파산 직전이었소. 난 어찌 할 바를 몰라 갈팡질팡했지. 로나, 그래서 내가 그 사건에 휩쓸렸던 것 같소. 그 일로 요한은 미국으로 떠났고.

로나

흠!

베르니크

당신과 요한이 떠난 후 온갖 억측이 난무했으리란 건 상상이 될 거요. 그가 탈선을 한 게 처음이 아니라고들 했소. 도르프 씨가 요한에게서 상당한 액수의 돈을 받으면서 함구하기로 하고 떠났다고 말한 사람들이 있었던 것 같소. 또 어떤 사람들은 그 부인이 돈을 받았다고도 했고. 바로 그때 우리 회사는 채무를 갚을 능력이 없다는 걸 숨길 수가 없었소. 입방아 찧기 좋아하는 사람들이 이 두 가지 일을 연계해서 생각한 건 당연한 것 아니겠소? 그런데 그 여자가 이 도시에 계속 머물면서 어렵게 사니 요한이 돈을 갖고 미국으로 도망갔다고 주장하는 사람들이 있었고 소문이 퍼지면서 그 액수가 점점 더 불어난 거요.

로나

그럼, 당신은요, 카르스텐―?

베르니크

난 물에 빠진 사람이 지푸라기라도 잡듯 그 소문에 매달렸소.

로나

그 소문이 퍼지는 데 한 술 더 보탰단 말이에요?

베르니크

그냥 부인하지 않았을 뿐이오. 회사의 채권자들이 우릴 괴롭히기 시작했고, 난 그들을 달래야 했소. 우리 회사의 안정성에 대한 의문이 제기되는 것은 어떻게든 막아야 했으니까. 순간적인 불운이 닥쳤지만 채권자들이 우릴 압박하지 않고 시간을 조금 주자 누구나 자기 몫을 가져갈 수 있었소.

로나

그래서 그렇게 됐나요?

베르니크

그래요, 로나, 그 소문이 우리 회사를 살렸소. 오늘의 나를 만들기도 했고.

로나

그러니까 거짓이 당신을 오늘의 당신으로 만들었군요.

베르니크

그게 당시 누구에게 해가 되었소? 다시 돌아오지 않겠다는 게 요한의 의도였고.

로나

누구에게 해가 됐느냐고 묻는군요. 당신 자신의 내면을 들여다보고 당신 자신에게 해가 되지 않았는지 말해 봐요.

베르니크

어떤 사람이든 그 내면을 들여다보구려. 털어서 먼지 안 나는 사람은 없을
거요.

로나

그러면서 당신들 스스로 사회의 기둥들이라고 하는군요!

베르니크

사회라고 해도 더 나을 게 없소.

로나

그런 사회라면 기둥이 있건 없건 무슨 상관이죠? 여기서 중요한 게 뭐죠?
거짓과 수치 — 바로 그것들이겠죠. 여기서 당신은 권력과 영화를 누리며 놀
라울 정도로 행복한 삶을 누리고 있어요. 무고한 사람을 죄인으로 만들어 놓
고서.

베르니크

내가 요한에게 해서는 안 될 짓을 했다는 걸 깊이 의식하지 않고 있는 것
같소? 그걸 다시 원 상태대로 만들 만반의 준비가 되어 있지 않다고 생각해
요?

로나

어떻게 할 건데요? 진실을 말할 건가요?

베르니크

그런 걸 내게 요구할 수 있소?

로나

그럼 어떻게 그런 불의를 원래의 상태대로 되돌릴 수 있죠?

베르니크

난 부자요, 로나. 요한은 원하는 걸 요구할 수 있는데 ―

로나

그래요, 그 애에게 돈을 줘 봐요. 그럼 그 애가 어떤 답을 하는지 듣게 될 거예요.

베르니크

그가 어떤 계획을 갖고 있는지 알아요?

로나

아니오, 어제부터 말 한 마디 없어요. 이 모든 일로 그 애가 진짜 사나이가 된 것 같은데요.

베르니크

그와 얘길 해봐야겠소.

로나

저기 오네요.

요한이 오른쪽 문으로 들어온다.

베르니크

(그를 향해 가며) 요한 ―!

요한

(그를 저지하며) 나부터. 어제는 입도 뻥긋하지 않겠다고 형에게 약속했지.

베르니크

그랬지.

요한

그때는 내가 아직 잘 몰라서 —

베르니크

요한, 딱 두 마디로 상황을 설명할게 —

요한

필요 없어. 나도 전체 상황을 잘 알아. 회사가 당시 어려운 상황이었다는 거. 헌데 나는 여기 없었고, 형은 아무런 방어도 할 수 없는 사람의 이름과 평판을 마음대로 주무를 수 있었지 — 글쎄, 거기에 대해 형을 많이 비난하고 싶지는 않아. 우린 그때 젊고 철이 없었으니까. 그렇지만 이제 난 진실이 필요해. 그러니 이제 형이 말해야 해.

베르니크

그런데 바로 지금 난 도덕적 명망이 절실하게 필요해. 그래서 지금은 입을 열 수 없어.

요한

형이 나에 대해 퍼뜨린 소문은 문제가 아냐. 형이 책임져야 할 문제는 다른 거야. 난 디나와 결혼할 거고 여기 이 도시에서 살면서 그녀랑 가정을 꾸릴 거야.

로나

진심이니?

베르니크

디나와? 결혼을? 여기 이 도시에서?

요한

응, 바로 여기서. 난 여기 살면서 거짓투성이에 뒷담화나 까는 이 사람들의

본색을 까발길 거야. 내가 그녀를 얻으려면 형이 내 오명을 깨끗이 씻어줘야
해.

베르니크

내가 한 가지를 고백하면 다른 것도 따라서 인정하게 된다는 걸 생각해 봤
냐? 당시 우리 장부를 갖고 돈이 한 푼도 횡령되지 않았다는 걸 증명할 수
있냐고 말하고 싶겠지? 헌데 그럴 수가 없어. 당시 회계처리가 엉망이었거
든. 또 그런다 한들―무슨 소용이 있을까? 어쨌든 난 옛날에 거짓으로 내
자신을 구했고, 15년 동안 그 거짓이 통용되도록 그대로 놔둔 사람이잖아?
넌 지금 여기 이 사회를 잘 모르는 것 같다. 아니면 이 사회가 날 완전히 무너
뜨리리라는 걸 알고 싶거나.

요한

난 그저 도르프 부인의 딸인 디나와 결혼하여 그녀와 함께 여기 이 도시에서
살겠다는 것뿐이야.

베르니크

(이마의 땀을 닦으며) 내 말 좀 들어 봐, 요한,―그리고 당신도, 로나. 난 바로
요즈음 여느 때와는 다른 상황에 처해 있어. 어떤 상황이냐 하면 너희들이
날 치면 그건 날 무너뜨리는 거고, 그뿐 아니라 너희들의 고향인 이 도시의
위대하고 풍요로운 미래까지도 파멸시키는 거야.

요한

그렇지만 내가 형을 치지 않으면 난 내 미래의 행복을 파멸시키게 돼.

로나

말을 더 해봐요, 카르스텐.

베르니크

그럼, 들어 봐요. 이 모든 게 철도 부설과 관계가 있는데 그 일이 너희들 생각

처럼 그렇게 간단하지가 않아. 작년에 해안선을 따라 철도를 부설하려던 계획이 무산된 건 아마 이미 알고 있겠지? 그 계획은 우리 도시와 근교 도시는 물론 언론에서까지도 찬성했었어. 그러나 난 반대했지. 그 철도노선이 우리 증기선 노선에 악영향을 끼쳤을 거라서.

로나

그 증기선 노선에 개인적인 관심이 있는 거예요?

베르니크

그래요. 그렇지만 누구도 그런 이유로 날 의심하진 않아요. 내 명성 때문이지. 난 재정적 손해를 메울 수 있었을 거요. 그렇지만 시 당국은 할 수 없었소. 그래서 철도노선을 도시 내 횡단 노선으로 하기로 결정이 됐소. 일단 그렇게 되자 난 비밀리에 우리 도시 아래쪽까지 지선을 놓을 수 있다는 걸 확실하게 알게 됐소.

로나

왜 비밀리에 해요, 카르스텐?

베르니크

두 사람 혹시 임야, 광산, 폭포의 매매가 대규모로 이루어졌다는 얘길 들었나
—?

요한

응, 외지의 어떤 단체가 샀다는 것 같던데 —

베르니크

이 부동산들은 현 상태로는 개개 소유주들한테 아무 가치가 없어. 그래서 비교적 싼 값에 팔렸지. 만일 지선 부설이 논의될 때까지 기다렸다면 그 사람들 엄청난 값을 불렀을 거야.

로나

물론 그랬겠죠. 그런데요?

베르니크

지금 상황은 여러 가지 해석이 분분해 ─ 우리 지역에서 명망 있고 흠이 없어
스스로 나설 수 있는 어떤 사람이 고백을 할 수는 있소.

로나

그래서요?

베르니크

그 모든 걸 사들인 사람은 바로 나요.

로나

당신이?

요한

형의 재산으로?

베르니크

내 재산으로. 지선이 개통되면 난 백만장자가 돼. 그게 무산되면 완전 쪽박을
차게 되는 거고.

로나

엄청난 모험이네요, 카르스텐.

베르니크

난 전 재산을 여기에 걸었소.

로나

난 전 재산을 생각하는 게 아니에요. 만일 그게 알려지면 —

베르니크

그래요, 그게 바로 문제의 핵심이오. 내가 지금까지 누려온 흠 없는 이름 덕에 이 사안을 스스로 짊어질 수 있고 시민들 앞에 나서서 말할 수 있소. 우리 지역사회의 이익을 위해 그렇게 했다고.

로나

지역사회를 위해?

베르니크

그래요. 나의 의도를 의심할 사람은 아무도 없을 거요.

로나

그렇지만 여기엔 당신과 달리 어떤 숨겨진 의도나 개인적 이해관계 없이 공공연하게 일을 추진하는 사람들도 있는데.

베르니크

누가 있소?

로나

물론 룸멜, 산스타, 비겔란요.

베르니크

그들의 지지를 얻어내기 위해 내가 그들도 개입시킨 거요.

로나

그래요?

베르니크

그들은 이익의 5분의 1을 요구했고 그걸 자기들끼리 나눈다오.

로나

오, 이 사회의 기둥들!

베르니크

우리가 삐딱한 길로 가지 않을 수 없게 하는 게 지역사회 자체 아니오? 내가
비밀리에 추진하지 않았다면 어떻게 되었겠소? 너도나도 미친 듯 달려들어
계획은 산산조각 나고 엉망이 되었을 거요. 우리 지역사회에서 이처럼 대규
모 사업을 처리할 줄 아는 사람은 나 말고 없소. 여기서 대규모 사업에 감을
갖고 있는 사람들은 타지에서 온 사람들뿐이오. 그렇기 때문에 내 양심은 깨
끗하오. 오직 내 손에서만 이 사업은 많은 사람들을 위한 축복이 될 수 있소.
그들이 일자리를 원하니까.

로나

그 점에서는 당신 말이 맞네요, 카르스텐.

요한

그렇지만 난 그 많은 사람들이 누군지도 모르고, 내 행복이 걸려 있어.

베르니크

네 고향의 번영 또한 걸려 있어. 이제 와서 옛날의 내 행동이 만천하에 알려
진다면 내 반대자들이 모두 벌떼같이 내게 달려들 거야. 젊은 시절의 객기였
다고 해도 우리 지역사회 같은 데서는 가만있지 않을 걸세. 그때부터 지금까
지의 내 삶에서 온갖 자잘한 일들까지 부각시켜 폭로하면서 멋대로 말들을
지어댈 거라고. 소문과 중상모략으로 날 찢어발기겠지. 그럼 난 철도부설 사
업에서 물러나야 하고, 그렇게 되면 그 사업은 무산되는 거지. 결국 난 사업
상으로 파산하는 건 물론 한 시민으로서도 끝이야.

로나

요한, 이제 너도 얘길 들었으니 넌 떠나고 입을 다무는 게 좋겠다.

베르니크

그래, 그래, 요한, 그래야 해!

요한

그래, 나도 입 다물고 떠날 거야. 그렇지만 다시 올 거고 그땐 말하겠어.

베르니크

그냥 미국에 있어, 요한! 입을 다물고 있으면 이익도 나눠 줄 거니까―

요한

돈은 형이나 가져. 그렇지만 내 이름을 명예롭게 다시 찾아줘.

베르니크

내 이름을 희생하라니!

요한

그건 형과 이 지역사회가 해결할 문제고. 디나는 내 사람이 되어야 해. 그래서 난 내일 '인디언 걸'로 가.

베르니크

'인디언 걸'로?

요한

응. 선장이 날 태워주겠다고 약속했어. 미국에 가면 농장을 팔고 이것저것 정리를 한 다음 두 달 후에 다시 온다고 했어.

베르니크

그리고선 다 밝히겠다고?

요한

그렇게 되면 진짜 죄를 진 사람이 책임을 져야겠지.

베르니크

그럼 내 잘못이 아닌 것도 내가 뒤집어 써야 한다는 걸 잊었냐?

요한

그럼 15년 전 그 소문으로 가장 많은 덕을 본 사람은 누구지?

베르니크

날 절망하게 만드는구나! 그렇다면, 네가 까발긴다면 난 모두 부정할 거야! 나에 대한 음모라고, 복수라고 말할 거야. 내게서 돈을 우려내려고 네가 돌아온 거라고 주장하겠어.

로나

어떻게 그런 말을, 카르스텐!

베르니크

난 절망적이라고 말했잖아. 난 살기 위해 싸울 거야. 난 모두 부인할 거다, 모두!

요한

나한텐 형이 보낸 편지 두 통이 있어. 서류를 찾다 발견한 거야. 바로 오늘 아침 다시 한 번 읽어봤는데 그걸로 충분해.

베르니크

그 편지들을 공개하겠다고?

요한

필요하다면.

베르니크

두 달 후에 다시 돌아온다고 했지?

요한

그러려고 해. 바람도 세지 않고. 3주 후면 난 뉴욕에 도착할 거야. —'인디언 걸'이 침몰되지 않는다면.

베르니크

(깜짝 놀라) 침몰? '인디언 걸'이 침몰될지도 모른다는 생각을 왜 해?

요한

글쎄, 나도 이상하네.

베르니크

(거의 들리지 않게) 침몰한다?

요한

응, 형, 앞으로 어떻게 될지 이제 알았겠지. 내가 없는 사이 생각해 봐. 나, 간다! 베티 누나에게도 안부 전해줘. 나한테 곰살궂은 누나는 아니었지만. 그렇지만 마르타에겐 직접 얘기할 거야. 그녀가 디나에게 말하겠지 — 나에게 약속한 게 있으니까 — (왼쪽 뒷문으로 나간다.)

베르니크

(혼잣말로) '인디언 걸' — ? (급하게) 로나, 요한을 막아 줘요!

로나

당신이 직접 봤잖아요, 카르스텐, — 난 이제 더 이상 그 애에게 힘이 없어요.

(요한이 나간 문으로 나간다.)

베르니크

(불안한 생각에 잠겨) 침몰한다 — ?

아우네가 오른쪽 문으로 들어온다.

아우네

죄송합니다, 잠시 시간이 있으신지요 — ?

베르니크

(급하게 몸을 돌리며) 뭔가?

아우네

여쭤볼 게 좀 있어서요.

베르니크

그래, 빨리 하세. 뭐가 묻고 싶은가?

아우네

제가 만일 내일 '인디언 걸'을 출항시키지 않는다면 해고당한다는 게 정말 최종적인 — 뒤집을 수 없이 최종적인 — 결정인지요?

베르니크

왜 그래? 내일 출항시킬 수 있다면서?

아우네

네, — 그렇긴 합니다만, 만일 수선이 끝나지 못한다면 — 전 해고당하겠죠?

베르니크

질문의 요지가 뭔가?

아우네

전 정말 알고 싶습니다, 사장님. 대답해 주시지요. 저 해고당하나요?

베르니크

내 말이 확실한지 아닌지 알겠다는 건가?

아우네

그러니까 전 내일이면 제 가정과 이웃들 사이에서의 제 위치를 잃겠군요 — 노동자들 사이에서의 영향력도 잃고, — 주변의 가난한 사람들과 못 가진 사람들을 도울 기회도 잃는 거네요.

베르니크

아우네, 우리 그 얘긴 다 끝났네.

아우네

네, 그럼 '인디언 걸'은 출항합니다.

잠깐 침묵

베르니크

아우네, 내가 시시콜콜 다 들여다볼 수 없네. 또 책임질 수도 없고 — 그러니 배 수선이 완벽하게 끝났다는 걸 확신시켜 줄 수 있겠나?

아우네

시간이 촉박합니다, 사장님.

베르니크

그렇지만 수선에 대해 책임진다고 했잖나?

아우네

한여름이라 날씨가 좋으니까요. (또 한 번의 침묵)

베르니크

하고 싶은 말이 더 있나?

아우네

다른 건 잘 모르겠습니다, 사장님.

베르니크

됐네. ─ '인디언 걸'은 출항하고 ─

아우네

내일요?

베르니크

그래.

아우네

알겠습니다. (인사하고 나간다.)

베르니크는 무언가 결심을 못한 듯 잠시 서있다. 그러다 아우네를 다시 부르려는 듯 문으로 급하게 갔다가 문손잡이를 잡고 조용히 선다. 이 순간 문이 바깥에서 열리며 지배인 크라프가 안으로 들어온다.

크라프

아하, 그자가 왔었군요. 뭐라던가요?

베르니크

흠―뭐 좀 찾아냈나?

크라프

그럴 필요가 있나요? 사장님께서 그자 눈에서 양심에 찔리는 게 있다는 걸 보지 못하셨나요?

베르니크

아, 쓸데없는 소리, 그런 게 눈으로 보이진 않네. 뭘 찾아냈느냐고 물었잖나?

크라프

안으로 들어갈 수가 없었습니다. 시간이 너무 늦어서요. 배를 벌써 물에 띄웠더라고요. 그렇지만 바로 그렇게 서두르는 게 분명히―

베르니크

뭘 찾아내지 못했군. 그래도 마지막 점검은 마쳤겠지?

크라프

물론입니다. 그러나―

베르니크

알았네. 그러니까 이의를 제기할 게 물론 전혀 없군.

크라프

사장님, 잘 아시잖습니까. 저희 같이 이름 있는 작업장에서도 점검이 어떻게 이루어지는지.

베르니크

그건 상관없네. 어쨌든 우린 잘못 없으니까.

크라프

사장님, 아우네에게서 진짜 아무것도 눈치 채지 못하셨는지 ─

베르니크

그 친구는 날 아주 안심시켰다고 했잖나.

크라프

그런데 말씀드렸다시피 그 친구가 도덕적으로 ─

베르니크

도대체 무슨 의미인가, 크라프? 자네가 사람들한테 무언가 반감이 있다는 건 알고 있네만 그 친구 목을 조르려 한다면 다른 이유를 대게. '인디언 걸'을 내일 출항시키는 게 내게, ─ 아니 조선소라고 하는 게 낫겠네 ─ 얼마나 중요한지 자네도 알잖나.

크라프

네, 알겠습니다. 그렇다고 하죠. 그러나 그 배에 대해 무슨 소리가 다시 들린다면 ─ 흠!

비겔란이 오른쪽 문으로 들어온다.

비겔란

안녕하세요, 영사님! 잠시 시간 있으시죠?

베르니크

물론이죠, 비겔란 씨.

비겔란

네, 내일 '팜 트리'가 출항하는 데 동의하시지 않는다고 듣고 싶었는데요?

베르니크

아니오, 그렇게 하기로 했습니다.

비겔란

그런데 지금 막 선장이 강풍 경보가 있다고 제게 알려왔는데요.

크라프

오늘 아침 일찍부터 청우계가 뚝 떨어졌습니다.

베르니크

그래? 폭풍우가 온다고?

비겔란

아무래도 바람이 강할 것 같습니다. 맞바람이 아니라 역풍으로—

베르니크

흠, 네, 당신 생각은 어떠세요?

비겔란

선장한테도 얘기했지만 '팜 트리'의 운명은 신에게 달렸지요. 어쨌든 처음엔 북해를 건너야 하니까요. 영국은 요즘 운송비가 워낙 비싸서—

베르니크

맞아요. 기다리면 비용 부담이 많아지죠.

비겔란

선체가 워낙 견고한데다 보험도 든든하게 들었으니까. 글쎄요, '인디언 걸' 이 훨씬 더 위험한데—

베르니크

무슨 말입니까?

비겔란

그 배도 내일 출항한다죠?

베르니크

네, 부탁받은 대로 서둘러 작업했고 게다가 —

비겔란

글쎄요, 낡은 선체가 견뎌낼 수만 있다면 — 선원들도 그렇고 — 만일 우리가 제대로 못했으면 창피해서 —

베르니크

물론 그렇지요, 그 배 관련서류는 다 갖고 오셨지요?

비겔란

네, 여기요.

베르니크

좋아요. 그럼 지배인과 함께 사무실로 가시죠.

크라프

알겠습니다. 곧 처리하겠습니다.

비겔란

고맙소. — 나머지 일은 신께 맡깁시다, 영사님. (크라프와 함께 앞쪽의 방으로 간다.)

곧 이어 뢰를룬이 정원을 통해 들어온다.

뢰를룬

아, 이 시간에 댁에 계시네요, 영사님.

베르니크

(생각에 잠겨) 그렇게 됐소.

뢰를룬

실은 사모님을 뵈러 왔습니다. 위로의 말씀이 필요하실 것 같아서요.

베르니크

그 사람, 그럴 거요. 헌데 나도 선생과 좀 하고 싶은 말이 있소.

뢰를룬

좋습니다, 영사님. 헌데 어디 안 좋으세요? 얼굴이 아주 창백하시고 무언가
혼란스러우신 것 같습니다.

베르니크

그래요? 그렇게 보여요? 네, 그럴 수밖에 없죠. ─근자 내게 일어난 이런저
런 일들을 생각하면 그렇지 않겠소? 회사 일도 벅찬 데다 ─ 철도부설 계획도
그렇고. ─아드융크트 선생, 뭐 좀 물어보고 싶소.

뢰를룬

그러시지요, 영사님.

베르니크

굉장한 사업이 떠올랐는데, 수천 명의 복지를 목표로 한 계획이오. ─이 계
획에 단 한 명의 희생이 필요하다면 ─?

뢰를룬

무슨 말씀이신지?

베르니크

이런 가정을 해봅시다. 어떤 사람이 큰 공장을 세우려 해요. 그 사람은 경험이 풍부해서 ─ 이 공장을 운영하면 ─ 조만간 사람들의 삶을 보다 낫게 하리라는 걸 알아요.

뢰를룬

네, 그럴 듯하게 들리는데요.

베르니크

아니면 다른 예로, 어떤 사람이 광산을 시작한다고 합시다. 그 사람은 나이든 가장들뿐만 아니라 건강한 젊은이들도 고용해요. 이들 모두가 목숨을 건질 수 있는 건 아니라고 확실히 말할 수는 없겠죠?

뢰를룬

글쎄요, 어쨌든 그럴 수도 있겠지요.

베르니크

그런데, 그 사람은 그 일이 언젠가는 사람의 목숨을 희생시킬 수도 있다는 걸 이미 알아요. 그럼에도 불구하고 그 계획은 공공의 이익을 위한 것이오. 사람의 목숨이 희생되더라도 틀림없이 수백 명의 복리를 위한 것이란 말입니다.

뢰를룬

아하, 철도부설에 대해 말씀하시는 거군요. ─ 폭파에, 굴착에 ─ 모든 게 위험하죠.

베르니크

네, 그래요, 철도부설 얘기요. 어쨌든 ─ 철도가 부설되면 당연히 공장도 생기고 광산도 생기죠. 그럼에도 불구하고 혹시 ─?

뢰를룬

영사님, 너무 양심적이신 것 같습니다. 제 생각으로는 여러 사안들은 신의 뜻에 맡기시는 게 ―

베르니크

그래요, 그래, 신의 뜻에 ―

뢰를룬

― 그러면 꼭 책임을 지지 않으셔도 되지요. 철도부설을 밀고 나가십시오.

베르니크

그래요, 그렇지만 특별한 경우를 생각하고 있소. 위험한 폭파가 이루어진다고 가정합시다. 그렇지만 특정 지점을 폭파하지 않으면 철도는 놓을 수가 없잖소. 그런데 엔지니어는 폭발 담당의 노동자가 목숨을 잃을 수도 있다는 걸 잘 알아요. 허나 누군가는 도화선에 불을 붙여야 하잖아요. 또 엔지니어는 어떤 노동자의 손에 그 일을 맡겨야 되죠.

뢰를룬

흠 ―

베르니크

무슨 말씀을 하고 싶으신지 압니다. 엔지니어가 직접 도화선에 불을 붙인다면 최상이겠지요. 그렇지만 그렇게는 안 하죠. 그는 어쩔 수 없이 노동자 한 명을 희생시켜야 하죠.

뢰를룬

우리 지역 엔지니어는 그런 일을 하지 않을 거라 생각해요.

베르니크

큰 나라에서는 그렇게 할 엔지니어가 없겠지요.

뢰를룬

큰 나라에서요? 네, 제 생각도 그렇습니다. 그런 사회는 부패하고 책임감도 없으니까요 ―

베르니크

오, 그런 사회에도 좋은 일은 많아요.

뢰를룬

영사님께서도 그런 말을 하시다니, 영사님께선 항상 ―

베르니크

큰 사회에서는 적어도 무언가 유용한 일을 할 수 있는 여지가 있어요. 그런 나라에서는 대의명분을 위해 희생을 감수할 용기가 있는 사람이 있다고요. 그렇지만 여기선 온갖 사소한 일들을 고려하느라 제한이 많아요.

뢰를룬

사람의 목숨을 고려하는 게 사소한 일인가요?

베르니크

글쎄, 한 사람의 목숨이 수천 명의 복지에 장애물이 된다면.

뢰를룬

헌데 너무 터무니없는 경우를 생각하시네요, 영사님! 오늘 하시는 말씀은 통이해가 안 됩니다. 게다가 큰 사회까지 운운하시고. 네, 저 밖에서는 사람목숨 따위가 뭐 대수일까요? 그런 데선 사람 목숨도 재산 가치로 생각하니까요. 그렇지만 우린 그래도 완전히 다른 도덕적 관점을 지지한다는 게 제 생각입니다. 우리 선주의 명예로운 위치를 생각해 보시지요! 코딱지만한 이득을 보려고 사람의 목숨을 희생시킬 그런 선주가 있으면 말씀해 보시지요! 이와 반대로 이득을 보겠다고 항해할 만하지 못한 배들을 계속적으로 출항시키는, 다른 나라의 그런 양심 없는 선주를 생각해 보세요 ―

베르니크

내가 말하는 건 항해할 만하지 못한 배에 대해서가 아니오!

뢰틀룬

그렇지만 전 그런 걸 말하고 있는 겁니다, 영사님.

베르니크

네, 그래서 어쨌다는 거요? 선생 말은 나와 아무 상관없소. ― 오, 작은 사소한 것들! 우리 사회에선 어떤 장군이 병사들을 싸움터에 보내 그들이 목숨을 잃게 되면 그 장군은 밤잠을 못 잘 거요. 그러나 외국에선 달라요. 그 사람이 입을 열어 속마음을 말하거든 들어보시오 ―

뢰틀룬

그 사람요? 누구요? 미국사람인가요 ―?

베르니크

맞아요 ― 미국에선 어떤지 들어보라니까요.

뢰틀룬

그 사람이 여기 이 댁에 있나요? 그런데 말씀 안 하셨네요. 제가 당장 ―

베르니크

그래봐야 소용없소. 그 사람과 마주치지 못할 테니까.

뢰틀룬

두고 보십시다. 아, 저기 오네요.

요한, 왼쪽 방에서 나온다.

요한

(열린 문에서 몸을 돌려 방 안쪽을 보고 말한다.) 그래, 그래, 디나, 그럴 수도 있지. 그래도 난 당신 포기하지 않아. 내가 다시 오게 되면 우리 둘 사이의 모든 것이 제대로 될 거야.

뢰를룬

실례지만 지금 그 말 무슨 뜻입니까? 원하시는 게 뭐죠?

요한

당신이 어제 그 앞에서 날 중상모략한 저 처녀를 내 아내로 삼겠다고요.

뢰를룬

당신의―? 그러니까 그런 생각을 하고 있다는―?

요한

그녀를 내 아내로 삼을 거요.

뢰를룬

그렇다면 모든 걸 아셔야 합니다. ― (반쯤 열린 문으로 가) 사모님, 죄송하지만 증인 좀 돼주셔야겠습니다―. 마르타 양도요. 그리고 디나 양도 들어오라고 하죠. (로나를 발견한다.) 아, 당신도 여기 계시네요.

로나

(문간에서) 나도 있어야 되나요?

뢰를룬

그렇게 많은 분이 원하시는 거죠. 많을수록 좋습니다.

베르니크

뭘 하려는 거요?

로나, 베티, 마르타, 디나와 힐마르가 왼쪽의 방에서 나와 방안으로 들어온다.

베티

아드융크트 선생님, 최선을 다했지만 동생을 막을 수 없었어요.

뢰를룬

제가 막을 겁니다, 사모님. — 디나, 당신 참 생각 없는 사람이오. 그러나 당신을 많이 나무라지 않겠소. 당신은 도덕적 지지대 없이 너무 오랫동안 지내왔소. 당신이 그렇게 지지대 없이 지낸 것에 내 자신을 나무라진 않겠소.

디나

지금 그런 말을 하시면 안 되죠!

베티

아니, 이게 다 뭐죠?

뢰를룬

이제 내가 말을 해야겠소, 디나, 어제 오늘 당신의 행동으로 내가 많이 힘들었소. 그러나 당신을 구하기 위해서는 기타 사항은 문제가 안 되오. 내가 당신에게 한 약속을 기억하겠죠. 또 때가 왔다고 느꼈을 때 내게 해주겠다고 한 약속도 기억하겠죠. 이제 난 더 이상 생각할 게 없소. 그러니까 — (요한에게) 당신이 아내로 삼고 싶어 하는 이 여자는 내 약혼녀입니다.

베티

그런 말씀을!

베르니크

디나!

요한

디나가! ─당신의 ─?

마르타

안 돼, 안 돼, 디나!

로나

거짓말!

요한

디나─이 남자가 하는 말이 사실이야?

디나

(짧은 휴지 후) 네.

뢰를룬

이로써 유혹의 모든 계략은 끝이요. 디나의 행복을 위해 취한 나의 이 결단을 우리 지역 전체에 공표하겠소. 잘못 해석되지 않기를 바랍니다. 그렇지만 지금은 디나를 데리고 나가는 게 최선책인 것 같습니다, 사모님. 마음의 평정을 찾도록요.

베티

자, 나가자, 오, 디나. 넌 참 행운아다!

베티가 디나를 왼쪽에 있는 뒷문으로 데리고 나간다. 뢰를룬이 두 사람을 따라간 다.

마르타

잘 가요, 요한! (나간다.)

힐마르

(베란다 쪽 문에서) ─흠─사실 나도 옳은 말 한 마디 하고 싶은데─

로나

(디나를 눈으로 쫓다가) 굽히지 마, 젊은이! 내가 여기 남아 목사를 지켜볼 테니. (오른쪽 문을 통해 밖으로 나간다.)

베르니크

요한, 이제 '인디언 걸'로 떠나지 않겠지.

요한

지금이니까 타야지.

베르니크

그렇지만 돌아오진 않을 거지?

요한

돌아올 거야!

베르니크

이런 일이 있었는데도? 이런 일이 있었는데 뭘 하려고?

요한

모두한테 복수해야지. 내 힘을 총 동원해 모두 파멸시킬 거야. (오른쪽의 문을 통해 나간다.)

비겔란과 크라프가 영사의 방에서 나온다.

비겔란

자, 서류는 완벽하게 꾸며졌습니다, 영사님.

베르니크

좋습니다, 좋아요 —

크라프

(볼멘 소리로) '인디언 걸'을 내일 출항시키는 게 확실하지요?

베르니크

출항할 거네. (자기 방으로 들어간다.)

비겔란과 크라프는 오른쪽 문을 통해 밖으로 나간다. 힐마르가 그 들을 따라 나가
려고 하는 순간 올라프가 왼쪽 문에서 조심스레 고개를 내민다.

올라프

삼촌! 힐마르 삼촌!

힐마르

젠장 — 너? 너 왜 방에서 나왔냐? 너 금족령 내려졌잖아.

올라프

(몇 발자국 더 나오며) 쉿! 삼촌, 그거 알아?

힐마르

그래, 너 오늘 흠씬 두들겨 맞은 거 알아.

올라프

(아버지 방의 문을 위협하듯 보면서) 더 이상은 안 때리겠지. 그런데 요한 삼촌이
내일 미국 배를 탄다는 거 알아?

힐마르

그게 너랑 무슨 상관이냐? 다시 네 방으로 올라가.

올라프

나, 어쩌면 나 물소 사냥 갈 수도 있어, 삼촌.

힐마르

쓸데없는 소리, 너 같은 멍청이가 ―

올라프

그래, 두고 봐. 내일 무언가 알게 될 걸!

힐마르

바보 같은 녀석! (베란다로 나간다.)

올라프는 재빨리 방으로 들어가 문을 닫는다. 그러면서 크라프가 오른쪽 문으로
들어오는 것을 본다.

크라프

(영시의 방문 쪽으로 가 문을 반쯤 연다.) 죄송합니다, 사장님, 이렇게 다시 와서.
그런데 엄청난 폭풍우가 오고 있습니다. (잠시 기다린다. 베르니크가 아무 말 없자
묻는다.) 그래도 '인디언 걸'을 출항시킬까요?

베르니크

(방에서 나와 잠시 후에) 그래도 '인디언 걸'은 출항한다.

크라프는 문을 닫고 다시 오른쪽 문으로 나간다.

베르니크 영사 저택 정원에 면한 홀. 작업 테이블은 치워져 있다. 폭풍우가 치는
오후이고 다음의 장면이 진행되는 동안 점차 어두워진다.
하인이 왕관모양의 촛대에 꽂힌 초에 불을 붙인다. 하녀가 벽에 면해있는 책상들
위에 꽃병, 램프, 촛대 등을 놓는다. 연미복을 입은 룸멜이 장갑과 흰 목깃을 하고
홀 가운데에 서서 지시를 한다.

룸멜

(하인에게) 하나 건너 하나씩 촛대를 놓게, 야콥. 너무 요란하게 보여선 안 돼,
깜짝 쇼라야 하니까. 꽃이 너무 많지 않나—? 오, 그래, 그대로 두게. 언제나
이렇게 놓여 있었다고 생각들 하겠지—

베르니크

(베르니크가 자기 방에서 나와 문간에 서서) 이게 다 뭔가?

룸멜

아우, 아우, 자네 집에 있었어? (하인들에게) 좋아, 자네들은 잠시 나가 있게.

하인과 하녀가 뒤쪽 문을 통해 밖으로 나간다.

베르니크

(다가오며) 룸멜, 도대체 이게 다 뭐야?

룸멜

이건 자네 일생에서 가장 자랑스러운 순간이 다가오고 있다는 의미야. 전 도
시민이 이 시의 최고 시민을 명예롭게 하기 위해 깃발 행렬을 지어 오고 있네.

베르니크

뭐라고?

룸멜

음악에 깃발! 횃불도 들고오려고 했는데 폭풍우가 너무 심해서 그만 두었지. 그렇지만 등(燈)은 포기할 수 없지. 신문에 나게 되면 아주 근사할 거야.

베르니크

룸멜, 난 이런 거 원하지 않네.

룸멜

그래, 그렇지만 이미 늦었어. 30분 후면 사람들이 여기 도착할걸.

베르니크

왜 미리 귀띔해주지 않았나?

룸멜

자네가 펄쩍 뛸 걸 아니까. 그래서 자네 어 부인한테 얘길 했더니 한두 가지 허락을 했고 간단히 마실 걸 준비한다고 했어.

베르니크

(귀를 기울이며) 저건 뭐지? 벌써들 온 건가? 노래 소리가 들리는 것 같은데 —

룸멜

(베란다 문에서) 노랫소리? 오 저건 미국사람들이야. '인디언 걸'이 출항하며 부르는 거야.

베르니크

출항시켜? 그래, — 안 돼, 룸멜, 오늘 저녁은 안 돼, 룸멜. 나 몸이 좋질 않아.

룸멜

그래, 보기에도 안 좋은 것 같다. 그래도 기운을 차려야지. 기운을 차려야 된다고! 나랑 산스타, 비겔란이 이 행사를 준비하느라고 얼마나 애를 썼는데. 우리 반대자들이 이렇게 많은 사람들이 공감하는 데모대의 기세에 꽉 뭉개져야 해. 소문이 막 퍼져 나가고 있어. 토지 매입을 알리는 걸 더 이상 지체할 수 없네. 오늘 저녁 노래와 연설, 건배를 하며 파티가 최고조에 달했을 때 자네가 지역사회의 발전을 위해 어떤 모험을 감행했는지 사람들에게 무조건 알려야 해. 그렇게 흥겨운 분위기에선 아주 예외적으로 많은 걸 알릴 수 있으니까. 자네, 꼭 그렇게 해야 돼. 안 그러면 일을 망쳐.

베르니크

그래, 그래, 알았어.

룸멜

특히 이번처럼 미묘하고 신중한 문제가 걸려있을 때는 말이야. 다행히도 자넨 그 정도의 이름이 있잖아, 베르니크. 그런데 우리 몇 가지 미리 의논을 해야 해. 힐마르가 자네를 칭송하는 시를 썼어. "이상의 깃발을 높이 들어라" 하고 시작할 거야. 그리고 뢰를룬 선생이 축사도 할 걸세. 자넨 물론 답사를 해야 되고.

베르니크

난 오늘 저녁엔 못 하겠네, 룸멜. 자네가 혹시 할 수—

룸멜

하고 싶지만 그건 말도 안 돼. 축사는 자네를 위한 거잖나. 물론 내용 속에는 우리에 대한 얘기도 좀 들어있겠지만. 이 문제에 대해 비겔란과 산스타하고 얘길 좀 했네. 우리 생각인데, 답사를 하면서 우리 지역사회의 번영을 위한다며 건배를 하게. 산스타는 사회 여러 계층의 화합에 대해 몇 마디 할 걸세. 비겔란은 새로운 경제적 사업이 우리 지역의 기초가 되는 도덕적 측면을 절대 흔들리지 않게 할 것을 희망한다며 몇 마디 할 거고. 난 우리 지역사회를 위해 적지 않은 의미를 지닌 여성들을 위한 말을 하려고 하네. 그런데 자넨 내 말 듣지도 않잖아—

베르니크

아냐, ─아냐, 알아. 그런데 진짜 밖에 폭풍우가 심한가?

룸멜

오, '팜 트리' 때문에 걱정인가? 보험이 든든하잖아.

베르니크

그래, 보험에야 들어 있지만 ─

룸멜

수선도 완벽하게 했고. 그게 중요하지.

베르니크

흠─. 무슨 일이 생겨도 꼭 사람 목숨이 어떻게 되는 건 아니니까. 배와 화물
이 어떻게 되면 ─가방이나 서류 같은 거나 없어지겠지 ─

룸멜

빌어먹을, 가방이나 서류 같은 건 중요하지 않지.

베르니크

중요하지 않지! 아니, 아니, 내 말은 ─쉿! 다시 노래를 부르는데.

룸멜

그건 '팜 트리' 선상에서 부르는 걸세.

비겔란이 오른쪽에서 들어온다.

비겔란

네, 지금 '팜 트리'가 출항하고 있습니다. 별 일 없으시죠. 영사님?

베르니크

바다 경험이 많은 당신 생각에 잘 돼가고 있는 거죠—?

비겔란

저야 언제나 신의 뜻에 맡깁니다, 영사님. 게다가 조금 전 제가 직접 배에 올라가 도움이 될 만한 몇 가지 팁을 주었습니다.

산스타와 크라프가 오른쪽에서 들어온다.

산스타

(문간에 서서) 글쎄요, 그게 잘 됐으면 모두 잘 되겠죠. 오, 안녕들 하십니까?

베르니크

무슨 일이 있나, 크라프?

크라프

전 더 이상 말씀 안 드리겠습니다, 사장님.

산스타

'인디언 걸'의 승객 모두가 물에 빠질 거요. 그 인간 같지도 않은 작자들이 한 명이라도 살아난다면 내 손에 장을 지질 거요.

로나, 오른쪽 문으로 들어온다.

로나

(베르니크에게) 그래요, 이제 당신에게 안부 전하라는 말 할 수 있네요.

베르니크

승선을 했다고요?

로나

곧 승선하겠지요. 호텔 앞에서 작별했으니까.

베르니크

그의 결심이 확고해요?

로나

아주 확고해요.

룸멜

(뒤쪽 창가에서) 빌어먹을, 이게 현대적인 최신식 장치라니. 커튼을 내릴 수가 없네ㅡ.

로나

내리게요? 난 올리는 줄 알았는데ㅡ

룸멜

처음엔 내려야지요, 헤쎌 양. 그래, 어떻게 하는 건지 알아요?

로나

그럼요. 내가 도와드릴게요. (줄을 잡는다.) 제부를 위해 커튼을 내릴게요. ㅡ마음 같아선 올리고 싶지만.

룸멜

나중에 올리셔도 되요. 정원에 사람들이 엄청나게 몰려올 때 그때 커튼이 높이 올라가면 모두들 깜짝 놀란 행복한 가족을 보게 될 겁니다. ㅡ유리벽 속으로 보이는 시민 가정의 모습.

베르니크

(무언가 말을 하려는 듯하다가 몸을 급히 돌려 자기 방으로 들어간다.)

룸멜

자, 이제 우리 마지막 회의를 합시다. 크라프 씨도 와요. 몇 가지 사실이 정확
한지 봐줘요.

남자들이 모두 영사의 방으로 들어간다. 로나는 창문의 커튼들을 내리고 베란다로
가는 유리문의 커튼도 내리려 한다. 그때 올라프가 위에서 베란다로 뛰어 내린다.
그는 어깨 위에 여행용 담요를 두르고 손에는 꾸러미를 하나 들고 있다.

로나

아, 세상에, 얘, 너 왜 그렇게 사람을 놀래키냐?

올라프

(손에 든 꾸러미를 감추며) 쉿, 로나 이모!

로나

너, 창문에서 뛰어 내린 거냐? 어딜 가려고?

올라프

나. 요한 삼촌에게 가요. 그냥 부두까지만 가는 거예요. ─ 잘 가시라고 인사
하려고요. 안녕히 주무세요, 이모! (정원을 통해 밖으로 뛰어나간다.)

로나

안 돼, 가지 마! 올라프 ─ 올라프!

요한이 여행복 차림에다 어깨에 가방을 메고 오른쪽 문을 통해 조심스럽게 들어온
다.

요한

누나!

로나

(몸을 돌리며) 어머나! 다시 돌아온 거야?

요한

아직 몇 분 시간이 있어서. 디나를 다시 한 번 봐야겠어. 우리, 이렇게 헤어질
순 없어.

> 마르타와 디나, 둘 다 오비를 입고 있고, 디나는 여행가방을 들고서 왼쪽 뒷문에서
> 나온다.

디나

그에게 갈래요, 그에게요!

마르타

그래, 디나, 넌 그에게 가야 해!

디나

저기 그가 있어요!

요한

디나!

디나

나도 데려가요!

요한

아니—!

로나

너도 원하잖아?

디나

네, 나도 데려가요! 그 사람이 내게 편지를 보냈어요. 오늘 저녁에 모든 사람
들에게 공표하겠대요 —

요한

디나 — 그를 사랑하지 않아?

디나

그 사람을 사랑한 적 한 번도 없어요. 그 사람의 약혼녀가 되느니 차라리 물
에 빠져 죽겠어요. 오, 어제 그 사람이 오만한 언사로 날 업신여긴 생각을
하면! 그 사람은 마치 내가 동정 받는 듯이 느끼게 했어요! 난 더 이상 사람
들이 날 그런 식으로 대하는 걸 참을 수 없어요. 나, 떠나겠어요. 함께 가도
되죠?

요한

그래, 그래 — 천 번이라도 내 대답은 예스야!

디나

당신에게 오래 짐이 되진 않을게요. 그냥 미국으로 가는 데 도와주세요. 거기
가서 제가 자리를 잡을 때까지만 좀 도와주시면 —

요한

만세, 우린 잘 할 수 있을 거야, 디나!

로나

(영사의 방을 가리키며) 쉿! 작은 소리로, 조용히!

요한

디나, 무슨 일이든 당신을 잘 돌볼게!

디나

그러지 않겠다고 약속해줘요. 혼자 해내고 싶어요. 미국에선 그렇게 할 수
있을 거예요. 여기서 벗어날 수만 있다면. 오, 그 여자들—아마 당신은 모를
거예요.—그 여자들이 오늘 내게 편지도 썼더라구요. 제 운명을 정말 행운
으로 생각해야 한다며 그 사람이 얼마나 도량이 넓게 저를 대했는지 알아야
한다고 썼어요. 내일부터 언제나 자기네들이 제가 그런 행운에 적합하게 처
신하는지 눈여겨보겠다고 하더라구요. 날 그렇게 존중해주는 척하는 것 정
말 지겨워요!

요한

디나, 오직 그 때문에 여길 떠나고 싶은 거야? 나라는 사람이 당신에게 아무
의미도 없는 거야?

디나

아니에요, 요한, 당신은 이 세상 누구보다도 내게 의미 있는 사람이에요.

요한

오, 디나—!

디나

모두들 당신을 미워하고 당신과 헤어져야 한다고 해요. 그게 제 의무래요.
그렇지만 그 의문가 뭔가 이해할 수 없어요. 아마 절대 이해하지 못 할 거예
요.

로나

그런 거 이해할 필요 없다, 너!

마르타

그래, 그럴 필요 없어. 그렇기 때문에라도 넌 그의 아내가 되어 그를 따라야
해.

요한

그래, 맞아!

로나

뭐? 지금 너에게 입맞추고 싶다, 마르타! 네가 그렇게 말할 거라고 생각도 못 했어.

마르타

네, 그러셨을 거예요. 제 자신도 생각 못 했으니까요. 그렇지만 한 번은 제가 말해야 된다고 생각했어요. 오, 무엇 때문에 우리가 여기서 습관과 관습에 매어 옹졸해야 되나요! 그런 것들 거부해야 한다, 디나. 그의 아내가 돼. 그래야 지금까지 내려오는 모든 관습을 깨뜨리는 무언가가 일어나는 거다.

요한

뭐라 대답할 거야, 디나?

디나

네, 당신의 아내가 되겠어요.

요한

디나!

디나

그렇지만 우선 일을 해서 당신처럼 무언가 이루고 싶어요. 전 누군가가 소유하는 그런 물건이 되고 싶진 않아요.

로나

그래, 맞다, 그렇게 될 거야.

요한

좋아. 희망을 갖고 기다려야지 —

로나

— 그리고 이겨야지, 젊은이! 이젠 배 타러 가자!

요한

그래요, 가요! 아, 누님, 한 가지만, 들어봐요 — (그녀를 뒤쪽으로 데려가 무언가를 급하게 말한다.)

마르타

넌 행운아야, 디나! — 한 번 보자, 작별의 키스를 해야지 — 마지막으로.

디나

마지막 아니에요, 아니에요, 사랑하는 아줌마. 우리 다시 만날 거예요.

마르타

절대 안 돼! 다시 돌아오지 않는다고 약속해, 디나. (그녀의 두 손을 잡고 그녀를 바라본다.) 이제 네 행운을 찾아 멀리 가거라, 사랑하는 디나 — 바다 건너로. 오, 교실에 앉아 있을 때면 난 시도 때도 없이 저 멀리 가고 싶었다! 저 밖은 아름다울 거야. 하늘도 여기보다 더 넓고, 구름도 더 높이 떠있고, 공기도 더 신선하겠지 —

디나

오, 마르타 아줌마, 언젠가 우릴 따라 오세요,

마르타

나? 절대 안 간다, 절대. 비록 좁은 데서 살지만 난 여기서 할 일이 있어. 지금부터라도 내가 성취할 수 있는 일은 무엇이든 할 수 있을 것 같다.

디나

아줌마와 헤어진다는 걸 상상조차 할 수 없어요.

마르타

아, 인간이란 많은 것들과 헤어지는 거야, 디나. (그녀에게 키스한다.) 그렇지만 넌 그래선 안 돼, 예쁜 디나. 그를 행복하게 해주겠다고 약속해줘.

디나

난 약속 같은 건 하고 싶지 않아요. 약속하는 건 정말 싫어요. 모든 일은 순리대로 되겠죠.

마르타

그래, 그래. 그렇게 되겠지. 지금 네 모습 그대로 있어라. ― 네 자신에게 충실하고 진실되게 살아라.

디나

그렇게 할 거예요, 아줌마.

로나

(요한이 준 어떤 서류 같은 것을 자기 주머니에 넣는다.) 이제 됐다, 내 사랑하는 동생. 자, 이제 떠나야지.

요한

응, 이젠 시간 다 됐어. 잘 지내, 누나. 누나가 베푼 사랑 고마워. 잘 지내, 마르타. 네 변함없는 우정도 고마워.

마르타

잘 가, 요한! 잘 가, 디나! 두 사람 모두 행운을 빌게!

마르타와 로나는 두 사람을 가볍게 베란다 문으로 밀어낸다. 요한과 디나는 재빨리 정원을 통해 밖으로 간다. 로나는 베란다로 가는 문을 닫고 커튼을 친다.

로나

이제 우리 둘만 남았네, 마르타. 마르타는 디나를 잃었고, 난 그 앨 잃었어.

마르타

그를 잃다니요?

로나

오, 사실 난 그 앨 저쪽에서 이미 반쯤 잃었어. 그 애가 조금씩 홀로 서고 싶어 하더라고. 그래서 내가 향수병에 걸렸다고 했지.

마르타

그랬군요? 네, 이제 돌아오신 이유를 알겠네요. 그렇지만 다시 오시라고 할 걸요.

로나

늙은 의붓누나를? — 이 누나랑 이제 뭘 할 건데? — 사내들이란 행복을 추구 한답시고 주변의 모든 것들을 다 망가뜨리는 위인들이야.

마르타

가끔은 그래요.

로나

그렇지만 우리 두 사람, 잘 견디자고, 마르타.

마르타

제가 당신에게 도대체 어떤 의미가 있을 수 있나요?

로나

어느 누구보다도 많지. 우리 두 사람은 양엄마였어. ─ 우린 둘 다 자식들을 잃은 거야. 이젠 우리 둘뿐이라고.

마르타

네, 우리 둘뿐이에요. 이제 말씀드릴게요. ─ 전 이 세상 어느 누구보다도. 그를 사랑했어요.

로나

마르타! (그녀의 팔을 잡는다.) 정말이야?

마르타

지금까지의 내 삶에는 오직 그것밖에 없었어요. 그를 사랑했고 그를 기다리는 일. 매년 여름이면 그가 올까 기다렸지요. 드디어 그는 돌아 왔어요 ─ 그런데 그는 나를 보지 않더라고요.

로나

그를 사랑했구나! 그런데도 그를 행복으로 이끌어 주네.

마르타

그를 사랑하는데 어떻게 그러지 않을 수 있나요? 네, 난 그를 사랑했어요. 그가 떠난 후 내 삶은 그를 위한 삶이었어요. 내가 희망을 버리지 않은 이유가 뭔지 궁금하시죠? 오, 몇 가지 이유가 있었어요. 그런데 드디어 그는 돌아 왔지만 ─ 그에게서는 모든 기억이 다 지워진 것 같았어요. 그는 나를 보지 않더군요.

로나

오직 디나만을 보고 있었으니까, 마르타.

마르타

그러는 게 잘 된 거지요. 그때, 그가 떠났을 때 우리 둘은 동갑이었어요. 그런데 이제 그를 다시 보자—오, 그 끔찍한 세월—전 제가 열 살은 더 나이 들어 보인다는 걸 깨달았어요. 그는 저쪽의 반짝이는 햇빛 아래서 젊음과 건강을 마시며 지냈지만 전 여기 제 방에서 실을 잣고 또 잣으며 있었으니까요—

로나

—그의 행복의 실을, 마르타.

마르타

네, 내가 잣은 건 황금실이었어요. 그래서 쓰라림은 없었어요. 우린 그에게 좋은 누나들이었죠, 그렇지 않아요, 로나?

로나

(그녀를 껴안으며) 마르타!

　　　　　베르니크가 그의 방에서 나온다.

베르니크

(자기 방에 모여 있는 남자들에게) 그래요, 그래, 원하는 대로들 해보시오. 일이 그 정도까지 갔으면 나도— (문을 닫는다.) 아, 여기들 있었군. 마르타, 너 옷을 좀 갈아입어야겠다. 그리고 네 올케에게도 말해라. 옷 갈아입으라고. 물론 유난스럽지 않은 걸로. 홈웨어라도 조금 우아한 걸로. 서둘러.

로나

그리고 행복하고 밝은 표정을 짓고, 마르타. 깜짝 쇼로 눈을 즐겁게 해야지.

베르니크

올라프도 내려오라고 해. 그 녀석 내 곁에 있어야 해.

로나

흠 — 올라프 —

마르타

새언니한테 가서 말할게요. (왼쪽 뒷문으로 나간다.)

로나

네, 드디어 장엄한 축제의 시간이 다가왔군요.

베르니크

(불안하게 왔다 갔다 하면서) 그래요, 그런 것 같소.

로나

그런 순간에 한 남자가 얼마나 자랑스럽고 행복할지 상상이 되네요.

베르니크

(그녀를 바라보며) 흠!

로나

도시 전체에 불을 밝혀 놓았다던데요.

베르니크

그래요, 그렇게 해놓은 모양이요.

로나

온갖 지역협회가 깃발을 들고 행진한데요. 당신 이름은 불빛으로 빛나고요. 오늘밤 이 나라 구석구석 언론에 전보를 친다더군요. '행복한 식구들에 둘러싸여 베르니크 영사께서 사회의 기둥으로 축하를 받다.'

베르니크

그런가보오. 밖에선 만세들을 부르고 난 저기 문간에 서서 환호하는 군중들에게 고맙다는 인사를 해야 한다고 강요받았소.

로나

오, 그런 강요를—

베르니크

그런데도 내가 이 순간 행복하다 느낄 것 같소?

로나

아니오, 딱히 행복하다 느낄 것 같지는 않네요.

베르니크

로나, 나를 경멸하는구려.

로나

아직은 아니에요.

베르니크

당신은 날 경멸할 권리가 없소. 날 경멸하진 마오! 로나, 내가 이 위축되고 작은 지역사회에서 얼마나 외로운지 당신, 아마 상상도 못할 거요. —해가 갈수록 한때 가졌던 완벽하고 행복하게 살겠다는 희망을 억제하도록 얼마나 강요당하는지 말이오. 겉으로 보기에는 내가 많은 걸 이룬 것 같지요? 시시한 것들—사소한 것들이오! 그렇지만 다른 것, 무언가 위대한 것을 여기 사람들은 원하지 않아요. 만일 내가 현재 사람들의 지배적인 생각을 무시하고 한 발자국 앞으로 나아가려 하면 내 권력은 끝이오. 우리, 사회의 기둥이라고 불리는 우리가 뭔지 아오? 우리는 사회의 도구일 뿐, 그 이상도 그 이하도 아니오.

로나

어떻게 이제야 그걸 깨달을 수 있죠?

베르니크

최근에 ― 당신이 돌아온 후 많은 생각을 하고 있기 때문이오 ― 특히 오늘밤에. ― 오, 로나, 내가 왜 그 옛날에 ― 당신을 더 잘, 제대로 알지 못했는지 모르겠소.

로나

그랬더라면요?

베르니크

그랬더라면 당신을 내게서 떠나보내지 않았을 거요. 당신이 내 곁에 있었더라면 현재의 나처럼 되지 않았을 거요.

로나

당신이 나 대신 선택한 그녀가 당신에게 어떤 여자가 되었을지는 생각해 본 적 없어요?

베르니크

어쨌든 그녀는 내가 필요로 하는 그런 여자 이상이 아니었다는 건 알아요.

로나

당신의 관심사를 그녀와 공유한 적이 없기 때문이에요. 당신이 하는 일을 한 번도 터놓고 솔직하게 말한 적이 없기 때문이라고요. 다른 사람이 아니라 당신이 그녀 가족에게서 벗겨준 수치심 때문에 그녀가 끊임없이 괴로워하도록 방관했기 때문이에요.

베르니크

그래, 맞아요, 맞아, 그 모든 게 다 거짓과 위선의 결과요.

로나

그럼 왜 그 모든 위선과 거짓을 그만두지 않아요?

베르니크

지금? 이제는 너무 늦었소, 로나.

로나

카르스텐, 그런 것들이 당신에게 어떤 만족감을 가져다주는지 말해봐요.

베르니크

어떤 만족감도 가져다주지 않소. 이 망할 놈의 지역사회처럼 나도 망할 거요. 그러나 우리 뒤를 이을 세대가 자라고 있소. 내가 일하는 건 내 아들을 위해서요. 경력을 쌓는 건 그 앨 위해서란 말이요. 우리의 사회생활에서 진실이 자리 잡을 때가 올 것이오. 그렇게 됐을 때 그 앤 제 아버지보다 더 행복한 삶을 누릴 거요.

로나

그렇지만 거짓이라는 기초 위에요? 당신 아들에게 무엇을 물려줄 것인지 한번 생각해봐요.

베르니크

(절망감을 억누르며) 내가 그 애에게 물려줄 건 당신이 아는 것보다 천 배는 더 나쁜 거요. 그렇지만 언젠가는 그 저주가 물러나겠지. 그렇지만 — 그럼에도 불구하고 — (폭발하듯) 그런데도 당신들은 이 모든 걸 내게 퍼붓는군! 이젠 끝내요. 이제 난 내 길을 가야 하니까. 당신들은 날 파멸시키지 못해!

힐마르가 손에 쪽지를 들고 혼란스러운 모습으로 오른쪽 문을 통해 급하게 들어온다.

힐마르

이거, 정말 — 누나! 베티 누나!

베르니크

무슨 일인가? 사람들이 벌써 오나?

힐마르

아니에요, 그게 아니고요 — 누구랑 얘길 좀 해야 하는데 — (왼쪽 뒷문을 통해 나간다.)

로나

카르스텐, 우리가 당신을 파멸시키기 위해 온 것처럼 말하네요. 당신네 도덕적인 지역사회가 마치 문둥병자처럼 피하는 돌아온 탕아, 그 애가 어떤 앤지 당신은 알아야 해요. 그런데 이젠 가버렸으니 그럴 수 없게 됐네요.

베르니크

다시 돌아올 텐데 —

로나

요한은 절대 돌아오지 않아요. 영원히 떠난 거고 디나랑 함께 갔어요.

베르니크

다시 돌아오지 않아? 디나랑 함께?

로나

그래요. 디나는 그의 아내가 될 테니까. 그런 식으로 그 두 사람은 당신들의 이 덕성 높은 사회에 정면으로 도전한 거예요. 내가 한때 그랬던 것처럼 — 알겠죠!

베르니크

떠났다 ─ 디나도 ─ '인디언 걸'로 ─!

로나

아니오, 귀한 사람과 함께 가면서 그렇게 타락한 사람들의 배는 타지 않죠. 요한과 디나는 '팜 트리'로 떠났어요.

베르니크

아! 그것도 ─ 허사네 ─ (급하게 자기 방문 쪽으로 걸어가 거칠게 문을 열고 안에 대고 소리친다.) 크라프, '인디언 걸' 오늘 밤에 출항해선 안 되네!

크라프

(안에서) '인디언 걸' 이미 출항했습니다, 사장님.

베르니크

(문을 닫고 단조로운 음성으로 말한다.) 늦었군 ─ 아무 소용없게 됐어 ─

로나

뭐라구요?

베르니크

아니오, 아무것도 아니오. 날 좀 혼자 있게 해줘요 ─!

로나

흠, 말할 게 있어요, 카르스텐. 요한은 옛날에 당신 때문에 잃게 된 평판에 대한 애기, 그리고 그 애가 없는 동안 당신이 훔쳐간 것에 대해 내게 다 애기했다고 당신에게 말하랬어요. 요한은 입 다물 거예요. 이 문제는 내가 하고 싶은 대로 할 거예요. 여기 봐요, 당신이 그 애한테 보냈던 두 통의 편지가 내 손 안에 있어요.

베르니크

당신이 가지고 있다니! 그런데 이제 — 이제 — 사람들이 횃불을 들고 올 바로 오늘밤 — 당신은 —

로나

난 당신을 까발리려고 돌아온 게 아니에요. 당신 스스로 실토하게끔 하려고 온 거예요. 잘 되지 않았죠. 그러니 그렇게 거짓 속에서 계속 살도록 해요. 자, 봐요, 여기 이 편지들 찢어 버릴게요. 찢어진 조각들, 그거 주워 가져요. 그럼 당신이 편지를 가진 게 되고, 이제 당신을 까발릴 수 있는 증거물은 없어요, 카르스텐. 이제 당신은 안전해요. 이제 행복해 해요 — 그럴 수 있다면.

베르니크

(깊이 감동하여) 로나, — 당신, 전엔 그렇게 하지 않았지! 이젠 너무 늦었어 — 이제 내 삶은 송두리째 망가졌소. 오늘 이후 난 더 이상 살 수 없소.

로나

왜 그래요?

베르니크

묻지 마오. — 그래도 난 어떻게든 살아야 해! 살고 싶어! — 올라프를 위해. 그 애가 모든 걸 속죄하고 모든 걸 제 자리에 돌려놓겠지 —

로나

카르스텐 — !

힐마르가 급하게 돌아온다.

힐마르

아무도 없네. 나갔나봐. 베티 누나도 없어!

베르니크

왜 그러나?

힐마르

말 못해요.

베르니크

무슨 일인데? 말해 봐!

힐마르

좋아요－올라프가 '인디언 걸'을 타고 도망가 버렸어요.

베르니크

(뒤로 넘어진다.) 올라프가－'인디언 걸'을 타고! 안 돼, 안 돼!

로나

그래, 그 녀석이었어! 이제 알겠다.－그 녀석이 창문에서 뛰어내리는 걸 내가 봤어.

베르니크

(다시 자기 방문을 거칠게 열고 질망에 차 소리 지른다.) 크라프, 무슨 수를 써서라도 '인디언 걸'을 멈추게!

크라프

(방에서 나오며) 그럴 수 없습니다, 사장님. 어떻게 그런 생각을－?

베르니크

배를 멈춰야 해. 올라프가 탔어!

크라프

뭐라구요?

룸멜

(방에서 나오며) 올라프가 도망갔다고? 말도 안 돼!

산스타

(방에서 나오며) 수로 안내인을 보내 되돌려 보내야죠, 영사님.

힐마르

아니에요, 그게 아니에요. 그 녀석이 내게 쪽지를 썼어요! (쪽지를 보인다.) 배가 대양에 나갈 때까지 짐칸에 숨어있겠대요.

베르니크

그 앨 다신 못 보겠군!

룸멜

오, 쓸데없는 소리. 튼튼한 배잖아, 막 수선도 끝냈고 ―

비겔란

(막 영사의 방에서 나오면서) ― 영사님 네 조선소에서 했잖아요, 영사님!

베르니크

그 앨 다신 못 보겠다고. 그 앨 잃었소, 로나. ― 이제 생각해보니 ― 그 앤 진정으로 내 아이였던 적이 없소. (귀를 기울인다.) 이게 뭐요?

룸멜

음악이야. 깃발 행렬이 도착했나보네.

베르니크

난 지금 누구도 만날 수 없어. 만나기도 싫고!

룸멜

자네 지금 무슨 생각을 하는 건가? 그런 말도 안 되는 소릴.

산스타

안 됩니다, 영사님. 어떤 손실을 당할지 생각해 보세요.

베르니크

이 모든 게 지금 나한테 무슨 의미가 있단 말이오! 이제 내가 누굴 위해 일해야 하지?

룸멜

그걸 지금 말이라고 하나? 자네한텐 우리도 있고 지역사회도 있잖나.

비겔란

네, 옳은 말씀입니다.

산스타

아마 잊으신 모양인데, 우리들이 —

마르타가 왼쪽 뒷문에서 들어온다. 멀리서 음악이 들린다.

마르타

행렬이 도착하고 있어요. 헌데 새언니가 집에 없네요. 도대체 어디 있는지 모르겠는데 —

베르니크

집에 없다니! 봐요, 로나 — 기쁠 때도 슬플 때도 그 사람은 필생에 도움이 안 되오.

룸멜

커튼들을 올립시다! 자, 크라프, 와서 도와줘요, 산스타 씨도. 바로 이럴 때 가족이 뿔뿔이 흩어지다니 유감이군. 계획과 정반대야.

유리창과 베란다로 가는 문의 커튼이 올려진다. 온 거리가 불빛으로 반짝이는 것이 보인다. 집 반대편에 불빛으로 '우리 사회의 기둥 카르스텐 베르니크 만세'라고 쓰여있다.

베르니크

(뒤로 물러나며) 모두 치워! 보고 싶지 않아! 치우라고, 치우라니까!

룸멜

미안하지만, 자네 제정신인가?

마르타

오빠가 왜 저래요, 로나?

로나

쉿! (마르타에게 무언가 낮은 소리로 말한다.)

베르니크

저 번쩍이는 글자들 치우라고 했잖아! 저 촛불들이 우리를 향해 혀를 널름거리는 게 안 보여?

룸멜

아니, 이제 정말 한 마디 해야겠는데 —

베르니크

오, 당신들이 어떻게 알까—! 그렇지만 난, 난—! 저 촛불들 모두 죽음의
관 앞에서 타고 있어!

크라프

흠—

롬멜

아니, 아네—자넨 모든 걸 너무 심각하게 받아들이고 있어.

산스타

올라프는 대서양을 건너갈 거고 다시 돌아오면 돼요.

비겔란

모든 건 그저 신의 뜻에 달렸습니다, 영사님.

롬멜

더군다나, 베르니크, 결함이 있는 배가 아니라고 알고 있는데.

크라프

흠—

롬멜

그래, 양심 없는 외국놈들이 바다에 띄우는 그런 떠다니는 관 같은 배는 아니
잖아—

베르니크

이 순간 내 머리가 하얗게 세는 것 같아.

베티가 커다란 숄을 머리에 두르고 정원을 통해 들어온다.

베티

여보, 여보, 당신 알아요 — ?

베르니크

그래, 알아 — 그런데 당신 — 당신 뭘 제대로 보는 게 없어 — 엄마가 돼가지
고 애도 제대로 단속 못 하고 — !

베티

내 말 좀 들어봐요 — !

베르니크

왜 애를 제대로 지키지 못 한 거야? 이제 난 그 앨 잃었어. 그 앨 다시 데려
와. 당신이 할 수 있다면!

베티

네, 할 수 있어요! 그 앤 나한데 있어요.

베르니크

당신한테 있구나!

룸멜, 비겔란, 산스타

아!

힐마르

그래, 나도 그럴 거라 생각했지.

마르타

올라프를 다시 찾았네요, 오빠!

로나

이젠 진짜 당신 아들로 만들어요.

베르니크

당신한테 있구나! 정말이지? 어디 있어?

베티

그 앨 용서한다고 하면 말할게요.

베르니크

뭐 용서—! 그런데 어떻게 알았어—?

베티

당신, 엄마가 돼가지고 애도 제대로 단속 못한다고 했죠? 난 당신이 알까봐 얼마나 겁이 났는지 몰라요. 어제 그 애가 몇 마디 말을 흘렸어요—녀석이 방에 없고, 백팩과 옷가지들이 없어졌길래—

베르니크

그래, 그래서—?

베티

뛰어나가 아우네를 붙잡았어요. 우린 그의 보트를 타고 나갔어요. 미국 배는 벌써 바다 위를 항해하고 있더라고요. 다행히도 우린 겨우 그 배를 세웠고— 갑판에 올라가 화물칸을 뒤지게 해서—녀석을 찾았어요. 오, 여보, 제발 애 한테 벌주지 말아요.

베르니크

여보!

베티

아우네도요!

베르니크

아우네? 그 친구에 대해 무얼 알지? '인디언 걸'은 다시 항해를 계속하나?

베티

아니오, 그게 그러니까—

베르니크

말해 봐, 말해 보라고!

베티

아우네도 나만큼이나 놀랬어요. 올라프를 찾느라 시간이 좀 걸렸어요. 어두워지자 수로 안내인이 항해를 거부했어요. 그러자 아우네가 모든 책임을 지기로 했죠—당신 이름으로—

베르니크

그래서?

베티

배를 내일 아침까지 붙잡아 둔대요.

크라프

흠—

베르니크

오, 정말 다행이다!

베티

당신 화난 거 아니죠?

베르니크

오, 여보, 얼마나 다행인지 모르겠소!

룸멜

자네 역시 정말 양심적이군.

힐마르

네, 여러 요소들과 약간의 싸움을 하고자 한다면 — 젠장!

크라프

(창가 뒤에 서서) 지금 막 행렬이 정원 문으로 들어섰습니다, 사장님.

베르니크

그래, 이젠 외도 되지.

룸멜

정원이 사람들로 꽉 찼네.

산스타

거리도 사람들로 막혔어요.

룸멜

도시 전체가 활기에 넘쳐, 베르니크. 정말 감동적인 순간이군.

비겔란

우리 이 순간을 겸손한 마음으로 받아들입시다, 룸멜 씨.

룸멜

깃발이란 깃발은 다 나왔군. 엄청난 행렬이야! 저기 축제위원들이 오는군. 뢰를룬 선생이 위원장이네.

베르니크

이젠 오라고 했잖나!

룸멜

들어 봐, 자네 들뜨겠는데 ─

베르니크

그래서?

룸멜

자네를 대신해 몇 마디 하고 싶은데.

베르니크

아니, 고맙네. 오늘 저녁엔 내가 직접 말하겠네.

룸멜

그렇지만 무슨 말을 해야 하는지 알고는 있는 건가?

베르니크

그럼, 걱정 마, 룸멜 ─ 이제는 내가 무슨 말을 해야 하는지 알고 있으니까.

그 사이 음악은 그쳤다. 베란다로 가는 문이 열린다. 뢰를룬이 축제위원회의 위원 장으로서 안으로 들어온다. 두 명의 하인들이 같이 들어오는데 한 명은 덮개가 덮인 바구니를 들고 있다. 그들 뒤로 여러 계층의 시민들이 홀 가득 들어온다. 정 원과 거리에는 수많은 사람들이 배너와 깃발을 들고 머리와 머리를 맞대고 몰려있 다.

뢰를룬

존경하는 영사님! 이렇게 당신의 친구이자 시민들인 저희들이 전혀 예기치 않게 가족의 품에 계시는 당신을 뵈러 오니 놀라셨을 겁니다. 영사님께선 영향력 있는 친구들이자 시민들과 함께 평화롭게 난롯가에 계시는군요. 그러나 저희는 존경심을 표하고자 하는 열망을 가슴 깊이 갖고 있습니다. 이런 이벤트가 처음은 아니지만 이런 규모로는 처음입니다. 저희들은 넓은 도덕적 기반 위에 우리의 지역사회를 건설하신 것에 대해 영사님께 여러 번 심심한 감사를 드렸습니다. 이번에 저희들은, 전문가들의 의견에 따르면, 우리 지역사회의 물질적 복지와 번영을 엄청나게 가져다줄 사업에 주도권을 쥐고서 먼 미래를 바라보고, 지칠 줄 모르며, 이타심을 가지고 매진하고 있는 한 시민께 특별한 경의를 표하고자 합니다.

군중

브라보, 브라보!

뢰를룬

영사님, 여러 해 동안 당신께선 우리 시민들에게 솔선수범하며 앞서 나아가셨습니다. 이 자리에서 저는 당신의 모범적인 가정생활에 대해, 또한 당신의 흠 잡을 데 없는 행동에 대해 언급하려는 것이 아닙니다. 그러한 치사는 보다 친근한 사이에서 오고가는 것이지 이런 축제에서 하는 것이 아니기 때문입니다! 저는 누구나 알고 있는 당신의 시민으로서의 영향력에 대해 말씀드리고자 합니다. 어마어마한 배들이 당신의 조선소를 떠나 우리 조국의 깃발을 먼 바다에서까지 휘날리고 있습니다. 수많은 행복한 노동자들이 당신을 마치 아버지처럼 우러러 모십니다. 새로운 사업들을 시작함으로써 당신은 수백 가정의 안녕을 위한 초석을 놓아주고 계십니다. 다시 말해, ― 영사님께선 우리 사회의 너무나 훌륭한 초석이십니다.

군중

들어보게, 들어 봐, 브라보!

뢰를룬

특히 당신이 하시는 모든 일의 특징이며, 오늘날과 같은 시대에 당신의 영향력이 즉각 효력을 발생하는 것은 바로 이러한 이타심 때문입니다. 그리고 바로 지금 영사님께선, ― 네, 저는 아주 단도직입적으로 표현하고 싶은데요 ― 철도사업을 시작하셨습니다.

군중

브라보, 브라보!

뢰를룬

헌데 이 사업이 소견 좁은 이기적 이해관계 때문에 상당한 어려움에 봉착해 있습니다.

군중

들어보자, 들어보자!

뢰를룬

또한 저희 모두 알고 있는 것이 있습니다. 저희 지역사회에 속하지 않는 몇몇 사람들이 열심히 일하는 이곳 시민들보다 앞서서 어떤 이익을 취했습니다. 권리상으로볼 때 이 이익은 저희의 이 도시에 돌아가야 하는 것입니다.

군중

맞습니다, 맞아요! 들어보자!

뢰를룬

이 유감스러운 사실을 물론 알고 계시리라 생각합니다, 영사님. 그렇다고 해도 영사님께선 설정하신 목표를 전혀 흔들림 없이 계속하실 것입니다. 애국심이 있는 국민이라면 누구나 단지 자신의 지역만이 아니라 그 이상의 것을 고려해야 한다는 것을 알고 있으니까요.

다른 목소리들

흠, 아니다, 아니다! 맞다, 맞아!

뢰를룬

오늘 저녁 영사님을 직접 칭송하기 위해 — 여기 모인 사람들은 — 시민이자
애국자들입니다. 영사님의 노력이 우리 지역사회에 지속적으로 참된 이익이
되기 바랍니다! 철도가 부설됨으로써 분명 외부로부터의 부패 요소들이 유
입될 위험이 있습니다. 그러나 철도 부설은 그러한 요소들이 재빨리 제거할
수 있는 방법도 될 것입니다. 물론 우리가 외부로부터 유입되는 바람직하지
않은 요소들을 완전히 멀리 할 수는 없을 것입니다. 그러나 바로 이 축제의
저녁에, 소문대로, 우리는 그러한 요소들을 기대했던 것보다 더 빨리 극복할
수 있을지도 모릅니다 —

군중

쉿! 휘익!

뢰를룬

— 이것은 새로운 사업에 있어서 길조로 보입니다. 여기서 제가 이 점을 말씀
드리는 것은 우리가 단순히 가족이라는 연대에서보다 더 많은 윤리적인 면
을 요구한다는 것이 분명하기 때문입니다.

군중

들어봐! 브라보!

베르니크

(동시에) 저도 한 말씀 —

뢰를룬

제가 몇 마디만 더 하겠습니다, 영사님. 영사님께서 지역사회를 위해 하신
일은 자신의 물질적 이익을 취하겠다는 흑심을 품고 하신 것이 분명 아니었

습니다. 그래서 실무자들의 말 대로 우리가 새로운 시대의 문턱에 서있는 이
때 영사님께 고마워하는 시민들의 칭송을 물리치지 말아주시기 바랍니다.

많은 목소리들

브라보! 들어보자! 들어봐!

> 뢰를룬이 하인들에게 눈짓을 하자 그들이 바구니를 들고 들어온다. 뢰를룬이 다음
> 의 말을 하는 동안 축제 조직위원회의 위원들이 바구니에 들어있던 물건을 꺼낸
> 다.

뢰를룬

영사님, 여기 은으로 된 커피세트를 증정합니다. 전에도 그랬지만 앞으로도
귀 댁에 저희들이 모일 때 이 은 세트가 식탁을 아름답게 장식하기를 바랍니
다.

그리고 우리 지역사회의 제 일인자에게 조력을 아끼시지 않았던 여러분들에
게도 작은 기념품을 증정합니다. 이 은잔은 거상(巨商)이신 룸멜 씨를 위한
것입니다. 이 은잔으로 축배를 들며 우리 지역사회 시민들의 이익을 위한 덕
담을 자주 하시기 바라고요, 이 은잔을 높이 들고 비우실 일이 많이 있으시기
바랍니다. 상인이신 산스타 씨께는 시민들의 사진이 든 이 사진첩을 증정하
겠습니다. 산스타 씨는 고매한 인품으로 너무도 유명하고 널리 인정받고 있
기 때문에 우리 지역 사회 여러 계층에 폭넓은 친구들이 있으십니다. ―그리
고 역시 상인이신 비겔란 씨에게는 양피지에 호화장정으로 된 이 가정설교
집을 귀 댁의 조용한 방에 장식용으로 증정합니다. 산스타 씨께서는 여러 해
동안 농익은 영향력을 행사하시며 신중하고도 지혜로운 삶의 철학에 도달하
셨습니다. 그 세월동안 우리의 일상생활에서 일어나는 여러 가지 일에 당신
이 하신 역할은 보다 숭고하고 성스러운 것을 상기시키며 순화되고 고결하
게 되었습니다. (군중에게 몸을 돌리며) 이것으로, 친구들이여, 베르니크 영사님
과 영사님의 친구분들을 위해 축배를 듭시다! 우리 사회의 기둥들을 위하여!

모두들

베르니크 영사님 만세! 사회의 기둥들 만세! 만세, 만세, 만세!

로나

축하해요, 제부!

무언가 기대되는 침묵

베르니크

(진지한 목소리로 천천히) 친애하는 시민 여러분! 여러분의 대변인이 오늘밤 우리가 새 시대의 문턱에 서있다고 말씀하셨습니다. 정말 그렇게 되기를 본인은 희망하는 바입니다. 그러나 그렇게 되기 위해서 우리는 우선 무엇보다도 진실을 우리의 것으로 만들어야 합니다. 우리 지역사회에서 오늘밤까지 찾아볼 수 없었던 진실 말입니다. (군중들의 놀라움) 그러므로 본인은 아드융크트 선생님이 이러한 이벤트의 관례대로 본인에 대해 과분하게 하신 말씀을 정중히 사양하고자 합니다. 본인은 이러한 칭송을 받을 자격이 없는 사람입니다. 왜냐하면 오늘까지 본인은 이타적인 사람이 전혀 아니었기 때문입니다. 본인이 항상 경제적인 이익을 추구하지는 않았다 할지라도 이제 본인은 권력과 영향력, 명망에 대한 욕구가 본인이 지금까지 해온 행동의 원동력이었다는 것을 분명히 알게 되었습니다.

룸멜

(낮은 목소리로) 지금 뭐야?

베르니크

그렇다고 시민 여러분 앞에서 제 자신을 책망하진 않겠습니다. 왜냐하면 본인은 여전히 이 지역사회에서 가장 유능한 사람일 수 있다고 믿기 때문입니다.

군중들

맞습니다! 맞습니다! 맞아요!

베르니크

그러나 시민 여러분께 이것만은 말씀드려야겠습니다. 본인은 가끔 비겁하게도 뒷길로 접어들곤 했습니다. 왜냐하면 우리 사회가 누군가 무엇을 하면 불순한 의도가 있다고 믿는 경향이 있는 것을 잘 알고 있고, 그것이 두려웠기 때문입니다. 그러나 이와 관련해 한 가지 중요한 점을 말씀드리겠습니다.

룸멜

(불편한 듯, 그리고 경고하는 듯 헛기침을 몇 번 한다.)

베르니크

우리 지역에 철도 노선이 들어설 곳의 엄청난 부지 매입에 대한 소문이 떠돌고 있습니다. 이 모든 부지를 매입한 사람은 바로 저입니다. 저 혼자서 매입한 것입니다.

낮은 목소리들

저 양반이? 영사가? 베르니크 영사가?

베르니크

그 부지는 현재 제 소유입니다. 본인은 이 사안을 제 동료들인 룸멜 씨, 비겔란 씨, 산스타 씨에게 맡겼고, 저희는 운영 방식에 대해 동의했습니다.

룸멜

그건 사실이 아니야! 증거를 대, 증거를!

비겔란

우린 어떤 일에도 동의한 적 없어요.

산스타

저도 한 말씀 드려야 하는데 —

베르니크

맞습니다. 본인이 지금 막 말씀드리려 했던 것에 대해 저희는 아직 동의하지 않았습니다. 그러나 본인은 이 부지를 공공단체가 운영하게 하겠다고 말씀 드리면 이 세 분들께서 동의해주실 것으로 확신합니다. 원하는 분 누구나 부지 운영에 참여하실 수 있습니다.

군중들

만세! 베르니크 영사님 만세!

룸멜

(낮은 소리로 베르니크에게) 이건 더러운 사기야—!

산스타

(똑같이) 우릴 바보로 아는군!

비겔란

지옥에나 떨어져라! 젠장, 내가 지금 뭐라 한 거야?

군중들

(밖에서) 만세, 만세, 만세!

베르니크

시민 여러분, 조용히 해주시기 바랍니다. 이 칭송은 본인이 받을 몫이 아닙니다. 본인이 지금 막 결심한 것은 처음부터의 의도가 아니었기 때문입니다. 본인의 의도는 모든 것을 혼자 독차지하려던 것이었습니다. 본인은 예나 지금이나 이 부지가 한 사람의 소유일 때 가장 유익할 수 있다는 견해를 갖고 있습니다. 그러나 선택은 여러분에게 달려 있습니다. 원하신다면 전 부지를 가장 잘 아는 사람이 양심적으로 관리하게 할 용의도 있습니다.

군중들

네, 네, 네!

베르니크

그렇지만 시민 여러분들께서는 우선 본인이 어떤 사람인지 아셔야 합니다. 그런 다음 우리 각자가 스스로를 점검하고, 그래야 오늘밤을 기해 새로운 시대가 시작될 수 있으리라는 확신을 가질 수 있습니다. 겉치장과 위선, 공허함과 거짓에 찬 안녕, 끔찍한 억압의 낡은 시대가 우리 앞에 마치 박물관처럼서 있습니다. 이 박물관에 커피세트와 은잔, 사진첩과 양피지로 된 가정기도서를 바칩시다. 어떻습니까, 시민 여러분?

룸멜

네, 좋습니다.

비겔란

(중얼거리며) 나머지는 당신이 다 차지한다면—

산스타

그렇게 하시죠.

베르니크

이제 본인은 우리 지역과 결정적인 결산을 할 겁니다. 오늘 저녁 바람직하지 않은 요소들이 남아있다고들 합니다. 여기에 본인은 아직 알려지지 않은 사실을 말씀드리겠습니다. 여기서 암시되는 남자는 혼자 떠나지 않았습니다. 그와 함께 그의 아내가 되기 위해—

로나

(큰 소리로) 디나 도르프가 함께!

뢰를룬

뭐라구요?

베티

언니, 무슨 소리야?

전반적인 대혼란

뢰를룬

도망갔다고요? 그와 함께? 말도 안 돼요!

베르니크

그의 아내가 되기 위해서요, 아드융크트 선생. 드릴 말씀이 더 있습니다. (작은 소리로) 정신 똑바로 차려, 그리고 지금부터 내가 하는 말 잘 들어, 여보. (큰 소리로) 그 남자에게 경의를 표하십시오. 그 남자는 고결하게도 다른 사람의 죄를 뒤집어썼습니다. 시민 여러분, 본인은 거짓에서 벗어나고 싶습니다. 그 거짓이 제 신경세포 하나하나에 독처럼 퍼지고 있습니다. 여러분들 모두 아셔야 합니다. 15년 전 죄를 지었던 사람은 바로 저입니다.

베티

(떨리는 작은 목소리로) 여보!

마르타

(똑같이) 오, 요한 ―!

로나

이제 당신 자신을 되찾았군요!

그곳에 있는 모든 사람들의 놀라움

베르니크

그렇습니다, 시민 여러분, 죄인은 저였습니다. 그리고 그는 이 도시를 떠났습니다. 나중에 떠돌기 시작한 소문은 막을 길이 없었습니다. 본인은 그 소문에 대해 불평하지 않겠습니다. 15년 전 그 소문 덕에 본인은 위로 올라갈 수 있었으니까요. 이제 그 소문 때문에 제가 낭떠러지로 떨어질 지는 여러분 각자가 결정하십시오.

뢰를룬

마른하늘에 날벼락이군! 이 도시의 제일인자가! (베티에게 낮은 소리로) 오, 정말 안됐습니다, 베르니크 부인!

힐마르

저런 고백을! 이제 나도 한 마디 해야겠는데 —

베르니크

그러나 오늘 저녁 어떤 결정도 하지 맙시다. 다들 댁에 돌아가셔서 자신의 내면을 들여다보십시오. 우리 모두 진정될 때쯤이면 이 고백으로 패자가 될지, 승자가 될지 저절로 드러날 것입니다. 안녕히들 돌아가십시오! 본인은 아직도 후회스런 일이 많습니다. 그러나 그것은 제 양심과의 문제입니다. 편한 밤 되십시오! 이 요란한 축제는 모두 끝났습니다. 우리 모두 이런 축제가 제 격이 아니라고 느끼고 있으니까요.

뢰를룬

맞습니다. 분명 그렇게 느낍니다. (작은 소리로 베티에게) 도망을 가다니! 사실 그녀는 내게 어울리는 여자가 아니었어요. (조직위원들에게 커다란 소리로) 네, 위원님들, 저희는 조용히 물러나는 게 좋겠습니다.

힐마르

이제 와서 누가 이상주의의 깃발을 높이 들까 — 젠장!

이러는 가운데 입에서 입으로 말들이 오간다. 행렬에 참여했던 모든 사람들이 정원에서 나간다. 룸멜, 산스타, 비겔란은 낮은 소리로 서로 격렬하게 다툰다. 힐마르는 오른쪽 문으로 슬쩍 나간다. 베르니크, 베티, 마르타, 로나, 크라프는 아무 말 없이 홀에 남아있다.

베르니크

여보 베티, 날 용서해 주겠소?

베티

(미소를 지으며 그를 바라본다) 여보, 당신은 지금까지의 어떤 때보다 더 밝은 전망을 제게 열어줬어요.

베르니크

그래?

베티

오랜 세월 동안 난 당신을 소유했다가 다시 잃었다고 생각했어요. 이제 난 당신을 소유했던 적이 없었다는 걸 알았어요. 그렇지만 난 당신을 내 사람으로 만들 거예요.

베르니크

(그녀를 포옹하며) 오, 베티, 난 벌써 당신 사람이오! 로나 덕에 난 비로소 당신을 제대로 알게 되었소. 이제 올라프를 데려와요.

베티

그럼요, 그 앨 보셔야죠. 크라프 씨!

그녀는 뒤에서 크라프와 낮은 소리로 이야기한다. 그는 베란다 문을 통해 나간다. 다음의 장면이 진행되는 동안 창문에 있던 촛불 글씨와 촛불들이 모두 꺼진다.

베르니크

(낮은 소리로) 고맙소, 로나 — 당신이 내 내면에 있던 최상의 것을 날 위해 구해냈소.

로나

내가 원했던 게 바로 그거예요.

베르니크

정말 그렇소? 다른 건 없고? 당신을 잘 모르겠소.

로나

흠 —

베르니크

증오심이 아니었소? 복수심도? 그럼 왜 돌아왔소?

로나

옛 사랑은 녹슬지 않아요.

베르니크

로나!

로나

요한이 옛날에 있었던 일을 내게 다 이야기해주었을 때 난 내 자신에게 맹세했어요. '내 젊은 시절의 영웅을 거짓 속에 머물러 있게 해선 안 된다.'

베르니크

난 정말 하찮은 인간이었구려. 당신에게 걸맞지 않아!

로나

오, 우리 여자들이 누군가가 걸맞는지 묻는다면 ―!

아우네가 올라프를 데리고 정원에서 들어온다.

베르니크

(아들을 맞이하며) 올라프!

올라프

아빠, 다시는 그러지 않겠다고 약속해요.

베르니크

도망가지 않겠다고?

올라프

네, 아빠, 약속할게요.

베르니크

나도 약속하마. 네가 도망가고 싶은 생각이 들지 않게 하겠다고. 오늘부터 넌 내 삶의 후계자가 아니라 네 자신의 삶을 사는 사람으로 자라야 한다.

올라프

그럼 제가 되고 싶은 게 되도 되죠?

베르니크

그래, 그래도 된다.

올라프

고맙습니다, 아빠. 그럼 전 사회의 기둥이 되고 싶지 않아요.

베르니크

그래? 왜?

올라프

그건 너무 재미없을 거 같아서요.

베르니크

넌 네 자신의 주인이 되어야 해, 올라프. 다른 것들은 순리대로 되겠지. 그리고 자네, 아우네—

아우네

알고 있습니다, 사장님, 제가 해고된 거—

베르니크

아니, 우리 함께 하세. 날 용서하게.

아우네

무슨 말씀이신지? '인디언 걸'이 출항하지 못했는데요—

베르니크

내일도 출항시키지 말게. 자네한테 수리 기일을 너무 촉박하게 줬어. 시간을 갖고 철저히 수리하게.

아우네

그러겠습니다, 사장님—새 기계로요!

베르니크

좋네. 그러나 철저하게, 양심적으로 하게. 우리 조선소에서는 철저하고 양심적인 작업을 해야 하네. 잘 가게, 아우네.

아우네

안녕히 주무십시오, 사장님, 감사합니다. 정말 감사합니다! (오른쪽 문을 통해 나간다.)

베티

이제 모두들 갔네.

베르니크

그래, 우리만 남았소. 내 이름이 더 이상 빛나지 않는군, 창가의 촛불들도 다 꺼졌고.

로나

촛불을 다시 켤까요?

베르니크

아니, 그럴 필요 없소. 내가 그동안 어디 있었지? 당신들이 안다면 끔찍할 거요. 무엇엔가 중독되었다가 다시 제 정신이 든 것 같소. 그렇지만 다시 건강해질 수 있을 것 같소. 자, 가까이들 와요, 내 옆으로. 베티, 여보, 올라프, 내 아들, 그리고 내 누이, 마르타 모두! 그동안 너를 통 못 본 것 같은 기분이다.

로나

그랬을 거예요. 당신들의 사회는 늙은 총각들의 사회 같아요. 여자는 당신들에겐 공기예요.

베르니크

처형 말이 맞소. 바로 그 때문에 처형, 떠나지 말고 베티랑 내 곁에 있어줘요.

베티

그래, 언니, 우리랑 함께 있자!

로나

그러면 제 가정을 꾸리겠다고 이제 막 떠난 두 젊은 애들에게 뭐라 변명을 하겠니? 내가 양엄마 뻘이잖아. 나와 너, 마르타, 우린 둘 다 늙은 보모들이 잖아? 마르타, 뭘 보고 있어?

마르타

하늘이 밝아오는 거죠. 바다 위가 서서히 밝아져요. '팜 트리'의 순항을!

로나

무사히 도착하기를!

베르니크

그리고 우리 앞엔 길고도 힘든 하루가 있군. 특히 나는. 늘 오는 나날이니까. 자, 충실하고도 진실된 나의 여인들, 내게 가까이 와요. 요 며칠 동안 배운 게 있소. 사회의 기둥들, 그건 바로 당신들 여자들이오.

로나

아주 작은 지혜를 배웠구려, 제부. (그의 어깨를 꽉 잡으며) 진리와 자유 — 그것 들이 사회의 기둥들이에요.

– 막 –

1879

인형의 집
ET DUKKEHJEM

3막극

입센이란 이름과 늘 함께하는 드라마 〈인형의 집〉은 1879년 이탈리아 나폴리의 해안도시 아말피에서 완성되었다. 입센 가족은 1878년 다시 로마로 거주지를 옮겼으나 아말피는 건강이 좋지 않았던 입센이 자주 찾던 곳이었다. 〈인형의 집〉에서 노라가 중병에 걸린 남편 토르발을 살리고자 아버지의 서명을 위조하여 비용을 마련해 이탈리아 남부로 가는 내용은 실은 그녀가 자신에 대해 인식하기 시작하는 단초이다. 입센이 자신의 경험을 노라의 그것으로 만든 소재인 것이다.

입센은 제 2차 로마 체류를 시작하며 곧 '현대의 비극'을 쓰고자 메모를 시작했다. 그 메모에는 다음과 같은 문장들이 들어있다: "현대 사회에서 여성은 자기 자신일 수가 없다. 남성에 의해 만들어진 법과 여성적인 행위를 남성적 관점에서 접근하는 검찰관과 재판관이 있는, 완벽한 남성 사회이기 때문이다." 입센 자신은 그렇지 않다고 부인했지만 이 문장들을 보아도 〈인형의 집〉은 페미니즘의 측면에서 토론할 수 있는 작품이다.

입센의 당대에 노르웨이에서는 이미 페미니즘을 운위할 수 있는 분위기가 무르익기 시작했고, 작가의 이전 작품들에 이에 해당하는 여성들이 이미 등장한다. 자신을 인형처럼 취급하며 현실생활에서 격리시키면서 가정사의 중요한 일에 함께 하지 못하도록 하는 것에 반발하는 〈청년동맹〉의 셀마, 아메리카에서 자신의 삶을 개척한 〈사회의 기둥들〉의 미혼녀 로나 헤쎌, 역시 같은 작품에서 어렵게 양녀로 자라왔지만 자신이 원하는 남자와의 결혼 의사를 확고하게 밝히면서 새로운 삶을 찾아 떠나는 디나 도르프 등의 기초 위에 〈인형의 집〉의 노라가 탄생된 것이다.

그러나 〈인형의 집〉은 외동아들밖에 없었던 입센 부부에게 딸과 같은 존재였던 여류작가 라우라 킬러(Laura Petersen Kieler)가 겪었던 일에서 그 내용이 취해진 것이다. 라우라에게 일어났던 일은 현대의 비극을 쓰려 하던 입센에게 깊은 인상을 남겼다. 라우라가 겪었던 일은 노라에게 일어나는 일과 똑같고, 심지어는 남편들의 가치관과 아내에 대한 태도까지도 똑같다. 다른 점이라면 라우라는 여류 작가이고 노라는 가정주부라는 점이다. 마지막도 다른데, 라우라는 다시 남편과 아이들 곁으로 돌아올 수 있었지만 노라는 미지의 세계에서 자신의 정체성을 찾기 위해 남편과 아이들을 버리고 집을 나간 것이다. 이렇게 다른 마지막을 위해 입센은 작가였던 라우라가 자신을 받아달라고 남편에게 애걸한 반면, 가정주부였던 노라를 당시로서는—아마 오늘날에도—사회적으로 받아들이기 힘든 '당찬' 여성으로 바꾸었고, 여기에 새로운 인물군을 창조해 넣으면서 서구의 분석적 희곡의 원조라 평가되는 〈외디푸스 왕〉의 극작술을 차용했다. 단 이틀 동안에 과거의 일들이 하나씩 하나씩 그 정체를 드러내는 이 기법을 입센은 특히 〈인형의 집〉을 시작으로 대가적 경지까지 발전시킨다. 그래서 이런 극작술은 '입센적 극작술'이라고 지칭되기도 한다. 입센의 팬으로서 2017년 〈인형의 집 Part 2〉를 쓴 루카스 네이스(Lucas Hnath)도 입센을 "플롯 구축의 장인"이라고 평가하며 작품을 쓰는 동안 입센과 교감하며 대화를 나누는 것처럼 느꼈다고 했다. 이는 〈인형의 집〉이 쓰인지 150년이 다 되어가지만 이 드라마가 여전히 시의성이 있으며 입센이란 작가를 언제라도 현재로 소환할 수 있다는 의미로 읽힌다.

〈인형의 집〉은 초판으로 8,000부가 출판되었다. 그때까지 발표된 입센의 작품 중 최다 출판 부수였고 한 달 만에 매진되었다. 한 달 후 2판은 3,000부가, 두 달 후 3판은 2,500부가 발행되었다. 번역본 역시 1880년대에만 독일, 핀란드, 영국, 폴란드, 러시아, 이탈리아 등에서 출판되었다. 극작가로서 문명을 얻으면서 입센의 수입은 공연권보다는 주로 책 판매에서 들어오는 것이었는데 〈인형의 집〉이 발표된 후 1880년대 말에는 공연권의 5/6가 〈인형의 집〉에서 들어오는 수입이었다. 당시 이 작품이 얼마나 센세이셔널 했고 세계의 여러 무대에서 상연됐는지 알 수 있다.

초판 출판 후 3개월도 채 지나지 않아 〈인형의 집〉은 스칸디나비아의 모든 수도에서 공연되었다. 세계 초연은 1879년 12월 코펜하겐의 왕립극장에서 있었다. 비평계에선 논란이 일었고 부정적 평가에도 불구하고 이 공연은 첫 시즌에만 레퍼토리에 21회 들어있었다. 매 공연마다 관객의 관심은 컸고 무엇보다 노라의 딜레마에 대한 토론이 뜨거웠다. 1880년 스톡홀름의 왕립극장에서 공연이 되었을 때는 모든 공적 모임에서 〈인형의 집〉이 화제가 되지 않기를 희망할 정도였다. 노라가 집을 나가며 문을 쾅 닫는 소리는 공연되는 곳에서마다 관객에게 폭발적으로 들렸고 관객은 충격 정도가 아니라 심적으로 '동요'되었다. 논란과 토론의 핵심은 노라가 '한 개인'이 되기 위해, 자식들보다는 자기 '자신을 교육하기 위해' 남편과 아이들을 버리고 집을 떠나는 것에 대한 찬반에 있었다. 특히 자식을 버린, 모성의 부정은 노라 역을 맡은 여배우가 극의 마지막을 연기할 수 없다고 버티는 사례를 낳기도 했다. 그럼에도 불구하고 〈인형의 집〉은 1880년대 유럽의 거의 모든 도시에서 공연되었고, 1890년대에는 전 유럽 극장들의 레퍼토리에 들어있어 입센은 세계적 작가로 부상했다. 이후 여러 언어권에서 속편들까지 잇따랐다.

영어권 초연은 1882년 미국 밀워키에서 있었다. 입센 희곡이 북미에서 처음 공연된 것이었지만 당대의 취향에 영합하기 위해 번안된 멜로물로 제목은 〈The Child Wife〉였다. 1886년엔 런던에서도 원작을 많이 삭제한 번안물로 〈Breaking the Butterfly〉라는 제목으로 공연되었는데 두 경우 모두 노라는 집을 나가지 않는 것으로 극의 마지막이 처리되었다.

영국에서 〈인형의 집〉이란 원제로 원전에 충실한 첫 공연은 1889년 노블티(Novelty) 시어터에서 있었다. 신문에 실린 리뷰들은 거의가 비우호적이었다. 병적이고 도덕적으로 해로워서 영국 대중의 사랑을 받기 힘들다는 것이 리뷰의 전반적 논조였다. 이런 리뷰들에 대해 입센 드라마 번역자인 윌리엄 아처는 입센의 다른 작품들은 대개가 대중이 철저하게 이해하기도 전에 시대에 뒤떨어지겠지만 〈인형의 집〉은 "생각하는 관객에게 호소하는 여성해방을 위한 분명한 항변"이라고 반박했다. 결론적으로 아처는 어떤 작품도 〈인형의 집〉의 성공을 따라잡지 못할 것이라고 했는데 이는 긴 생명력을 가지게 될 〈인형의 집〉의 미래를 예언한 평가였다.

〈인형의 집〉의 무대화에서는 20세기 중반까지도 어떤 실험이나 새로 읽기가 시도되지 않는 경우가 많았다. 그런 경향은 특히 스칸디나비아에서 두드러졌다. 예를 들어 세계초연 무대였던 코펜하겐 왕립극장의 〈인형의 집〉은 28년간 레퍼토리에 들어있었고, 1955년 리바이벌되었을 때에도 초연 때의 미장센과 크게 달라지지 않았다. 그러나 다른 나라들에서는 다양한 연출 콘셉트가 시도되었다.

그런 첫 시도는 1906년 메이예르홀드에 의해, 러시아 10월 혁명 이전 중요한 연극개혁가였던 코미싸르예브스카야(Vera Kommisarjevskaya)가 오픈한 그녀의 극장에서 행해졌다. 메이예르홀드는 1905년 '새로운 연극'을 하겠다며 스승인 스타니슬랍스키의 곁을 떠났고, 당시 그가 이해한 새로운 연극은 상징주의 연극이었다. 그러므로 그가 연출한 〈인형의 집〉이 근본적으로 상징주의적이었을 것은 당연하다. 그가 연출한 〈인형의 집〉에서 무대는 기본적인 것으로 축소되어 양식화되었다. 한 쪽 코너에 낡아빠진 피아노가 놓인 비좁고 옹색한 복도, 역시 낡아빠진 다리 셋의 테이블과 별 특징 없는 의자 두 개, 아무렇게나 매달린 창문에 무대 높이 가득 늘어뜨려진 크랜베리 색깔의 커튼이 달려 있는 것이 '인형의 집'의 모습이었다. 메이예르홀드는 그간의 연출가들이 이 작품을 너무 현실과 똑같이 만들기 위해 부차적이고 삽입적인 장면들에 강조점을 줌으로써 관객이 작품의 본질적인 것을 보지 못하게 만들었고 주된 모티프가 흐려졌다는 생각이었다. 그러므로 메이예르홀드의 관심이 가장 많이 가있는 지점은 드라마의 내적 리듬과 정신이었다. 물론 노라가 개인적으로 어려움을 겪는 사건들을 통해 드러나는 법과 제도, 여성의 권리 등의 사회적 문제나 노라의 심리적 측면을 그가 간과한 것은 아니었다. 그러나 암시적인 이미지들로 작품의 리듬과 정신의 긴장감을 드러내는 것이 메이예르홀드의 상징주의적 연출의 콘셉트였다. 주지하는 바와 같이 메이예르홀드는 관객을 작가, 연출자, 배우들 다음으로 제4의 창조자로 간주했다. 그는 〈인형의 집〉 역시 서브 텍스트를 암시만 함으로써 관객이 상상력을 더해 관극할 수 있도록 연출했다.

메이예르홀드의 이 연출은 〈인형의 집〉을 19세기로부터 20세기의 작품으로, 즉 스타배우들의 시대로부터 연극사에 본격적으로 새로이 등장한 연출가라는 인물에 의해 주도되는 예술품으로 바꾸어놓는 단초를 마련했다. 이후 1920, 30년대부터 〈인형의 집〉은 빅토리아 시대의 의상을 벗고 본격적으로 현대 의상을 입게 되며, 극의 마지막에 노라가 과연 집을 나가는지는 관객의 상상에 맡겨진다.

독일의 연출가 페터 차덱(Peter Zadek)은 1967년 브레멘의 캄머슈필레(Bremer Kammerspiele)에서 브레히트적 양식의 실험적 〈인형의 집〉을 연출했다. 차덱 역시 간결하고, 선택적이고, 암시적인 미장센을 채택했다. 무대 세트는 양 옆에 도어 두 개, 뒤 배경에 베란다 쪽으로 난 창문, 무대 중앙에 대각선으로 놓인 낡은 소파가 전부였다. 이는 이미 중산층 가정의 아늑한 거실이 아니었다. 차덱의 연출에서는 여성의 해방이 아니라 인간들 상호간의 관계를 보이는 것이 중요했다. 그래서 사건들은 상황에 의해서가 아니라 다양한 인물들의 상호 만남에 의해 진전되었다. 차덱 연출의 핵심은 노라의 변형이 아니라 마지막 장면에서 그녀가 사회는 변할 수 있으며 변해야 한다는 것을 인식하는 것에 맞춰진, 그야말로 브레히트적인 것이었다. 이런 콘셉트를 위해 차덱은 무대 위의 사건은 그대로 두었지만 입센의 텍스트를 서사적으로 재배열했다. 이 과정에서 나이브한 심리적 측면이나 진부한 언어의 교환, 장식적이고 부수적인 부분은 과감하게 삭제되었다. 그렇게 마련된 장면들을 차덱은 서로 구별되며 분명히 윤곽이 그려지도록 암전으로 강조하여 장면들이 불연속성을 드러내고 몽타주된 것처럼 보이게 했다. 배우들까지도 심리적 측면이 제거된 외관을 제시하는 연기를 한 연출에서 차덱은 브레히트가 원했던 대로 관객이 거리를 두고 노라의 '인식'에 대해 객관적으로 생각해보길 원했다.

연극무대를 위한 드라마의 경우 흔한 일은 아니었지만 〈인형의집〉은 1973년 파스빈더(Rainer Werner Fassbinder)에 의해 비디오 버전으로 만들어져 유럽의 거의 모든 나라에 텔레비전으로 방영되었다. 이 비디오 버전은 입센의 시대가 완전히 가고 몰(沒) 시대, 즉 현대의 물질주의 사회를 배경으로 한다. 파스빈더는 노라를 여성의 권리를 위해 투쟁하는 투사로 보지 않았고 그냥 부르주아지에 속한 부인으로 보았다. 노라는 극의 마지막까지도 변하지 않는데 그 이유는 파스빈더가 그녀를 포함해 모든 등장인물들뿐 아니라 그들이 사는 사회까지도 '해방'되어야 한다는 점을 입센의 드라마에서 읽어냈기 때문이다. 말하자면 파스빈더는 노라와 헬메르를 비롯한 모든 인물들이 억압적인 부르주아 사회가 그 유지를 위해 조작하고 있는 잠재적 탄핵과 처벌을 의식하고 있지 못한 인형들로 해석한 것이다.

1981년 스웨덴 출신의 연출가 잉그마르 베리만은 뮌헨의 레지던츠테아터의 앙상블과 함께 매우 혁신적인 〈인형의 집〉을 만들어냈다. 이 〈인형의 집〉은 남녀의 관계를 그린 삼부작, 즉 노라-헬메르, 장-줄리(《물리에 아가씨》), 요한-마리안네(《결혼의 풍경》Scenes from a Marriage)의 소위 '베리만 프로젝트' 중 한 작품이었다. 베리만 연출의 기본은 몰 시간과 몰 장소에 있었고 입센 리얼리즘의 상위구조(supertext) 속에 잠재되어 있는 정신적이고 심리적인 층위를 끌어내는 데에 있었다. 무대공간은 억압과 밀폐의 의미를 시각적으로 드러내도록 실제의 세계와 어떤 접촉이나 연계점도 없는 감옥처럼 설정되었다. 거대한 박스형 무대에는 벨벳 질감의 암홍색 선이 둘러져있고 문도 창문도 없어서 바깥 세계의 공기도, 빛도, 소리도, 사회적 가치나 규범도 비집고 들어올 수 없는, 거의 관(棺) 같은 느낌을 주었다. 이 밀폐된 공간 안에 법정의 내부를 암시하는 높고 어두운 널빤지로 된, 더 작은 구조물들이 들어서있었다. 그 안쪽으로 사변형의 플랫폼이 마치 섬처럼 자리하고 있고, 배경에 섬세하게 장식된 크리스마스트리, 이 트리 아래와 플랫폼의 여기저기에 포장되어 있거나, 포장을 푼 선물꾸러미 안에 장난감들이 들어있었다. 무대는 분명 토르발-노라 가정의 밀폐된 '인형의 집'을 은유한 것이다. 노라가 중요인물들과 대치할 때에는 커다란 원형식탁과 그 주위에 구석 의자들이 놓인다. 노라와 연계되어 있는 인물들은 마치 법정의 입회인들처럼 무감동하게 걸어 나와 노라와 대치한 후에는 다시 자기 자리로 돌아갔다. 처음부터 사회적으로 주어진 역할에 있어 갇힌 자로 좌절을 안고 있는 노라는 이 인물들과의 대치와 화해를 통해 차츰 자신을 질식시키는 좁고 옥죄는 존재의 현실로부터 도망가기를 열망하고 있음이 드러난다. 이로써 그녀 가정의 안정이 깨지는 것은 어떤 외부적 사건들에서 오는 것이 아니라 그녀 내부로부터, 고독과 정신적 소외를 그녀가 인식함으로써 온다는 베리만의 연출 콘셉트는 분명해졌다. 베리만은 입센의 기본 플롯을 따르기는 했지만 텍스트의 1/3을 삭제하고 15개의 짧은 장면들을 만들어냈다. 그는 또한 극행위가 무대 앞쪽에서 이루어지도록 하고 배우들이 관객의 가까운 시야에서 벗어나지 않도록 하여 공연 동안 관객과의 거리감을 최소화하면서 관객의 적극적이고 의식적인 참여를 유도했다.

〈인형의 집〉은 1879년 작품이므로 2022년 현재 쓰인지 143년이 되었다. 그러나 오늘도 세계 어디에선가 〈인형의 집〉은 공연되고 있다고들 한다. 세상의 거의 모든 남녀가 결혼을 하고 아이를 낳음으로써 인류가 존속되고는 있으나 그 이면에 많은 문제점들이 내재해 있기 때문에 〈인형의 집〉은 시공을 초월해 무대에 오르는 것이다. 여주인공 노라는 ─ 창작 당시 입센에게처럼 ─ 마치 실존인물인 것처럼 우리에게 친숙하다. 그녀의 이야기가 어떤 형식실험과 새로운 모티프의 단초가 될 것인지가 이제 우리의 관심사이다. 그런 의미에서 2002년 리 부르어(Lee Breuer)가 연출해 같은 해 오비상 연출상을 수상했고 2008년 LG 아트센터에서 공연한 프로덕션은 언급의 가치가 있겠다.

리 브루어 스스로 평가했듯 그의 〈인형의 집〉은 "포스트모던한 공연"이었다. 소품들이 아무렇게나 널브러져 있다가 공연이 시작되면서 무대가 제모습을 갖추어가는 극중극처럼 보이는 형식, 과장된 멜로드라마적 요소들, 오페라와 인형극 기법들의 활용 등 브루어의 〈인형의 집〉은 일견 키치하며 가벼운 듯 보였지만 사회적 제도에 대한 날카로운 비판이 숨겨져 있었고, 인간의 존재 조건의 실상들이 적나라하게 파헤쳐졌다. 그의 연출에서 가장 충격적이었던 것은 캐스팅이었다. 여성 인물들은 평균보다 큰 키의 훤칠한 배우들인 반면, 남성인물들은 모두 왜소한 체구의 배우들이었다. 그러나 남성인물들은 몸의 크기와는 달리 의연하고 당당했으며 정상키의 여성들은 이 남성들과 소통하기 위해 때로는 무릎을 꿇고, 때로는 엎드리고, 심지어는 기어야 했다. 왜소증의 남성들보다 더 작아져야 원하는 무언가를 얻어낼 수 있는 여성들의 모습은 처절하고도 비참하다. 노라는 마지막에 오페라 극장의 발코니에서 장엄하고도 처절하게 자유를 선언하는 오페라 아리아를 부른다. 그녀는 거추장스러운, 코르셋으로 조이고 강철 프레임으로 부풀린 19세기 의상과 가발을 벗어던지고 민머리에 발가벗은 모습을 한 채 극장 밖으로 사라진다. 그녀가 사라진 후 내복 차림의 왜소한 토르발은 애처롭게 홀쩍대며 노라를 부르면서 객석 사이에서 아내를 찾아 헤맨다. 노라-토르발, 토르발-노라 — 이 두 인물은 모두 부권사회가 창조한 비극적 인물들이다. 실은 왜소하지만 당당함을 암묵적으로 강요당하는 남성들, 자신에게 맞지 않는 '인형의 집'에서 살아야 하는 여성들 — 이들 모두 결코 행복할 수 없는 불행한 인간들임을, 아니 인형들임을 리 브루어는 입센의 〈인형의 집〉에서 채굴해냈으며 작가의 생각대로 '현대의 비극'을 무대화한 것이다.

각자에게 주어진 역할을 해내느라, 즉 결혼생활이란 무대에서 연극을 하느라 서로의 본질을 보지 못하는 노라들과 토르발들은 그 긴 역사의 두께를 깨부수기 힘든 부권사회란 이데올로기에서 벗어나기가 여전히 어렵다. 그런 의미에서 〈인형의 집〉은 시대와 장소를 초월하는 시의성을 지닌 드라마이다.

등장인물

헬메르   변호사
노라   그의 아내
랑크 박사
린데 부인
크로그스타   사무변호사
헬메르 부부의 세 아이들
안네-마리   헬메르 가의 유모
헬레네   하녀
배달부

극 행위는 헬메르의 집에서 일어난다.

고급스럽지는 않지만 취향 있게 꾸며진 안락한 방. 뒷벽에는 오른쪽에 현관으로 가는 문이, 왼쪽에 헬메르의 서재로 가는 문이 있다. 이 두 문 사이에 피아노가 놓여 있다. 왼쪽 벽 중간에 문이 있고, 이 문에서 안쪽으로 창문이 있다. 이 창문 근처에 안락의자와 작은 소파가 놓인 원탁이 있다. 오른쪽 벽 무대 안쪽으로 문이 하나 있고, 그 벽의 무대 아래쪽으로는 도자기로 된 난로가 있다. 그 주위에 안락 위자 두 개와 흔들의자가 있다. 벽에는 동판화들이 걸려 있다. 접시류와 작은 장식 품들이 놓인 장식장과 멋지게 장정된 책들이 꽂힌 작은 책장이 있다. 바닥에는 양탄자가 깔려 있고 난롯불이 타고 있다. 겨울날이다.

현관에서 벨이 울리고 잠시 후 현관문이 열리는 소리가 들린다. 잠시 후 노라가 방안으로 들어서며 행복한 모습으로 콧노래를 흥얼거린다. 그녀는 외출복을 입고 있으며 잔뜩 들고 들어온 상자들을 오른쪽에 있는 테이블 위에 내려놓는다. 그녀 가 열어놓은 현관문 바깥쪽에서 크리스마스트리와 바구니를 든 배달부의 모습이 보인다. 그는 문을 열고 서있는 하녀에게 트리와 바구니를 넘겨준다.

노라

크리스마스트리 잘 감춰 둬, 헬레네. 오늘밤 장식을 다 하기 전까지 애들이 봐선 안 돼. (지갑을 꺼내며 배달부에게) 얼마죠 —?

배달부

오십 전입니다.

노라

자, 1크로나, 잔돈은 됐어요.

배달부는 노라에게 고맙다고 하며 나가고 그녀는 문을 닫는다. 외출복을 벗으면서 그녀는 혼자 슬그머니 웃으며 행복해 한다.

노라

(주머니에서 마카롱 봉지를 꺼내 두어 개 먹는다. 그리고는 가만히 남편 서재 쪽으로 가서 귀를 대본다.) 그래, 안에 있어. (오른쪽에 있는 테이블로 가며 다시 콧노래를 흥얼거리기 시작한다.)

헬메르

(서재에서) 거기서 재잘대는 게 작은 종달새렸다?

노라

(상자 몇 개를 풀며) 네, 맞아요.

헬메르

거기서 부스럭대는 게 작은 다람쥐지?

노라

네!

헬메르

작은 다람쥐가 언제 집에 돌아왔나?

노라

지금 막요. (마카롱 봉지를 주머니에 쑤셔 넣고 입을 닦는다.) 여보 토르발, 내가 뭘 샀는지 나와 봐요.

헬메르

방해 받고 싶지 않은데! (잠시 후 손에 펜을 든 채 문을 열고 내다본다.) '샀다고'? 그거 전부? 꼬맹이 낭비가께서 또 돈을 마구 쓰셨군!

노라

그렇지만 여보 토르발, 올해 우리가 숨 좀 쉬어도 되잖아요. 돈을 아끼지 않아도 되는 첫 크리스마스잖아.

헬메르

그래, 그렇다고 낭비해도 된다는 건 아냐.

노라

알아요, 여보, 그렇지만 조금은 낭비해도 되잖아요, 안 그래요? 아주 아주 조금. 이제 봉급이 많아질 테니 당신 돈을 많이 많이 벌 거잖아요.

헬메르

그래, 내년엔. 첫 봉급이 들어오려면 석 달을 꼬박 기다려야 해.

노라

흥! 그 동안엔 빌려 쓰면 되지.

헬메르

노라! (그녀에게로 가 장난스럽게 그녀의 귀를 잡는다.) 또 시작이군, 자기 그 바보 같은 생각! 자, 내가 오늘 천 크로나를 빌렸어, 헌데 자기가 그걸 크리스마스 휴가 동안 다 써버렸어. 그런데 연말에 슬레이트 지붕이 무너져 내 머리를 쳐.

노라

(손으로 그의 입을 막으며) 쉿! 그런 끔찍한 말 하지 말아요.

헬메르

알았어, 그렇지만 그런 일이 생길 수도 있잖아. ─그렇게 되면?

노라

그런 끔찍한 일이 생긴다면 빚이 있든 없든 난 아무 상관없어요.

헬메르

그렇겠지. 그렇지만 내게 돈을 빌려준 사람들은 어떡하지?

노라

사람들? 무슨 상관이야! 그냥 남이잖아요.

헬메르

노라, 노라, 여자들이란! 이건 진지하게 하는 말이야, 노라. 빚은 안 돼! 돈 빌리는 거 절대 안 돼! 빌린 돈으로 꾸려가는 집에선 늘 무언가 언짢고 기분 나쁜 게 있기 마련이야. 우리 그런 일 멀리 하며 잘 지내왔잖아. 조금만 더 그렇게 지내자.

노라

(난로 쪽으로 가며) 알았어요, 알았어, 당신이 그렇다면, 토르발.

헬메르

(그녀를 따라가며) 저런, 저런! 노래하는 작은 새 날개가 꺾이면 안 되는데, 응? 작은 다람쥐가 입이 통통 불었나? (자기 지갑을 꺼내며) 여보, 이게 뭐게?

노라

(재빨리 몸을 돌리며) 돈!

헬메르

자! (노라에게 지폐를 몇 장 건네며) 사실, 크리스마스 때면 집안일에 돈이 꽤 든다는 거 잘 알아.

노라

(지폐를 센다.) 십, 이십, 삼십, 사십 — 어머, 고마워요, 고마워, 여보! 이거면 꽤 오래 가겠다.

헬메르

그래, 꼭 그래야지.

노라

그래요, 그래, 그럴 거야. 이리 와 봐요. 내가 산 것 보여줄게. 다 싸구려예요. 이바르한텐 새 옷 몇 벌에다 작은 칼. 보브한텐 말(馬)하고 트럼펫. 에미 건 인형하고 인형 침대. 대단한 건 아네요, 어차피 금방 다 망가뜨리고 말 텐데 뭐. 하녀들한텐 옷감하고 손수건 몇 장. 유모는 나이가 들었으니 좀 더 좋은 걸 사줘야 하는데.

헬메르

여기 이 꾸러미 안엔 뭐야?

노라

(소리를 지르며) 안 돼, 여보! 오늘밤까지 보면 안 돼요!

헬메르

알았어. 그런데 꼬맹이 낭비가께서 자기 건 뭘 사셨을까?

노라

오, 내 거? 난 아무것도 필요 없어요.

헬메르

아니, 필요한 게 있을 거야. 좋아할 만한 게 뭔지 적당한 걸로 말해봐.

노라

아니, 정말 없어요. 그런데 여보.

헬메르

왜?

노라

(외투 단추를 만지작대며 남편을 쳐다보지도 않고) 나한테 주고 싶은 게 있다면 그건 — 그건 —

헬메르

자, 자, 말해봐!

노라

(재빨리) 돈요, 돈을 줘요, 토르발. 당신 시간 절약 되잖아. 난 나중에 그 돈으로 뭔가 살 수 있고.

헬메르

그렇지만 노라 —

노라

오, 제발, 여보 토르발, 내가 이렇게 빌게. 그럼 난 그 돈을 예쁜 금박지에 싸서 크리스마스트리에 달아 놓을 거야. 정말 재미있지 않을까?

헬메르

돈만 있다 하면 들고 뛰는 예쁜 꼬맹이를 뭐라 해야 할까?

노라

알아요, 알아, 낭비가라고 하죠. 그렇지만 내 말 대로 해줘요, 토르발. 그러면 나한테 가장 필요한 게 뭔지 생각해볼게. 그게 좋은 해결책이잖아요, 응?

헬메르

(미소 지으며) 그래, 좋은 해결책이네. 내가 준 돈 잘 꼬불쳐뒀다가 정말 자기 걸 산다면 말이야. 그런데 그 돈으로 집안일에 필요한 잡동사니를 찔끔찔끔 사버리면 난 또 주머니를 털어야 해.

노라

오, 여보 ―

헬메르

내 말이 맞지, 내 예쁜 꼬맹이 노라? (그녀의 허리를 안는다.) 그런데 돈 쓰는 건 흥청망청이야. 그런 마누라를 둔 남편은 상상할 수 없이 비싼 대가를 치러야 해.

노라

핏! 어떻게 그런 말을 해요? 나도 나름 절약한다고요.

헬메르

(웃으며) 그래, 맞는 말이야. 나름. 헌데 나름 잘 안 되는 거지.

노라

(낮은 소리로 콧노래를 부르고 행복하게 미소 지으며) 흐음, 우리 같은 종달새와 다람쥐한테 얼마나 돈이 드는지 당신은 모를걸, 토르발!

헬메르

당신 이상한 꼬맹이야. 당신 아버지랑 똑같아. 손이 닿는 곳이면 어디든 돈을 찾아다니니. 일단 돈이 생겼다 하면 곧 손가락 사이로 줄줄 빠져 나가고. 돈을 어떻게 썼는지 모르는 것 같아. 그래, 생긴 그대로의 자기를 인정해야겠지. 그건 물려받은 거야. 맞아, 바로 그거야, 유전이야, 노라.

노라

아, 아빠한테서 다른 것도 물려받았으면 했는데.

헬메르

그래도 난 내 예쁜 작은 새가 지금과 다르기를 바란 적은 없어. 그런데 가만 보니 자기가 어쩐지 ― 뭐랄까 ― 오늘 양심에 찔리는 데가 있는 것 같은데 ―

노라

내가요?

헬메르

그래, 나야 당신을 잘 알지. 날 똑바로 봐봐.

노라

(그의 눈을 들여다보며) 자?

헬메르

(그녀에게 손가락을 흔들어 보이며) 내 꼬맹이가 오늘 시내에서 잊어버리지 않은 게 있을 텐데?

노라

아니, 왜 그런 생각을 해요?

헬메르

잠깐이라도 빵집에 들리지 않았을까?

노라

아니, 정말이에요, 토르발!

헬메르

설탕 조림도 시식 안 했고?

노라

응, 정말 안 했어.

헬메르

마카롱도 한두 개 안 먹었고?

노라

응, 토르발, 정말 안 먹었다니까 —

헬메르

알았어, 알았어, 그냥 농담이야 —

노라

(테이블 쪽으로 가며) 난 당신이 원하지 않는 걸 해보겠다는 꿈도 꾼 적 없어요.

헬메르

그래, 나도 알아. 나하고 약속도 했으니까 — (그녀에게로 간다.) 자, 여보 노라, 크리스마스의 작은 비밀을 혼자만 알고 싶겠지만 오늘밤 다 탄로 날 걸. 트리에 불을 켜면.

노라

랑크 박사님 초대하는 거 잊지 않았죠?

헬메르

응. 사실 초대할 필요도 없어. 어차피 우리랑 저녁 식사할 거잖아. 그래도 아침에 잠깐 들르면 물어봐야지. 괜찮은 와인도 주문했고. 노라, 내가 오늘밤을 얼마나 고대하고 있는지 자긴 모를걸.

노라

나도 그래요. 애들도 좋아할 거예요, 토르발!

헬메르

오, 안정된 좋은 직장에 두둑한 수입이 보장되었다는 게 정말 대단한 느낌이야. 안 그래? 생각만 해도 좋지?

노라

오, 근사해요!

헬메르

작년 크리스마스 생각나? 3주 동안 내내 자긴 틀어박혀서 우릴 놀래게 한다
고 한밤중까지 크리스마스트리에 달 꽃이랑 다른 근사한 것들을 만들었지.
아, 내 평생 그렇게 심심했던 적이 없었어.

노라

난 조금도 심심하지 않았는데.

헬메르

(미소 지으며) 그런데 결과는 실망이었지, 노라.

노라

오, 그 일로 또 날 놀리려고. 고양이가 들어와 모두 다 물어뜯을 줄 내가 어떻
게 알았겠어요?

헬메르

그래, 몰랐겠지. 내 불쌍한 꼬맹이 노라, 자긴 그저 우리가 즐거운 시간을
갖게 하려던 거였는데. 중요한 건 그 마음이지. 어쨌든 그 어려운 시간이 지
났으니 다행이야.

노라

그래요, 정말 근사해요.

헬메르

이제는 심심해 죽을 마음으로 여기 혼자 앉아 있을 필요도 없고. 당신도 그
사랑스런 눈을 움츠리고 섬섬옥수 같은 작은 손가락들을 혹사하지 않아도
되고 —

노라

(손뼉을 치며) 그래요, 여보, 난 그럴 필요 없죠? 오, 그런 말을 듣기만 해도 가슴이 떨려! (그의 팔을 잡으며) 있잖아요, 우리가 어떻게 모든 일을 처리할지 생각해온 걸 말할게, 토르발. 크리스마스가 지나면 곧 — (현관에서 초인종이 울린다.) 오, 초인종이 울리네. (방안에 있는 한두 가지를 정리한다.) 손님이 왔나. 귀찮게!

헬메르

손님이 오면 난 집에 없는 사람인 거 알지?

하녀

(문간에서) 어떤 숙녀분이 마님을 뵙자는데요.

노라

들어오시라고 해.

하녀

(헬메르에게) 닥터께서도 지금 막 오셨어요.

헬메르

바로 내 방으로 가셨나?

하녀

네, 그러셨어요.

헬메르, 자기 서재로 들어간다. 하녀가 린데 부인을 데리고 들어온다. 여행복 차림의 린데 부인이 들어와 뒤로 문을 닫는다.

린데 부인

(침착하고 약간 주저하는 듯) 오랜만이야, 노라.

노라

(확신이 없는 듯) 오랜만이야 —

린데 부인

네가 날 못 알아보면 어쩌나 했다.

노라

아냐, 그런데 말이지 — 아무래도 — (갑자기 기뻐하며) 아니, 크리스티네! 정말 너 맞니?

린데 부인

그래, 나야.

노라

크리스티네! 널 못 알아봤다고 생각하지 마! 내가 어떻게 — (낮은 소리로) 세상에, 너 변했다, 크리스티네!

린데 부인

좀 그럴 거야. 9년, 아니 10년이 지났으니 —

노라

우리가 마지막으로 본 게 그렇게 오래 됐구나! 그래, 그러네. 오, 난 지난 8년간이 정말 행복한 시간이었어. 그런데 이제 너도 도시로 나왔네. 겨울에 긴 여행을 하다니. 용기가 대단하다.

린데 부인

오늘 아침에 증기선으로 도착했어.

노라

크리스마스를 즐기려고 온 거겠지. 오, 잘 됐다! 우리 즐겁게 보내자. 옷 벗어. 춥지 않니? (그녀가 옷 벗는 걸 돕는다.) 됐다! 자, 난로 옆에 편히 앉아. 아니, 여기, 안락의자에 앉아! 난 흔들의자에 앉을게. (크리스티네의 손을 잡는다.) 아, 이제 옛날 너 같다. 내가 널 처음 봤을 때 말이야 — 그런데 너 좀 창백해 보인다 — 약간 마른 것도 같고.

린데 부인

그리고 많이 늙어 보이지, 노라?

노라

그래, 약간 나이 들어 보여 — 아주 아주 조금, 많이는 아니고 (갑자기 말을 멈추고 진지하게) 오, 내 정신머리 좀 봐. 이렇게 앉아 수다만 떨다니! 얘, 크리스티네, 나 용서할 거지?

린데 부인

무슨 소리야, 노라?

노라

(부드럽게) 불쌍한 크리스티네, 너 혼자 됐잖아.

린데 부인

그래, 3년 전에 남편이 저세상으로 갔어.

노라

그래, 기억 나. 신문에서 봤어. 오, 크리스티네, 네게 편지를 쓰겠다고 생각은 자주 했었는데, 정말이야. 그럴 때마다 무언가 일이 생겨서 계속 미뤄졌어.

린데 부인

노라, 그랬겠지.

노라

아냐, 그러면 안 되는 거였는데, 크리스티네. 오, 가엾게도 너 정말 힘들었겠다—남편이 뭐라도 좀 남겼니?

린데 부인

아니.

노라

애들은?

린데 부인

없어.

노라

정말 아무것도 없어?

린데 부인

아무것도 없어. 슬퍼할 마음도.

노라

(믿을 수 없다는 듯 그녀를 보며) 세상에, 크리스티네, 어떻게 그럴 수 있지?

린데 부인

(슬픈 미소를 짓고 노라의 머리칼을 쓰다듬으며) 아, 그런 일도 생겨, 노라.

노라

완전 사고무친이네. 얼마나 슬플까. 난 애가 셋이야. 지금은 못 봐. 유모랑 나갔거든. 그러니 네 얘기나 좀 해봐—

린데 부인

아니, 아냐, 네 얘기가 듣고 싶어.

노라

아냐, 네가 먼저 해. 오늘은 나만 생각하고 싶지 않아. 네 일만 생각할게. 그래도 한 가지 말하고 싶은 건 있다. 지난 며칠 사이에 우리한테 엄청난 행운이 있었다는 얘기 들었니?

린데 부인

아니, 뭔데?

노라

내 남편이 증권은행 행장이 됐어.

린데 부인

네 남편이? 너무 잘 됐다 ─

노라

정말 근사하지? 변호사 노릇하며 산다는 게 아주 안정적은 못 돼. 특히 뭔가 안 좋은 일에 말려들고 싶지 않을 때는 말이야. 물론 토르발은 절대 그런 사람이 아니고 나도 그가 옳다고 생각해. 오, 우리가 얼마나 기쁠지 상상이 될 거야! 그 사람 새해 이틀 날부터 은행으로 출근해. 봉급도 많고 수당도 두둑할 거야. 이제부터 우린 지금까지와는 전혀 다르게 살게 되겠지 ─ 원하는 건 다 가질 수 있을 거고. 오, 크리스티네, 나 너무 행복하고 안심이야! 돈이 충분해서 걱정할 필요가 없다는 건 근사한 일이야, 그렇잖니?

린데 부인

그래, 어쨌든 필요한 걸 가질 수 있다는 건 근사한 일이지.

노라

아니, 필요한 것만이 아니라 돈이 아주 많은 거야.

린데 부인

(미소 지으며) 노라, 노라, 넌 아직도 철이 안 났구나? 학교 다닐 때도 넌 아주 낭비벽이 심했어.

노라

(낮은 소리로 웃으며) 그래, 토르발은 아직도 그 말을 해. (손가락을 흔들며) 그렇지만 '노라, 노라'는 사람들 생각처럼 그렇게 바보가 아니에요 — 오, 우린 정말 돈을 펑펑 쓸 형편은 아냐. 우리 둘 다 일해야 해.

린데 부인

너도?

노라

응, 소소한 일. 바느질도 하고, 코바늘 뜨개질도 하고, 자수도 놓고, 뭐 그런 일. (불쑥) 다른 일도 몇 가지 더 하고. 우리가 결혼했을 때 토르발이 관직을 떠난 거 알지? 그이 부서에 승진 전망이 없었어. 전보다는 돈도 더 많이 벌어야 했고. 그런데 그이가 첫 해에 몸이 완전 망가졌었어. 너 알다시피 온갖 잡일을 하느라 낮이고 밤이고 일해야 했으니까. 그렇게 계속할 수는 없었지. 심하게 몸이 아팠으니까. 의사들이 무조건 남쪽으로 가라는 거야.

린데 부인

그래, 일 년을 꼬박 이탈리아에서 지냈지?

노라

그래. 떠나는 게 쉽지는 않았다. 이바르가 태어난 직후였으니까. 그래도 떠나야 했어. 오, 진짜 근사한 여행이었다. 토르발의 목숨을 구했으니까. 그렇지만 비용이 정말 많이 들었어, 크리스티네.

린데 부인

그랬겠다.

노라

천 2백 달러가 들었어. 크로나로 하면 4천 8백. 아주 큰돈이었어.

린데 부인

그래도 그런 상황에서 그 큰돈이 있었으니 정말 다행이다.

노라

그래, 아버지에게 빌렸어.

린데 부인

아, 그랬구나. 그때쯤 네 아버지가 돌아가시지 않았니?

노라

그래, 크리스티네, 바로 그때였지. 돌봐드리지도 못했어. 이바르가 오늘 내일 했거든. 더구나 토르발도 중병이었고. 좋은 아버지셨는데! 다시는 뵙지 못해, 크리스티네. 오, 그게 내 결혼 생활 중 가장 슬펐던 일이야.

린데 부인

너, 아버지 많이 좋아했었지. 그리고서 이탈리아로 떠났니?

노라

응, 그때 돈이 수중에 들어왔고, 의사들은 빨리 가라고 했으니까. 우린 한 달 후에 떠났어.

린데 부인

네 남편은 완전히 나아서 돌아왔지?

노라

건강을 완전 되찾았어!

린데 부인

그런데 ― 그 닥터는?

노라

누구?

린데 부인

내가 들어올 때 하녀가 무슨 닥터가 막 왔다고 그런 것 같은데.

노라

아, 랑크 박사님. 왕진 오신 건 아니야. 우리랑 가장 친한 분이라 적어도 하루
에 한 번은 꼭 들르셔. 그래, 토르발은 그 이후론 감기 한 번 안 걸려. 애들도
너무 건강하고, 나도 그렇고. (펄쩍 뛰며 손뼉을 친다.) 오, 세상에, 세상에, 크리
스티네, 살아있고, 행복하다는 건 정말 근사한 거야! ― 어머나, 나 좀 봐 ―
또 내 얘기만 늘어놓았네. (린데 부인 옆에 있는 낮은 스툴에 앉아 그녀의 무릎에 팔을
놓는다.) 자, 나한테 화내지 마! ― 남편을 사랑하지 않았다는 게 사실이니?
그럼 왜 그 남자랑 결혼했어?

크리스티네

그땐 어머니가 아직 살아계셨어. 꼼짝 못하고 누워 계셨지. 거기다 돌보아야
할 어린 동생이 둘 있었고. 그를 거절할 이유가 딱히 없었어.

노라

그래, 그래, 그게 널 구했네. 그 남자 그땐 상당한 재력가였지?

린데 부인

그랬던 것 같아. 그렇지만 사업이란 게 불안하잖아, 노라. 막상 그 사람이

죽고 나니 이것저것 모두 없어져 버리고 결국 아무것도 남지 않았어.

노라

그래서 —?

린데 부인

나 혼자 꾸려가야 했지. 구멍가게도 열었고, 조그만 학원도 운영했고, 내 손
으로 할 수 있는 건 다 해봤어. 지난 3년간 죽어라 일벌레로 살았다. 그러나
이젠 끝났다, 노라. 불쌍한 어머니도 이젠 돌아가셨고 동생들도 제 앞가림을
해서 내 도움이 필요 없게 됐고.

노라

이제 한 숨 놓았네 —

린데 부인

아니야, 노라! 말도 못하게 허전해. 누군가를 위해 살아야 하는데. (불안한 듯
일어선다.) 거기 시골에선 단절된 것 같아 더 이상 견딜 수 없었어. 여기선 마
음을 쏟을 무언가를 찾기가 좀 쉬울 거야. 안정된 일자리를 찾을 수 있다면,
사무 같은 일이라도 —

노라

그런데, 크리스티네, 일한다는 게 얼마나 힘든 건데. 너 지금 완전 지쳐 보여.
어디 조용한 곳에 가서 며칠 쉬는 게 좋겠다.

린데 부인

(창문 쪽으로 가며) 난 돈을 주실 아버지가 없어, 노라.

노라

(몸을 일으키며) 오, 내 말 언짢아하지 마!

린데 부인

(노라에게 가며) 노라, 너도 내 말 언짢아하지 마. 나 같은 처지에 있는 사람들은 성격이 모나게 돼. 끔찍한 일이지. 누군가를 위해 일할 필요가 없는데도 늘 경계를 하는 거야. 그렇게 살다보면 자기만 생각하게 돼 — 곧이들리지 않지? — 네가 너희 집 좋은 소식 말했을 때도 너를 위해서가 아니라 내게 뭔가 돌아오지 않을까 해서 들떴었어.

노라

무슨 말이야? 아, 알겠다. 토르발이 널 위해 뭔가 해줄 수 있겠다 생각한 거구나.

린데 부인

그래, 바로 그거야.

노라

그이 그렇게 할 거야. 모두 내게 맡겨. 잘 해볼게 — 어떻게 해야 그이 기분을 좋게 할지 머리를 굴려봐야지. 오, 널 정말 돕고 싶어.

린데 부인

정말 고맙다, 노라. 날 위해 그렇게 신경 써주다니 — 어려움도 고생도 모르며 살아온 네가.

노라

내가 — ? 모른다고 — ?

린데 부인

(미소 지으며) 글쎄, 바느질 같은 일은 했겠지 — . 넌 정말 어린애야, 노라.

노라

(머리를 똑바로 세우고 방을 가로질러 걸으며) 내가 너라면 그렇게만 생각하진 않을 걸.

린데 부인

그래?

노라

너도 세상 사람들과 똑같아. 모두들 무언가 진지한 일이 닥치면 난 쓸모없다고 생각하지 —

린데 부인

아니, 그런 말이 아니라 —

노라

— 넌 내가 이 힘든 세상에서 어려운 일을 헤쳐 나가 본 적이 없다고 생각하잖아.

린데 부인

노라, 조금 아까 네가 견뎌야 했던 온갖 일들을 얘기했잖아.

노라

쳇, — 그까짓 것들 별것 아냐! (가만히) 진짜 큰일은 말도 안 꺼냈어.

린데 부인

진짜 큰일? 뭔데?

노라

네가 날 은근히 깔아보는 거 알아, 크리스티네. 그런데 그러면 안 돼. 넌 어머니를 위해 오래도록 열심히 일했다고 자랑스러워하지.

린데 부인

나 누구도 깔아보지 않아. 그렇지만 네 말대로, 어머니가 마지막 가시는 길을 조금은 편하게 모실 수 있었던 건 자랑스럽고 행복해.

노라

동생들을 위해서 한 일도 자랑스럽겠지.

린데 부인

그럴 만하다고 생각해.

노라

나도 그렇게 생각해. 그런데 지금부터 얘기 하나 해줄게, 크리스티네. 나도
자랑스럽고 행복한 일이 있어.

린데 부인

그렇겠지. 그런데 그게 뭐야?

노라

크게 말하지 마. 토르발이 들어! 그이가 알면 절대 안 돼 — 완전 비밀이야,
크리스티네. 너한테만 말하는 거야.

린데 부인

뭔데?

노라

이리 와봐. (린데를 자기 옆 소파에 앉힌다.) 있잖아 — 나도 자랑스럽고 행복한 일
이 있어. 토르발의 목숨을 구한 건 나였어.

린데 부인

목숨을 구해? — 어떻게?

노라

내가 이탈리아에 여행 갔다고 했지? 안 그랬으면 토르발은 회복이 되지 않아
서 —

린데 부인

그래, 그래, 네 아버지께서 필요한 돈을 주셨다며 ─

노라

(미소 지으며) 토르발은 그렇게 생각해. 다른 사람들도 그렇고. 사실은 ─

린데 부인

사실은 ─?

노라

아버진 동전 한 푼 주신 적 없어. 내가 돈을 끌어댔어.

린데 부인

네가? 그 많은 돈을?

노라

천이백 달러. 4천 8백 크로나. 어때?

린데 부인

노라, 그게 가능해? 복권 당첨이라도 됐던 거야?

노라

(말도 안 된다는 듯) 복권 당첨? 하하! 그렇다면 아무것도 아니지?

린데 부인

그럼 어디서 끌어왔는데?

노라

(콧노래를 흥얼대며 비밀스럽게 미소 지으며) 흐음, 트랄 라 라!

린데 부인

넌 돈을 빌릴 수도 없잖아.

노라

그래? 왜?

린데 부인

글쎄, 여자들은 남편의 허락 없인 돈을 빌릴 수 없으니까.

노라

(머리를 빳빳이 세우며) 아, 사업에 대한 감이 있는 여자라면 ─ 세상을 어떻게 헤쳐나가는지 아는 여자라면 ─ 그럴 수도 있지.

린데 부인

얘, 노라, 난 무슨 말인지 통 모르겠다 ─

노라

알 필요 없어. 내가 돈을 빌렸다고 말하진 않았으니까. 좀 다른 방식으로 돈을 끌어댔겠지. (뒤에 있는 소파에 몸을 던진다.) 나한테 침을 흘리는 남자한테서 얻었을려나. 나 정도로 매력적이라면 ─

린데 부인

너 미쳤구나.

노라

궁금해 죽겠을 거다, 크리스티네.

린데 부인

정신 차려, 노라 ─ 뭐 경솔한 짓을 한 건 아니지?

노라

(다시 똑바로 앉으며) 남편의 목숨을 살리는 게 경솔한 짓이니?

린데 부인

남편에게 말하지 않고 어떤 일을 하는 건 경솔한 짓이지 ─.

노라

그렇지만 그이가 절대 알아선 안 되니까. 세상에, 있잖아, 그이는 자기 병이 얼마나 위중한지도 몰랐어. 의사들이 나한테 그이 목숨이 경각에 달려있고 그를 살릴 유일한 방법은 잠시 남쪽으로 가는 거라고 말했거든. 너, 내가 처음부터 그이에게 말하지 않았다고 생각하지? 나도 다른 젊은 여자들처럼 잠시 여행을 할 수 있다면 좋겠다고 변죽을 울리기 시작했어. 찔찔 짜고 애원도 했어. 내 입장을 좀 생각해달라고, 나도 좀 내 마음대로 하게 해달라고 했지. 그리고선 돈을 좀 빌려야겠다고 했더니 그인 버럭 화를 내더라, 크리스티네. 나더러 경박하다면서 내 변덕과 공상을 막는 게 남편으로서의 자기 의무라나 ─ 정말 변덕과 공상이라고 했다니까. 그래, 좋아, 난 생각했어, 어떻게 해서든 당신을 살리겠어라고. 그러자 묘안이 떠오르더라 ─

린데 부인

네 남편은 그 돈이 네 아버지에게서 나온 게 아니란 걸 모르는 거야?

노라

그래, 전혀. 바로 그때 아빠가 돌아가셨어. 난 그이한테 비밀로 하기로 했고 말하지 않았어. 그이 병이 위중했고 ─ 말할 필요도 없어졌지.

린데 부인

그래서 남편한테 털어놓지 않았어?

노라

물론, 어떻게 그런 생각을 하니? 그인 그런 문제에 아주 엄격해! 게다가 ─ 토르발은 자존심이 아주 강한 남자야 — 나한테 무언가 신세를 졌다는 생각이 들면 혼란스러워하고 치욕스러워 할 거야. 우리 둘 사이도 완전히 망가질 거고. 이 행복한 집이 다시 회복될 수는 없을 걸.

린데 부인

그래서 절대 말 안 할 거니?

노라

(생각에 잠긴 듯, 반쯤 미소 지으며) 아냐, — 언젠가는 — 몇 년 후 내가 지금만큼 예쁘지 않을 때면. 웃지 마! 내 말은 토르발이 지금처럼 날 사랑하지 않을 때 말이야. 내가 춤을 춰도, 한껏 차려입어도, 노래를 해도 쳐다보지도 않을 때를 위해 무언가 남겨놓는 게 좋겠지. (말을 멈춘다.) 아냐, 말도 안 돼! 그런 날은 절대 오지 않을 거야. — 내 이 큰 비밀을 어떻게 생각하니, 크리스티네? 아직도 내가 아무짝에도 쓸모없다고 생각하니? 그렇지만 난 엄청 힘들었어. 제때 돈을 갚는 게 정말 쉽지 않았으니까. 비즈니스에서는 4분기 이자라는 것도 있고 할부라는 것도 있는데 그런 것들을 감당하기란 엄청 어려운 일이야. 그래서 할 수 있는 한 이것저것 절약을 했지. 사실 생활비에선 별로 절약할 수 없었어. 토르발은 품위 있게 살아야 하거든. 애들도 아무렇게나 입힐 수 없었고. 애들한테 쓸 돈은 애들을 위해 썼어. 예쁜 것들!

린데 부인

그래서 네 용돈을 팍 줄였구나? 불쌍한 노라.

노라

물론이지. 결국 모든 걸 내가 책임져야 했으니까. 새 옷 같은 걸 사라고 토르발이 돈을 주면 반만 썼어. 항상 수수하고 싼 것만 샀지. 다행히도 난 아무거나 잘 어울려서 토르발은 전혀 눈치 채지 못하더라. 그래도 가끔은 마음이 좀 무거웠어, 크리스티네, 좋은 옷을 입는 건 기분 좋은 일이잖아, 그렇지 않니?

린데 부인

그래, 그렇지.

노라

물론 다른 일로도 돈을 벌었어. 작년 겨울엔 운 좋게도 베껴 쓰는 일을 얻었
지. 매일 밤 방에 틀어박혀 새벽이 될 때까지 베껴 쓰는 일을 했지. 아, 어떤
땐 너무너무 피곤했어. 그래도 그렇게 일을 해서 돈을 번다는 게 굉장히 즐거
웠다. 거의 남자가 된 것 같았어.

린데 부인

그렇게 해서 얼마나 갚을 수 있었니?

노라

글쎄, 정확히는 몰라. 그런 계약서 같은 걸 처리하는 건 쉽지가 않거든. 어쨌
든 긁어모아 다 갚았어. 어쩔 줄 모를 때도 있었지. (미소 지으며) 그러면 여기
앉아 어떤 돈 많은 늙은이가 날 사랑하게 됐으면 좋겠다고 생각하곤 했어.

린데 부인

뭐? 어떤 늙은이?

노라

오, 웃기는 얘기야! ─그런데 그 늙은이가 죽어. 그의 유언장을 개봉하자 커
다란 글씨로 이렇게 써있는 거야: '나의 전 재산을 즉시, 현금으로 사랑스런
노라 헬메르 부인에게 지급하라.'

린데 부인

애, 노라, 그 늙은이가 누군데?

노라

세상에, 못 알아듣겠니? 그런 늙은이는 없어. 다음번 돈을 갚기 위해 어찌

해야 할지 모를 때 여기 앉아 그런 상상을 한 거야. 그렇다고 달라지는 건 없어. 그런 늙은이야 자기가 하고 싶은 대로 하겠지 뭐. 나도 그런 늙은이 지겹거든. 그런 늙은이도 유언장도 관심 없어. 이제 걱정 끝이니까. (펄쩍 뛰며) 오 하느님, 얼마나 멋진지 몰라, 크리스티네! 걱정이 없다니! 세상에 걱정거리가 없다는 걸 생각해봐 ─ 애들하고 뛰어놀 수 있고, 집을 멋지고 우아하게 꾸미고, 트로발이 원하는 대로 살면 돼! 곧 봄이 오면 푸른 하늘도 보겠지. 어딘가 여행을 갈 수도 있을 거야. 어쩌면 바다도 다시 보겠지. 오, 그래, 그래, 행복할 때 인생은 멋진 거야!

현관에서 초인종이 울린다.

린데 부인
(일어나며) 누가 왔나 보다. 난 가는 게 좋겠다.

노라
아냐, 괜찮아. 내 손님 아닐 거야. 토르발 손님이겠지 ─

하녀
(현관에서) 저, 사모님 ─ 어떤 신사분이 주인님을 뵙자는 데요 ─

노라
행장님을 뵙겠다고?

하녀
네, 주인님요 ─ 박사님이 안에 계신데 ─

노라
누구신데?

크로그스타

(현관에서) 접니다, 헬메르 부인.

린데 부인, 깜짝 놀라 창문 쪽으로 몸을 돌린다.

노라

(긴장하며 크로그스타에게로 한 발자국 가서는 낮은 소리로) 아니, 무슨 일이세요? 제 남편에게 무슨 얘길 하려는 거죠?

크로그스타

은행일로 — 말씀 좀 드리려고요. 제가 은행에서 일하는데 남편 분께서 새로 은행장이 되신다고 들어서 —

노라

그렇군요 —

크로그스타

그냥 사업 얘기입니다, 부인. 별 일 아닙니다.

노라

그렇다면 서재로 가보세요. (무관심하게 고개를 끄덕이고는 문을 닫고 난로로 가서 불을 살핀다.)

린데 부인

노라 — 그 남자 누구니?

노라

사무변호사 크로그스타라는 사람이야.

린데 부인

역시 그 남자였군.

노라

누군지 아니?

린데 부인

전에 알았어 — 몇 년 전에. 얼마동안 우리 지역 변호사 사무실 서기였어.

노라

아, 그랬구나.

린데 부인

정말 많이 변했더라!

노라

결혼생활이 불행했나 봐.

린데 부인

지금은 혼자지, 아마?

노라

애들이 많대. 자, 이제 잘 탄다. (난로 문을 닫고 흔들의자를 한쪽으로 조금 민다.)

린데 부인

저 사람 부업으로 여러 사업을 한다지?

노라

그래? 그럴 수도 있겠지. 난 잘 몰라 — 사업 얘기 같은 건 그만 두자. 재미없어.

랑크 박사가 헬메르의 서재에서 나온다.

랑크 박사

(문간에서) 아니오, 아냐, 헬메르, 방해하고 싶지 않아. 부인이나 잠깐 들여다볼게. (문을 닫고는 린데 부인이 있는 걸 본다.) 아, 용서하세요. 여기서도 방해가 되나 봅니다.

노라

전혀 아니에요! (두 사람을 소개한다.) 랑크 박사님. 린데 부인.

랑크

아! 이 댁에서 자주 듣던 성함입니다. 아까 여기 왔을 때 계단에서 스친 것 같습니다.

린데 부인

네, 계단을 천천히 올라가야 돼요. 좀 힘이 들어서요.

랑크

아, 어디 불편하신 데라도?

린데 부인

그냥 좀 과로했나 봐요.

랑크

그래요? 그렇다면 좀 쉬러 오신 것 같은데, 여기저기 모임도 많으시겠네요?

린데 부인

일자리를 찾으러 왔어요.

랑크

그게 과로를 치료하는 적절한 처방일까요?

린데 부인

살아야 하니까요, 박사님.

랑크

네, 대개 그렇다고들 생각하지요.

린데 부인

자, 자, 랑크 박사님. 박사님도 남들처럼 오래 살고 싶으시잖아요.

랑크

그럼요, 오래 살아야죠. 처량하긴 하지만 가능한 오래 살고 싶지요. 제 환자들도 모두 그래요. 도덕적으로 문제가 있는 사람들도 다르지 않고요. 사실 그런 인간이 바로 지금 저 안에서 헬메르와 얘길 하고 있네요 —

린데 부인

(가만히) 아!

노라

누구 말씀이세요?

랑크

아, 크로그스타라는 작자요. 부인께선 모르실 거예요. 뼛속까지 썩은 인간이지요. 그런데도 살아야 하는 것이 너무나 중요하다는 듯이 얘길 시작하더군요.

노라

그래요? 토르발에게 무슨 얘길 하고 싶은 거죠?

랑크

솔직히 저도 잘 모릅니다. 은행 어쩌고 하더라고요.

노라

전 크로그 — 저 사무변호사 크로그스타 씨가 은행과 관계가 있는 줄 몰랐어요.

랑크

네, 관계가 있어요. 하위직에 있으니까요. (린데 부인에게) 혹시 부인께서 사시는 지역에도 돌아다니며 도덕적 타락 같은 걸 냄새 맡는 그런 사람들이 있는지 모르겠네요. 그런 사람들은 문제 있는 사람들을 관찰할 수 있도록 봉급이 많은 자리에 박아놓지요. 건전하고 정직한 사람들은 한직으로 밀려나게 되고요.

린데 부인

그렇지만 치료할 필요가 가장 많은 사람들은 환자들이겠지요.

랑크

(어깨를 움칠하며) 네, 맞습니다. 그게 사회가 병원으로 둔갑하는 방식이지요.

노라, 혼자만의 생각에 잠겨 있다가 갑자기 웃음을 터뜨리며 손뼉을 친다.

랑크

그게 그렇게 우습습니까? 사회라는 게 뭔지는 아세요?

노라

박사님이 말한 그런 사회에 관심을 가져야 하나요? 전 전혀 다른 일로 웃은 거예요 — 너무나 재미있어서요, 랑크 박사님, — 은행에서 일하는 사람들 모두 이제 토르발 아래 있는 건가요?

랑크

그게 너무나 재미있는 일인가요?

노라

(미소 지으며 콧노래를 흥얼댄다.) 신경 쓰지 마세요! 신경 쓰지 마시라고요! (방안을 돌아다닌다.) 네, 저희가 ─ 토르발이 그렇게 많은 사람들을 거느린다고 생각하니 정말 너무 즐거워요. (호주머니에서 주머니를 꺼낸다.) 랑크 박사님, 마카롱 드실래요?

랑크 박사

아니, 마카롱. 이 댁에서 그건 먹으면 안 되는 걸로 아는데.

노라

맞아요. 이건 크리스티네가 몇 개 준 거예요.

린데 부인

뭐? 내가 ─ ?

노라

자, 자, 놀라지 마. 토르발이 먹지 말라고 한 걸 넌 몰라서 그래. 그이는 내이가 나빠질까 봐 걱정하거든. 그렇지만 ─ 가끔은 ─ ! 그렇지 않아요, 박사님? 자요! (랑크 박사의 입에 마카롱을 재빨리 집어넣는다.) 너도, 크리스티네. 그리고 나도 하나 먹고. 작은 걸로 하나만 ─ 아니 두 개만. (다시 방안을 걸어다닌다.) 난 정말 행복해. 지금 하고 싶은 일이 꼭 하나 있는데.

랑크

뭔데요?

노라

토르발 앞에서 말하고 싶은 거예요.

랑크

그럼 하면 되잖아요?

노라

아니오, 두려워요. 나쁜 말이라서.

린데 부인

나쁜 말?

랑크

그렇다면 안 하는 게 좋겠네요. 헌데 우리에게야 ─ 헬메르 앞에서 말하고 싶은 게 뭔데요?

노라

그냥 '젠장'이라고 말하고 싶어요.

랑크

무슨 그런 말을!

린데 부인

세상에, 노라 ─!

랑크

말하세요. 헬메르가 왔으니.

노라

(마카롱이 든 주머니를 감추며) 쉿, 쉿, 쉿!

헬메르가 서재에서 나온다. 팔에는 외투를 걸치고 있고 손에는 모자를 들고 있다.

노라

(헬메르에게로 가며) 여보 토르발, 그 남자는 보냈어요?

헬메르

응, 지금 막 갔어.

노라

소개할게 —. 앤 크리스티네, 조금 아까 여기 왔대요.

헬메르

크리스티네 —? 용서하세요, 제가 아는 분인지 —

노라

린데 부인, 토르발, 크리스티네 린데 부인.

헬메르

아, 맞다, 이 사람 학교 친구시죠.

린데 부인

네, 동기예요.

노라

있잖아요, 토르발, 앤 당신에게 할 말이 있어서 먼 길을 왔어요.

헬메르

뭔데요?

린데 부인

네, 실은 —

노라

크리스티네는 사무를 아주 잘 봐, 그래서 능력 있는 사람과 함께 할 그런 일
자리를 찾고 있대요. 그럼 더 많은 걸 배울 수도 있고—

헬메르

아주 훌륭하십니다, 부인.

노라

그런데 얘가 당신이 은행장이 됐다는 소릴 들었대요—신문에도 났었잖아요
—그래서 곧장 이리 온 거예요—여보, 토르발, 크리스티네를 위해 무언가
해줄 거죠? 어때요?

헬메르

그래, 아주 불가능한 일은 아니야. 헌데 혼자되셨다죠?

린데 부인

네.

헬메르

사무를 보신 경력이 좀 있으시다고요?

린데 부인

꽤 오랫동안요.

헬메르

그렇다면 적당한 자리를 찾을 수 있을 겁니다—

노라

(손뼉을 치며) 거 봐, 거 봐!

헬메르

아주 적절한 때에 오셨습니다, 부인 —

린데 부인

오, 어떻게 감사를 드려야 할지 — ?

헬메르

천만에요. (코트를 입는다.) 헌데 지금은 나가 봐야 돼서 실례하겠습니다 —

랑크

잠깐. 같이 나가세. (모피코트를 복도에서 가져와 난로 앞에서 따뜻하게 한다.)

노라

일찍 와요, 여보.

헬메르

한 시간도 채 안 걸릴 거야.

노라

너도 지금 가려고, 크리스티네?

린데 부인

(외투, 장갑, 모자 등을 챙기며) 응, 가서 방이 있나 찾아봐야지.

헬메르

그럼 함께 가시면 되겠네요.

노라

(크리스티네가 외투 등을 입는 걸 도우며) 우리 집이 너무 좁아서 너랑 함께 지내기
가 좀 —

린데 부인

오, 그런 생각 하지 마! 잘 있어, 노라! 여러 가지 고마웠다.

노라

또 보자. 그런데 오늘밤에 올 거지? 랑크 박사님도요. 뭐라고요? 기분이 좋아지면 오시겠다고요? 당연히 좋아지시겠죠. 따뜻하게 입으세요.

　　모두들 이야기를 하며 현관으로 나간다. 계단에서 아이들의 목소리가 들려온다.

노라

애들이다! 애들! (달려가 앞문을 연다. 보모 안네 마리가 아이들과 함께 들어온다.) 어서 와! 어서 와! (몸을 굽혀 애들에게 입을 맞춘다.) 오, 내 귀여운 꼬맹이들 ─ 어때, 크리스티네? 정말들 예쁘잖아!

랑크

이렇게 바람 부는 데 서서 얘기하지 맙시다!

헬메르

갑시다, 린데 부인. 이제 여긴 엄마 말고는 누구도 견딜 수 없는 곳입니다.

　　랑크 박사, 헬메르, 린데 부인이 계단을 내려간다. 유모가 아이들을 데리고 방으로 들어오고, 노라도 들어와 문을 닫는다.

노라

너희들 오늘 정말 생기있고 건강해 보인다. 세상에, 볼이 빨개졌네! 사과랑 장미 같다. (다음의 대사 동안 아이들은 엄마에게 재잘댄다.) 재미있었어? 잘했다. 에미랑 보브를 썰매 태워줬다고? 정말? 둘 다? 세상에! 이바르, 똑똑한 녀석. 오, 내가 잠깐 데리고 있을게, 유모. 예쁜 꼬맹이 내 인형! (노라는 막내를 유모에게서 받아 안고 함께 춤을 춘다.) 알았어, 알았어, 엄마도 보브와 함께 춤출게. 뭐? 눈싸움을 했다고? 오, 엄마도 함께 했으면 좋았을 걸! 아니, 그냥 둬, 유모.

내가 애들 옷 벗길게. 아니, 그냥 두라니까. 내가 할게. 하고 싶어. 안으로 들어가 있어. 꽁꽁 얼은 것 같네. 난로 위에 따끈한 커피가 있을 거야.

유모가 왼쪽 방으로 들어간다. 노라는 세 아이가 동시에 재잘대는 동안 아이들에게서 코트랑 모자를 벗겨 아무데나 내던진다.

노라

정말? 커다란 개가 널 쫓아왔다고? 그래도 물진 않았지? 그래, 내 작고 예쁜 인형들은 개가 물지 않아. 그 꾸러미들 만지지 마, 이바르! 뭘까? 궁금하지? 안 돼, 안 돼, 그거 무서운 거야. 무슨 놀이 할까? 숨바꼭질? 그래, 숨바꼭질 하자. 보브가 먼저 숨어라. 엄마 먼저? 그래, 엄마가 먼저 숨는다.

노라와 아이들은 웃고 소리 지르며 거실과 오른쪽에 있는 옆방에서 놀이를 한다. 드디어 노라는 테이블 아래 숨는다. 아이들이 엄마를 찾으려고 달려 들어오지만 찾지는 못한다. 그러다 엄마가 웃음을 참는 소리를 듣고 테이블로 달려와 테이블보를 걷고는 엄마를 발견한다. 기쁨의 함성. 노라는 기어 나와 아이들을 놀라게 하는 척 한다. 그 사이 앞문에서 노크소리가 나지만 아무도 듣지 못한다. 문이 반쯤 열리고 크로그스타가 보인다. 그는 잠깐 기다리고 놀이는 계속된다.

크로그스타

실례합니다, 헬메르 부인 ―

노라

(소리를 지르려다가 놀라며) 아! 웬일이세요?

크로그스타

죄송합니다. 앞문이 열려 있더군요. 닫는 걸 잊은 모양인지 ―

노라

(몸을 똑바로 하며) 제 남편은 집에 없어요, 크로그스타 씨.

크로그스타

압니다.

노라

그럼 — 여기서 뭐하시는 거죠?

크로그스타

부인과 얘길 좀 하려고요.

노라

저랑요 — ? (아이들에게 낮은 소리로) 유모에게 가거라. 뭐라고? 아니야, 이 손님은 엄마에게 나쁜 짓 안 하셔. 손님이 가시면 다시 놀자. (아이들을 왼쪽에 있는 방으로 들여보내고 문을 닫는다. 긴장되고 불안하다.) 제게 하실 말씀이 있다고요?

크로그스타

네, 그렇습니다.

노라

오늘요 — ? 아직 초하루가 아닌데 —

크로그스타

네, 크리스마스이브죠. 어떤 크리스마스를 맞으실지 전적으로 부인에게 달렸습니다.

노라

원하시는 게 뭐죠? 오늘은 제가 드릴 수가 없는데 —

크로그스타

그 얘긴 당분간 접어 두죠. 다른 문제니까요. 잠시 시간 있으시죠?

노라

아 네, 그렇긴 하지만 ―

크로그스타

좋습니다. 올센 레스토랑에 앉아 있었는데 남편 분께서 저 아래로 내려가시더군요.

노라

그랬군요.

크로그스타

―어떤 부인과 함께요.

노라

그래서요?

크로그스타

이렇게 물어봐도 될지 모르겠지만, 혹시 그 여자분 린데 부인 아닌가요?

노라

맞아요.

크로그스타

이곳에 도착한지 얼마 안 됐죠?

노라

네, 오늘.

크로그스타

부인과 친하시죠?

노라

네, 그래요. 그런데 왜 물으시는지 —

크로그스타

나도 옛날에 알던 사람입니다.

노라

알고 있어요.

크로그스타

그래요? 그럼 모두 알고 계시는군요. 내가 생각했던 대로. 그럼, 본론으로 들어가죠. 린데 부인이 은행에서 일자리를 얻게 되나요?

노라

이건 완전 형사심문이네요, 크로그스타 씨. 당신은 제 남편의 부하직원 중 한 사람이잖아요? 그렇지만 물으셨으니 대답하죠. 그래요, 린데 부인은 일자 릴 얻을 거예요. 제가 거들었어요, 크로그스타 씨. 이제 아셨겠죠.

크로그스타

내 추측이 맞았군요.

노라

(왔다 갔다 하며) 오, 우린 어떨 땐 조금 영향력을 갖는다고 말하고 싶네요. 그 게 여자라고 해서 안 되는 건 아니고요 — 낮은 자리에 있는 사람들은 누군가 의 기분을 상하지 않게 하는 게 — 으음 —

크로그스타

— 영향력을 갖는다고요?

노라

네, 맞아요.

크로그스타

(어조가 달라지며) 헬메르 부인, 그 영향력을 날 위해 좀 쓰실 수 없나요?

노라

네? 무슨 말씀이세요?

크로그스타

내가 은행에서 그 보잘것없는 자리라도 유지할 수 있게 해주시지요.

노라

무슨 말씀이세요? 누가 그 자리를 뺏으려 하나요?

크로그스타

오, 모르는 척하실 필요 없습니다. 부인의 그 친구가 나와 절대로 부딪치고 싶어 하지 않는다는 걸 아주 잘 알고 있으니까요. 그리고 누구 때문에 해고당하는지도 지금은 압니다.

노라

그건 아닌데요—

크로그스타

좋습니다, 좋아요. 요점을 말하지요. 아직은 시간이 있어요. 부인의 영향력을 행사해서 그걸 좀 막아주시지요.

노라

그렇지만 크로그스타 씨, 나에겐 영향력이 없어요.

크로그스타

없어요? 조금 전엔 있다고 했는데 ㅡ

노라

물론 그런 의미가 아니었어요. 내가 어떻게 남편에게 그런 영향력을 행사할
수 있다고 생각하세요?

크로그스타

오, 난 부인의 남편을 학창시절부터 압니다. 은행장님이 다른 남편들보다 더
확고부동한 사람이라고 생각진 않습니다.

노라

제 남편에 대해 그런 식으로 말하다니 나가주세요.

크로그스타

용기가 가상하시군.

노라

난 이제 당신이 두렵지 않아요. 새해가 되면 모든 일을 다 끝내게 될 테니까
요.

크로그스타

(침착하게) 들어보시죠, 부인. 여차하면 난 은행에서의 내 보잘것없는 자리를
위해 목숨을 걸고 싸울 겁니다.

노라

네, 그러실 것 같네요.

크로그스타

그건 단순히 돈 문제가 아닙니다. 돈 따윈 관심 없어요. 다른 문제가 있는데

―글쎄 그것도 끝내야겠죠! 전후는 이렇습니다. 부인도 아시겠지만 난 몇 년 전 사소한 사고에 휘말린 적이 있습니다.

노라

비슷한 얘길 들은 것 같네요.

크로그스타

법정까지 갈 정도는 아니었지만 내게 모든 길이 막혀버렸습니다. 그래서 부인도 아는 그런 일을 시작한 겁니다. 무언가 해야 하긴 했지만 난 아주 악질 인간은 아니었어요. 그러나 이제는 그런 일 그만 두고 싶습니다. 아이들이 커가고 있으니까요. 아이들을 위해 내 명예를 어떻게 해서든 회복해야겠습니다. 은행에서의 일은 내가 딛을 사다리의 첫 단계 같은 것이었죠. 그런데 부인의 남편이 날 그 사다리에서 걷어 차 진흙구덩이에 처박으려는 겁니다.

노라

그렇지만 내겐 당신을 도울 힘이 없어요, 크로그스타 씨.

크로그스타

그건 날 돕고 싶은 뜻이 없어서죠. 난 당신이 날 돕게 할 방법이 있습니다.

노라

남편한테 내가 당신에게 돈을 빌렸다고 말하려는 건 아니죠?

크로그스타

흠, 이미 말했다면요?

노라

끔찍한 치욕이죠. (눈물로 목이 막히며) 그 비밀은 내겐 정말 자존심이고 기쁨이에요. 왜 내 남편이 이렇게 더럽고 끔찍한 방식으로 그 일에 대해 들어야 하다니. ― 당신 같은 사람에게서. 정말 모든 일을 아주 불쾌하게 만드는군요.

크로그스타

단순히 불쾌하기만?

노라

(격하게) 계속 그렇게 나가시죠. 당신에게 더욱 나쁠 겁니다. 당신이 얼마나 나쁜 인간인지 내 남편이 직접 알게 될 거고, 그렇게 되면 당신은 그 자리를 지킬 수 없을 테니까요.

크로그스타

부인이 두려워하는 게 단지 집안에서 있을 불쾌함 때문인가요?

노라

남편이 이 일을 알게 되면 당연히 남은 빚을 다 갚아 줄 거예요. 그렇게 되면 우린 당신과 더 볼 일 없어요.

크로그스타

(한 발자국 다가서며) 내 말을 들어보시죠, 헬메르 부인 ─ 당신은 기억력이 나쁘거나 아니면 금전거래가 뭔지 잘 모르는 것 같은데요. 당신이 처한 상황을 좀 더 분명하게 설명해야 되겠네요.

노라

무슨 말이죠?

크로그스타

남편께서 병이 났을 때 천이백 달러를 빌리러 내게 오셨죠.

노라

달리 아는 사람이 없었으니까요.

크로그스타

난 돈을 주선하겠다고 약속했지요 —

노라

주선해 주었지요.

크로그스타

거기엔 몇 가지 조건이 있었습니다. 당시 부인께선 남편의 병 때문에 걱정이 태산이었고 함께 떠날 돈 마련에만 관심이 있었기 때문에 세부사항에 별로 신경을 안 썼다고 생각됩니다. 그래서 부인께 몇 가지를 상기시켜 드려야겠네요. 있죠, 난 내가 작성한 차용증에 근거해 돈을 빌려드린 겁니다.

노라

네, 난 거기에 서명을 했어요.

크로그스타

그러셨죠. 난 그 서명 아래 부인의 부친이 보증을 서야 한다고 덧붙였습니다. 부인의 부친께서 서명을 하셔야 했어요.

노라

그랬나 —? 아버진께선 서명을 하셨어요.

크로그스타

난 날짜를 쓰는 란은 빈칸으로 뒀습니다. 부인의 부친께서 서명하시며 날짜를 써넣으실 수 있도록요. 기억나세요?

노라

네, 내 생각으론 —

크로그스타

그리고선 전 그 차용증을 부인께 드렸습니다. 부친께 우편으로 보내라고요. 그렇게 하셨나요?

노라

네.

크로그스타

물론 부인께선 곧 그렇게 하셨지요. 겨우 닷샌가 엿새밖에 지나지 않았는데 부인께선 부친의 서명이 된 그 차용증을 내게 돌려 주셨으니까요. 그래서 전 돈을 꿔드렸고요.

노라

그런데 제때 제때 할부로 갚지 않았나요?

크로그스타

네, 그러셨죠. 그런데 — 얘기를 다시 돌려 봅시다 — 그때는 견디기 어려운 시기였지요, 부인?

노라

네, 그랬어요.

크로그스타

부친께서도 병환이 중하셨고요.

노라

거의 돌아가시기 직전이셨죠.

크로그스타

이내 돌아가셨지요?

노라

네.

크로그스타

부친께서 언제 돌아가셨는지 기억나세요, 헬메르 부인? 정확한 날짜 말입니
다.

노라

아빤 9월 29일에 돌아가셨어요.

크로그스타

아주 정확하네요. 몇 가지 조사를 해 봤지요, (서류 한 장을 꺼내며) 나로서는
쉽게 설명이 안 되는 이상한 점이 있더군요.

노라

무슨 이상한 점요? 도대체 무슨 말인지 —

크로그스타

부친께서 9월 29일에 돌아가셨다 하셨지요. 그런데 서명은 10월 2일에 되었
어요. 이상하지 않나요, 부인?

노라

(말이 없다.)

크로그스타

설명해 주시겠어요?

노라

(여전히 말이 없다.)

크로그스타

더군다나 10월 2일이라는 날짜와 연도의 필체는 내가 알고 있던 부인 부친의 필체가 아닙니다. 아마 이렇게 설명할 수 있겠죠. 부친께서 서명을 하실 때 날짜를 써넣는 것을 깜빡하셨고 누군가가 나중에, 그분이 돌아가셨다는 사실이 알려지기 전에 날짜를 썼을 수도 있다는 겁니다. 그런데 그렇게 생각해도 문제가 있습니다. 진짜 문제가 되는 건 서명입니다. 이 서명은 진짜지요, 헬메르 부인? 여기에 이름을 써넣으신 게 부인의 부친이시죠?

노라

(잠시 말을 않고 있다고 고개를 꼿꼿하게 들고 도전하듯 크로그스타를 바라본다.) 아니오, 그렇지 않아요. 아버지의 성함으로 서명을 한 건 나예요.

크로그스타

부인 ─ 그게 아주 위험한 고백이란 건 알고 계시죠?

노라

왜요? 조금만 지나면 돈을 다 돌려받으실 텐데요.

크로그스타

질문 하나 할게요. ─ 그 차용증을 왜 부친께 보내드리지 않았죠?

노라

그럴 수 없었어요. 편찮으셨잖아요. 서명을 해달라고 부탁하려면 그 돈이 왜 필요한지 설명을 해야 하잖아요. 병환 중인 분한테 남편의 목숨이 경각에 달렸다는 말을 할 수 없었어요. 정말 그럴 수 없었다고요.

크로그스타

그렇다면 여행을 포기하는 게 더 나았겠네요.

노라

아니오, 그럴 수 없었어요. 내 남편의 목숨을 살리는 길이었으니까요. 그래서 포기할 수 없었어요.

크로그스타

그렇지만 그게 사기라는 생각은 들지 않았나요 —?

노라

그랬더라도 내겐 중요하지 않았어요. 난 당신에 대해 신경 쓰지 않았어요. 남편이 아주 위중한 상태인 걸 뻔히 알면서도 냉혈한 같이 형식만 고집했던 당신을 난 견디기 힘들었어요.

크로그스타

헬메르 부인, 부인께선 아직도 본인이 무슨 잘못을 저질렀는지 전혀 모르시는군요. 내 얘기를 좀 해야겠네요. 나도 이 경우와 똑같은 잘못을 한 적이 있는데 그 일로 내 평판은 땅에 떨어졌어요.

노라

당신이요? 당신이 아내의 목숨을 살리기 위해 모든 걸 건 적이 있다고요?

크로그스타

법은 동기 따위 관심 없습니다.

노라

그렇다면 나쁜 법이네요.

크로그스타

나쁜 법이든 뭐든 — 내가 이 차용증을 법원에 제출하면 부인은 법에 따라 처벌받아요.

노라

그럴 리 없어요. 딸이 죽음의 침상에 계신 아버지에게서 근심과 걱정을 덜어드릴 수 있는 권리가 없다는 건가요? 아내에게 남편의 목숨을 구할 권리가 없다고요? 난 법 같은 건 몰라요. 그래도 어딘 가에선 이런 일들이 허용되리라고 생각해요. 그런 건 모른다고 하다니, 당신 사무변호사잖아요? 당신 정말 별 볼일 없는 변호사네요, 크로그스타 씨.

크로그스타

그럴지도 모릅니다. 그러나 사업에서는 — 우리가 하는 이런 일에서는 — 내가 아는 게 좀 있다는 건 인정하시죠? 좋아요. 이제 마음대로 하세요. 그렇지만 이 말은 해두죠. 만일 내가 또 다시 쫓겨난다면 부인도 나랑 함께해야 할 겁니다. (인사를 하고 현관을 통해 나간다.)

노라

(생각에 잠겨 잠시 서 있다가 머리를 들며) 오 세상에! — 아주 생협박이네! 그렇지만 나도 만만치 않을 걸. (아이들의 옷을 주섬주섬 치우기 시작하다 잠시 후 멈춘다.) 설마 — ? — 아냐, 그럴 리 없어! 난 사랑 때문에 그런 거였어!

아이들

(왼쪽 문간에서) 엄마, 그 아저씨 손님 지금 막 문에서 나가셨어.

노라

그래, 알아, 알아. 그 아저씨 손님에 대해 누구한테도 말하면 안 된다. 알았지? 아빠에게도 하면 안 돼!

아이들

알았어요, 엄마. 이제 함께 놀래요?

노라

아니, 아니, 지금은 안 돼!

아이들

약속했잖아, 엄마!

노라

알아. 그런데 지금은 안 돼. 들어가라, 엄만 할 일이 많아. 들어들 가, 얘들아. (아이들을 조심스럽게 다른 방으로 들여보내고 문을 닫는다. 소파에 앉아 수놓던 것을 들고 몇 바늘 수를 놓다가 이내 그만 둔다.) **아냐!** (다시 수놓기를 하다가 일어서서 문간으로 가 부른다.) **헬레네!** 크리스마스트리 안으로 들여다 줘. (왼쪽에 있는 테이블로 가 서 랍을 열고는 다시 주춤한다.) **아냐, 정말 절대 그럴 리 없어!**

하녀

(크리스마스트리를 가져와서) **어디다 놓을까요, 사모님?**

노라

저기, 한가운데에.

하녀

또 뭐 필요하신 거 있으세요?

노라

아니, 고마워. 필요한 건 다 있어.

하녀가 크리스마스트리를 놓고 나간다.

노라

(열심히 트리 장식을 하며) 양초는 여기 — 꽃은 여기 — 구역질나는 인간! 말도 안 돼, 말도 안 돼! 걱정할 거 하나 없어. 크리스마스트리나 예쁘게 장식해야 지. 난 당신이 원하는 건 뭐든 할 거야, 토르발. 당신을 위해 노래도 하고 춤도 추고 —

헬메르가 서류 뭉치를 팔에 끼고 현관으로 들어온다.

노라

아 — 벌써 왔어요?

헬메르

음. 누가 왔었나?

노라

우리 집에? 아니오.

헬메르

이상하네. 크로그스타가 우리 집에서 나가는 걸 지금 막 봤는데.

노라

네? 아, 맞아, 크로그스타가 잠시 있다 갔어요.

헬메르

노라, 그 작자가 자기 말 좀 잘 해달라는 부탁을 했다고 당신 얼굴에 씌어있는데.

노라

그래요.

헬메르

그게 당신 생각인 척하려는 거였지? 그래서 그 작자가 왔다 갔다는 말을 하지 않은 거야. 그런 부탁을 받았지, 안 그래?

노라

맞아요, 여보. 그런데 —

헬메르

노라, 노라, 무슨 생각으로 그런 짓을 하는 거야? 그런 작자와 이야길 하고 약속을 하다니! 나한테 거짓말도 하고!

노라

거짓말?

헬메르

우리 집에 아무도 오지 않았다고 했잖아? (손가락을 그녀 앞에서 흔들며) 내 작은 새는 그런 일을 절대 다시 해선 안 되지. 작은 새는 나쁜 짓에 노란 부리를 대선 안 돼. 노랫소리를 망쳐! (팔로 노라의 허리를 감는다.) 우리 그러기로 한 것 아닌가? 맞아, 물론 그래야지. (그녀를 놓아준다.) 그 얘긴 더 하지 맙시다. (난로 곁 의자에 앉는다.) 아, 정말 깨끗하고 편안하다. (서류들을 들쳐본다.)

노라

(크리스마스트리를 장식하다 잠시 후에) 여보!

헬메르

음.

노라

나요, 모레 스텐스보르그 씨 댁에서 있을 파티가 너무 기다려져요.

헬메르

당신이 날 뭘로 놀라게 할지 궁금하네.

노라

오, 별 거 없어요.

헬메르

그래?

노라

뭐가 좋을지 생각이 잘 안 나요. 어떤 걸 봐도 그저 그래. 특징이 없어요.

헬메르

꼬맹이 노라가 그런 결론에 도달하셨다?

노라

(헬메르의 의자 뒤에서 팔을 의자 등에 기대고) 당신 바빠요, 토르발?

헬메르

으응 —

노라

그게 다 무슨 서류예요?

헬메르

은행 일이야.

노라

벌써?

헬메르

퇴임하는 책임자에게 부탁했지. 조직과 인사문제에 내가 필요하다고 생각하는 변화를 줄 전권을 달라고. 그래서 크리스마스 주일에도 일해야 돼. 새해가 되면 모든 준비가 되어 있어야 하니까.

노라

그래서 불쌍한 크로그스타가 —

헬메르

흠!

노라

(여전히 의자 뒤에 기대고 서서 손가락으로 남편의 머리칼을 만지작대며) **당신이 그렇게 바쁜 게 아니라면, 아주 큰 부탁이 있어요, 토르발.**

헬메르

말해 봐. 뭐야?

노라

당신은 아주 안목이 높잖아요. 난 제일 멋진 드레스를 고르고 싶어요. 토르발, 어떤 드레스를 입으면 좋을지, 또 어떻게 하면 잘 어울릴지 좀 봐 줄래요?

헬메르

아하, 감성쟁이 꼬맹이 여인께서 자기를 구해줄 기사님을 찾고 있는 건가?

노라

네, 여보, 난 당신 도움이 없으면 아무것도 못 하잖아.

헬메르

좋아, 생각해볼게. 뭐 떠오르는 게 있겠지.

노라

고마워요, 여보. (다시 크리스마스트리로 간다. 휴지) 이 **빨간 꽃** 정말 예쁘다. — 있잖아요, 그 크로그스타라는 남자가 한 일이 정말 그렇게 나쁜 짓이었어요?

헬메르

위조였어. 그게 뭔지 알아?

노라

그 남자 어쩔 수 없었나 보죠?

헬메르

그랬겠지. 아니면 다른 사람들처럼 별 생각이 없었거나. 난 그런 잘못 한 가지로 사람을 반드시 단죄해야 한다고 생각하는 그런 사람 아니야.

노라

그럼요, 토르발, 물론 아니죠!

헬메르

그러나 자기가 저지른 죄를 정직하게 자백하고 처벌을 달게 받는다면 자신을 되찾을 수 있겠지.

노라

처벌—?

헬메르

그런데 크로그스타는 그러지 않았어. 교활한 술수를 써서 자기 혐의를 비껴갔지. 그래서 갈 데까지 가버린 거야.

노라

그러니까 당신 생각으로는—?

헬메르

양심에 그런 가책을 가지고 있는 남자는 늘 거짓말하고 속이고 위선을 떠는 거야. 그 작자는 절대 그 가면을 벗지 못해. 자기 아내와 아이들한테도. 아이들이 제일 불쌍해, 노라.

노라

왜요?

헬메르

집안에 그런 거짓의 기운이 감돌면 어디에나 다 병을 퍼뜨리는 거야. 그런 집안의 아이들은 숨을 들이쉴 때마다 나쁜 병균을 들이마시는 거라고.

노라

(남편의 뒤로 가까이 다가서며) 정말요?

헬메르

여보, 난 변호사로 경험이 많아. 실제로 범죄 청소년들은 엄마가 부정직한 집안 출신이야.

노라

왜 꼭 — 엄마가요?

헬메르

뒤를 캐보면 전반적으로 엄마들이 그래. 물론 아버지들도 똑같은 영향을 끼칠 수 있지. 변호사들은 다 알아. 크로그스타는 수년 동안 거짓과 기만으로 자기 자식들을 오염시켜 왔어. 그래서 그 작자가 도덕적으로 타락했다고 하는 거야. (노라에게 손을 뻗친다.) 그러니까 사랑스런 꼬맹이 노라는 그 작자와 쓸데없는 말을 나누지 않겠다고 약속해야 해. 손 이리 내. 아니, 왜 그래? 손을 내라니까. 됐다. 약속했어. 난 그 작자와 함께 일할 수 없어. 그런 인간들이 옆에만 있어도 정말 몸이 아파 와.

노라

(자신의 손을 거두고 크리스마스트리의 반대쪽으로 가며) 아유 여기 정말 덥다. 아직도

할 일이 태산이네.

헬메르

(일어나서 서류들을 함께 모은다.) 그래, 이것 몇 장은 저녁식사 전에 읽는 게 낫겠다. 당신 의상도 좀 생각해보고. 그리고서 금박지에 무얼 싸서 트리에 매달지도 생각해봐야지. (노라의 이마에 손을 얹는다.) 오, 내 소중한 작은 새. (서재로 들어간 후 문을 닫는다.)

노라

(잠시 후에 낮은 소리로) 아, 말도 안 돼! 그럴 리 없어. 아니야, 절대 아니야.

유모

(왼쪽 문간에서) 애들이 와서 엄마를 봐도 되느냐고 성화네.

노라

안 돼, 안 돼, 들어오면 안 돼! 그냥 애들과 함께 있어 줘, 유모.

유모

그렇게. (문을 닫는다.)

노라

(두려움으로 창백해지며) 내 아이들을 망친다니 ─! 내 집을 오염시켜? (짧은 휴지. 머리를 든다.) 사실이 아니야! 절대로, 절대로 사실일 리가 없어!

같은 방. 피아노 옆 모퉁이에 장식물들은 떨어져버려 너저분하고 양초도 다 타버린 크리스마스트리가 있다. 노라의 외출복이 소파 위에 놓여 있다. 노라가 혼자서 불안하게 왔다 갔다 하다가 결국 소파 옆에서 멈추고는 코트를 집어든다.

노라

(코트를 다시 내려놓으며) **누가 오나보다!** (문으로 가 귀를 기울인다.) 아냐, ─ 아무도 아니야. 오늘이 크리스마스인데 누가 올 리 없지 ─ 내일도 마찬가지고 ─ 그런데 어쩌면 ─ (문을 열고 밖을 내다본다.) 아냐, 우편함에 아무것도 없어. 텅 비었어. (앞으로 온다.) 오, 말도 안 돼! 그 남자가 진심으로 말한 게 아냐. 그런 일은 일어날 수 없어. 절대로. 난 아이가 셋인데.

유모가 커다란 상자를 들고 왼쪽 방에서 온다.

유모

드레스가 든 상자를 드디어 찾았어.

노라

고마워요. 테이블 위에 놔 줘요.

유모

(시키는 대로 하며) 옷들이 마구 흐트러졌을 텐데.

노라

오, 차라리 갈기갈기 찢어버렸으면!

유모

무슨 그런 말을. 천천히 잘 정리하면 돼.

노라

그래요. 크리스티네에게 도와 달래야겠어.

유모

다시 나가려고? 날씨가 나쁜데? 감기 걸려 — 아플 거야.

노라

오, 더 나쁜 일도 생길 수 있어. — 애들은 어때요?

유모

크리스마스 선물을 갖고 놀고 있어. 그런데 —

노라

아직도 날 찾아요?

유모

엄마랑은 늘 함께 있으니까.

노라

그래요, 유모. 이제부터는 전처럼 자주 같이 있진 못할 거야.

유모

그럼 애들도 시간이 지나면 그러려니 하겠지.

노라

그렇게 생각해요? 엄마가 영원히 가버린다면 엄마를 잊을까?

유모

세상에 — 영원히라니?

노라

있잖아, 유모 — 늘 궁금했는데 — 어떻게 애들을 다른 사람들의 손에 맡겼어요?

유모

어린 노라의 유모로 와야 했을 때 다른 도리가 없었지.

노라

그래, 그렇지만 — 어떻게 견뎠어요?

유모

그렇게 좋은 자리가 있었을까? 가난뱅이 여자가 내내 고통 받고 있었으니 그게 최선이었어. 그 망나니 놈은 전혀 도움이 안 됐으니까.

노라

그렇지만 유모 딸은 엄마를 잊어버렸을 것 아냐.

유모

오, 아냐. 견진성사를 받았을 때 편지를 했고, 결혼했을 때도 또 편지를 보냈더라고.

노라

(유모의 목을 껴안으며) 안네 마리, 유모는 내가 어렸을 때 좋은 엄마였어.

유모

꼬마 노라에겐 나 말고 다른 엄마가 없었으니까.

노라

내 애들도 유모 밖에 없다면 유모는 — 아냐, 허튼 소리, 허튼 소리야. (상자를 연다.) 애들한테 가 봐요. 난 지금 — 내가 얼마나 예쁜지 내일 보여줄게.

유모

그래, 파티에서 우리 노라 마님보다 더 예쁜 사람은 없을 거야. (왼쪽의 방으로 들어간다.)

노라

(상자 속의 것들을 꺼내다가 이내 던져버린다.) 오, 뛰쳐나갈 수만 있다면. 아무도 오지 않을 거라고, 아무튼 여기 이 집에서 아무 일도 일어나지 않는다고 확신할 수만 있다면. 쓸데없는 말. 아무도 오지 않아. 그런 생각은 말자. 목도리 먼지나 털자. 장갑 예쁘다, 장갑 예뻐! 그런 생각은 머릿속에서 **빼내버리자, 빼내버려!** 하나, 둘, 셋, 넷, 다섯, 여섯 — (소리 지른다.) 아, 사람들이 오고 있네 — (문 쪽으로 가다가 불안하게 걸음을 멈춘다. 린데 부인이 현관으로 들어와 외투 등을 벗는다.) 오, 왔구나, 크리스티네. 밖에 누구 없니? — 와줘서 고마워.

린데 부인

날 찾았다며?

노라

음, 잠깐 들렀었어. 날 좀 도와줄 일이 있어. 여기 내 옆에 앉아 봐. 있잖니, 스텐스보르그 영사님 댁에서 내일 저녁 가장무도회가 있는데 토르발은 내가 나폴리 어촌의 고기잡이 처녀로 분하고서 타란텔라 춤을 췄으면 해. 그 춤 나 카프리에서 배웠거든.

린데 부인

그렇구나! 정말 그 춤 출 거니?

노라

응, 토르발이 그래야 한데. 이거 봐, 이 옷 토르발이 이탈리아에서 맞춰준 거야. 그런데 여기저기 뜯어져서 어째야 할지 모르겠어 —

린데 부인

금방 꿰맬 수 있어. 가장자리 여기저기 올이 풀린 것뿐인데 뭘. 바늘하고 실 있지? 아, 여기 있다.

노라

오, 정말 고마워.

린데 부인

(옷을 꿰매며) 이걸로 내일 쫙 빼입는단 말이지, 노라? 네가 그렇게 빼입은 걸 잠깐이라도 본다면. 참, 어젯밤 즐거웠는데 고맙다는 말도 못했다.

노라

(방안을 서성이며) 오, 어젯밤이 다른 날처럼 좋았던 것 같지는 않아 — 네가 조금 더 일찍 왔다면 좋았을 걸, 크리스티네. — 그래, 토르발은 집안 구석구석을 우아하고 편안하게 꾸미는 게 뭔 줄 알아.

린데 부인

너도 그래. 괜히 네 아버지 딸이겠니. 그런데 랑크 박사는 어젯밤처럼 늘 그렇게 침울하니?

노라

아니, 어젯밤에 특히 좀 그랬어. 무언가 심각한 병이 있는 사람이야. 척추결핵이래나 봐. 불쌍한 양반. 그 아버지가 늘 여자가 있었던 끔찍한 사람이었대. 그래서 그 아들이 어려서부터 늘 아픈 거야.

린데 부인

(바느질 하던 손을 놓고) 그런데 어떻게 그런 걸 다 알게 됐니, 노라?

노라

(서성거리며) 후, 아이 셋을 낳다보면 병을 치료할 줄 아는 여자들이 가끔씩 오게 마련이야. 그 사람들한테서 이런 저런 이야길 들어.

린데 부인

(다시 바느질을 시작하며 잠시 입을 다물고 있다가) 랑크 박사는 매일 오니?

노라

매일 꼬박꼬박. 어렸을 때부터 토르발의 절친이야. 내 친구이기도 하고. 거의 한 식구야.

린데 부인

그런데 정말 진실한 사람이니? 그러니까 입에 발린 소리를 하는 적은 없어—?

노라

응, 정반대야. 왜 그런 생각을 하게 됐니?

린데 부인

어제 네가 날 그 사람에게 소개했을 때 여기서 내 이름을 가끔 들었다고 했잖아. 그런데 나중에 보니 네 남편은 내가 누구인지도 전혀 모르더라. 그런데 어떻게 그 사람이—?

노라

아냐, 그 양반 말이 맞아, 크리스티네. 너도 알겠지만 토르발은 나만 지독하게 사랑해서 날 완전 독차지하려고 해. 신혼 초엔 옛날 친구들에 대한 이야길 하는 것도 질투를 했어. 그래서 나도 그런 얘기 그만 뒀지. 그런데 랑크 박사에겐 그런 얘길 했어. 그 양반 그런 얘기 듣는 걸 좋아하거든.

린데

노라, 넌 아무리 봐도 아직 아이야. 난 너보다 나이도 좀 많고 경험도 더 많아. 내 생각에 랑크 박사에게 그런 짓 하는 것 그만 두는 게 좋겠어.

노라

어떤 짓을 그만 둬?

린데 부인

전부 말이야. 너 어제 너한테 돈을 줄 부자 늙은이가 있었으면 좋겠다고 했잖아 —

노라

응, 그런 사람은 없어 — 유감스럽게도. 그게 어때서?

린데 부인

랑크 박사 부자니?

노라

응, 그래.

린데 부인

돌봐 줄 사람도 없고?

노라

응, 아무도 없어. 그래서 — ?

린데 부인

매일 여기 오니?

노라

그래, 말했잖아.

린데 부인

그런데 그런 남자가 어떻게 널 그렇게 귀찮게 하니?

노라

무슨 말인지 통 모르겠다.

린데 부인

모르는 척하지 마. 너한테 돈을 빌려준 사람이 누군지 내가 모를 것 같니?

노라

너 제 정신이니? 정말 그렇게 생각하는구나! 여기 매일 드나드는 우리의 절친을! 정말 말이 된다 생각해?

린데 부인

정말 그 사람이 아니야?

노라

그래, 맹세해. 그런 생각해본 적 진짜 없어 — 그나저나 그 양반, 그땐 빌려줄 돈도 없었어. 최근에야 유산 상속을 받았다고.

린데 부인

그거 널 위해서는 잘된 일이네.

노라

그래, 랑크 박사에게 부탁한다는 건 꿈에도 생각지 못했으니까 — 혹 내가 부탁했더라도 그 양반은 —

린데 부인

그런데 넌 하지 않았잖아.

노라

그래, 물론 안 했어. 그럴 필요도 없었으니까. 그렇지만 그 양반에게 그 얘길 했더라면 분명히 —

린데 부인

네 남편 모르게?

노라

난 그 일에서 벗어나야 해. 그것도 남편 모르게. 그 일에서 벗어나야 한다고.

린데 부인

그래, 그래, 어제도 그런 말 했지. 그렇지만—

노라

(서성이며) 남자들이 여자들보단 이런 일을 더 잘 할 텐데—

린데 부인

네 남편도 그렇겠지, 물론.

노라

끔찍한 소리! (서성이는 걸 멈춘다.) 돈을 갚으면 차용증은 돌려받는 거지?

린데 부인

그럼, 물론이지.

노라

그걸 갈기갈기 찢어 태워버릴 수 있겠다—그 역겹고 더러운 종이쪽!

린데 부인

(노라를 뚫어져라 보다가 바느질하던 손을 놓고 천천히 일어서며) 노라, 너 나한테 뭔가 숨기는 거 있지?

노라

그렇게 보이니?

린데 부인

어제 아침에 무슨 일이 생긴 거야. 노라, 뭐니?

노라

(그녀 쪽으로 가며) 크리스티네! (귀를 기울인다.) 쉿! 토르발이 돌아왔어. 토르발은 뭘 고친다고 어지러져 있는 걸 아주 싫어해. 유모에게 널 도와주라 할게.

린데 부인

(바느질 하던 것들을 모두 주섬주섬 모으며) 그래, 알았어. 그게 뭔지 완전히 알기 전까지 난 안 간다. (왼쪽 방으로 들어간다.)

바로 그때 헬메르가 현관에서 들어온다.

노라

(남편을 맞으며) 오, 당신이 돌아오길 기다리고 있었어요, 여보.

헬메르

재단사였나 — ?

노라

아니, 크리스티네였어요. 내 의상 손질을 도와주고 있었어요. 아주 멋져 보일 거야 —

헬메르

그래, 내 생각이 괜찮았지, 응?

노라

그럼요! 그렇지만 당신 뜻대로 한 나도 괜찮지 않아요?

헬메르

(노라의 턱에 손을 대고) 남편 뜻대로 했으니 괜찮다고? 좋아, 요 꼬맹이 장난꾸러기, 꼭 그런 뜻으로 말한 건 아니겠지만. 어쨌든 방해하지 않을게. 옷을 한 번 입어보고 싶을 테니까.

노라

일해야 돼요?

헬메르

응. (서류 뭉치를 보여준다.) 이거 봐. 난 은행에서도 ─ (서재로 들어가려 한다.)

노라

여보!

헬메르

(걸음을 멈추며) 왜?

노라

이 작은 다람쥐가 정중히 부탁할 게 있는데 ─?

헬메르

뭔데?

노라

부탁 들어줄 거죠?

헬메르

부탁이 뭔지부터 알아야지.

노라

이 다람쥐가 하고 싶은 걸 하게 해주면 팔짝팔짝 뛰며 온갖 재주를 피울 텐데.

헬메르

무슨 부탁인데?

노라

작고 귀여운 종달새는 종일 노래할 거고요 —

헬메르

아 종달새야 어차피 노래하잖아.

노라

난 꼬마 요정처럼 당신을 위해 달빛 아래 춤을 출 거예요, 토르발.

헬메르

노라 — 설마 오늘 아침에 말했던 그 문제는 아니지?

노라

(가까이 다가서며) 맞아요, 바로 그거예요, 토르발. 이렇게 빌게요!

헬메르

그 얘길 다시 꺼낼 만큼 당신 신경줄이 굵어?

노라

응, 그래요, 제발 크로그스타가 자기 자리를 지키게 해줘요.

헬메르

여보 노라, 그 자린 린데 부인에게 넘기려고 해.

노라

네, 정말 고마워요. 그런데 크로그스타 대신 다른 사람을 해고시키면 되잖아요.

헬메르

그건 억지야! 그 작자와 아무 생각 없이 약속을 해놓고선 나더러 —

노라

그게 아니에요, 여보. 당신을 위해서예요. 그 사람이 저질 신문 여기저기에
글을 쓴다고 당신이 말했잖아요. 그러니 당신에게 해를 끼칠 수도 있어요.
난 그 사람이 정말 두려워 —

헬메르

아하, 이제 알겠다. 전에 일이 기억나 무서운 거군.

노라

무슨 말이에요?

헬메르

장인어른 생각을 하고 있는 거잖아.

노라

네 — 네, 맞아요. 나쁜 사람들이 신문에 아빠에 대해 썼던 온갖 악의에 찬
글을 생각해봐요. 정부에서 당신을 조사관으로 내려 보내지 않았더라면, 그
래서 당신이 도와드리지 않았더라면 아빠 분명 해고되셨을 거예요.

헬메르

내 꼬맹이 노라, 장인어른과 난 아주 달라. 당신 아버진 공직자로서 아주 흠
결이 없다고는 할 수 없었지. 그렇지만 난 아냐. 이 자리에 있는 동안 계속
그래야 한다고.

노라

오, 악의에 찬 그런 사람들이 무슨 짓을 할지 모르잖아요. 여기선 모든 일이
잘 되고 있고 집안은 편안하고 조용할 수 있지만, — 당신과 나, 그리고 애들
도요, 토르발! 그래서 이렇게 빌어요 —

헬메르

당신이 그 작자를 계속 옹호하면 더더욱 그 자리에 놔둘 수 없어. 은행에서는
벌써들 알고 있어. 내가 크로그스타를 해고할 거라는 걸. 신임 행장이 마누라
한테 휘둘린다고 말이 난다면 —

노라

말이 난다니 —

헬메르

오, 아니야! 꼬마 여인네가 계속 고집을 피운다면 그렇다고 — . 내가 은행에
서 웃음거리가 될 수도 있고 — . 내가 외부의 어떤 압력에 굴할 거라고 생각
한다면 좋겠어? 그 결과가 얼마나 빨리 드러날지 생각해 봐! 아무튼 — 내가
은행장으로 있는 한 크로그스타가 그 자리에 있을 수 없는 또 다른 상황도
있어.

노라

그게 뭔데요?

헬메르

한 번쯤 그의 잘못을 못 본 척할 수도 있지만 —

노라

네, 그러면 좋잖아요, 여보?

헬메르

일을 꽤 잘한다는 말도 들었어. 그렇지만 우린 어렸을 때 서로 알던 사이야.
나이 들어 후회가 되는 그런 경솔한 우정이었지. 우리 두 사람 한때는 꽤 친
한 사이였어. 그런데 그 친구가 눈치 없이 그 사실을 숨기려 하질 않아. 갑자
기 반대를 하고, — 특히 직원들이 있을 때 아주 친하다는 듯 너, 너, 헬메르
하면서 내 말에 이의를 달아. 그게 아주 신경에 거슬려. 그 작자 때문에 은행

에서 지내기가 쉽지 않을 것 같아.

노라

토르발, 정말 그렇다는 건 아니겠죠.

헬메르

왜? 왜 아니겠어?

노라

안 돼요, 그런 거 다 아주 시시한 거잖아.

헬메르

뭐야? 시시해? 내가 시시하다는 거군!

노라

아니, 절대 아냐, 여보! 그러니까 —

헬메르

그만 둬. 내 동기가 시시하다고 했겠다. 그러니 나도 시시한 거지. 시시하다!
맞아, 그래! — 자, 그 문제는 여기서 완전히 끝내자. (문을 열고 하녀를 부른다.)
헬레네!

노라

왜 그래요?

헬메르

(서류 중에서 무언가를 찾으며) 해결을 해야지.

하녀가 들어온다.

헬메르

이 편지 당장 가지고 나가라. 배달부를 붙들어 배달해 달라고 해. 빨리. 주소는 봉투에 쓰여 있어. 돈 여기 있고.

하녀

네, (편지를 들고 나간다.)

헬메르

(서류를 모으며) 자, 내 꼬맹이 고집쟁이 마누라.

노라

(숨이 막히며) 토르발 ─ 그게 무슨 편지였어요?

헬메르

크로그스타의 해고장.

노라

보내지 말아요, 여보! 아직 안 늦었어. 오, 토르발, 보내지 말아요! 날 위해서 ─ 당신을 위해서, 아이들을 위해서요! 네, 제발, 여보! 그것 때문에 우리에게 무슨 일이 생길지 당신은 몰라.

헬메르

너무 늦었어.

노라

그래, 너무 늦었네요.

헬메르

여보 노라, 당신이 그렇게 걱정하는 거 용서할게. 약간 모욕이긴 하지만. 그래, 모욕이야! 그 형편없는 글쟁이가 쓰는 게 날 겁줄 수 있다고 생각하는 건 모욕이지! 그래도 당신을 용서해. 그만큼 날 사랑한다는 걸 애틋하게 보여주는 거니까. (노라를 안는다.) 그렇게 할 수밖에 없는 거야, 사랑하는 노라. 무슨 일이 생기든 중요한 순간이 되면 난 정말 힘과 용기가 있어. 날 믿어. 내가 모든 일을 스스로 처리하는 남자라는 걸 알게 될 거야.

노라

(겁에 질려) 무슨 말이에요?

헬메르

내가 말한 모든 일을 ―

노라

(자신을 가다듬으며) 당신이 결코, 절대로 할 수 없는 일도 있어요.

헬메르

좋아, 그럼 함께 해야지, 노라 ― 남편과 아내로서. 우린 그렇게 할 거야. (노라를 애무하며) 이제 행복하지? 저런, 저런, 겁먹은 비둘기 같은 눈으로 날 보지 마. 전부 다 그냥 상상이야. ― 당신은 타란텔라 춤과 탬버린 연습이나 해. 난 서재로 가서 문을 닫을게. 그러면 아무 소리도 안 들려. 마음껏 요란을 떨어 보라고. (문 쪽으로 몸을 돌리며) 랑크 박사 오거든 서재에 있다고 말해 줘. (그녀에게 고개를 끄덕이고서 서류를 들고는 서재로 들어가 문을 닫는다.)

노라

(두려움에 눈을 크게 뜨고 선 채로 꼼짝 못하고 서 있다가) 저이는 그렇게 할 수 있어. 그렇게 하고 싶은 거야. 무슨 일이 있어도 그렇게 하고 싶은 거야 ― 아냐, 절대로 안 돼! 다른 건 몰라도! 도움을 청하자 ―! 어떻게 하지 ― (현관에서 초인종이 울린다.) 랑크 박사다 ―! 다른 건 몰라도 그건, 그건 안 돼! (손으로 얼굴을 문질러 정신을 차리고 현관문을 연다. 랑크 박사가 모피 코트를 걸치고 밖에 서있다. 다음의 장면 동안 날이 어두워지기 시작한다.) 안녕하세요, 랑크 박사님. 초인종 소릴 듣고 오신 줄 알았어요. 토르발을 아직 만나시긴 어려울 것 같아요. 그이 바

빠요.

랑크

당신은요? (방으로 들어오고 노라가 그의 뒤에서 문을 닫는다.)

노라

오, 저야 박사님을 위해선 — 늘 시간이 있다는 것 잘 아시잖아요.

랑크

고맙습니다. 가능한 오랫동안 그 특권을 누려야겠는데요.

노라

무슨 말씀이세요? 가능한 오랫동안이라니요?

랑크

네, 그 말이 무섭소?

노라

글쎄요, 그냥 좀 이상하게 들려서요. 무슨 일 있으세요?

랑크

오래도록 기다렸던 일입니다. 그런데 이렇게 빨리 닥칠 줄은 몰랐지요.

노라

(랑크의 팔을 잡으며) 뭐가 찾아졌나요? 말씀해 보세요!

랑크

(난롯가에 앉는다.) 난 천천히 가라앉고 있어요. 손 쓸 방법도 없고요.

노라

(안도의 숨을 쉬며) 그러니까 박사님이 —?

랑크

그럼 누구겠어요? 스스로를 속여 봤자 소용없어요. 내 환자들 중 가장 비참한 환자가 저랍니다, 헬메르 부인. 지난 며칠 동안 내 건강 상태를 면밀히 검사해 봤죠. 절망입니다. 한 달도 안 돼 난 아마 무덤 안에 누워있을 겁니다.

노라

오, 그런 끔찍한 말씀을!

랑크

이 모든 일이 다 끔찍하죠. 헌데 최악은 우선 그 끔찍함을 견뎌내야 한다는 겁니다. 이제 한 가지 검사가 남았는데요, 그 검사가 끝나면 언제 마지막이 시작될는지 잘 알 게 되겠지요. 한 가지 부탁이 있습니다. 헬메르는 예민한 타입이라 추한 건 뭐든 싫어하죠. 그 친구 내 병실에 오지 않았으면 —

노라

오, 랑크 박사님 —

랑크

절대로 오면 안 돼요. 내가 원하는 겁니다. 그 친구에겐 병실 문을 열지 않을 거요. — 최악의 상황을 알게 되면 당신에게 곧 검은 십자가를 그려 넣은 명함을 보내겠습니다. 그러면 그 끔찍한 마지막이 시작되었다고 알고 계십시오.

노라

아니, 오늘 정말 이상한 소리만 하시네요. 그래도 난 박사님 기분이 아주 좋아졌으면해요.

랑크

죽음이 눈앞에 있는 데도요? ─ 이 모든 게 다른 남자의 죄에 대한 속죄죠. 여기에 정의가 있나요? 어디에서나, 어떤 방식으로든 가족 모두가 그런 잔인한 보복을 당해야 하다니 ─

노라

(자신의 귀를 막으며) 그만요! 기운을 내세요. 즐겁다 생각하세요!

랑크

그래요, 이 모든 일이 정말 우스꽝스러워요. 나의 죄 없는 불쌍한 척추가 우리 아버지 군 시절의 방탕한 생활에 대한 속죄를 해야 하다니.

노라

(왼쪽의 테이블 가에서) 아버님께서 아스파라거스와 기름진 간 요리를 특히 좋아하셨나 봐요. 그렇잖아요?

랑크

그랬죠. 송로버섯도.

노라

송로버섯도요? 굴 요리도 좋아하셨을 것 같은데요?

랑크

네, 굴 요리, 물론 좋아하셨지요.

노라

또 그런 요리들과 함께 마시는 온갖 포르트 와인과 샴페인도요. 그런 맛있는 음식들이 척추에 좋지 않다니 유감이네요.

랑크

그런 음식을 즐기지 않는 사람의 불쌍한 척추에 좋지 않을 때 특히 그렇죠.

노라

아, 네, 정말 유감이에요.

랑크

(노라를 뚫어져라 바라보며) 흠 —

노라

(잠시 후에) 왜 웃으세요?

랑크

아니, 당신이 웃었잖아요.

노라

아니에요, 박사님이 웃으셨어요!

랑크

(일어서며) 부인은 내가 생각했던 것보다 훨씬 더 개구져요.

노라

저 오늘 기분이 썩 좋지 않아요.

랑크

그래 보입니다.

노라

(양손을 랑크의 어깨 위에 올리며) 랑크 박사님, 토르발과 날 남겨두고 돌아가시면
안 돼요.

랑크

두 사람, 곧 날 잊을 겁니다. 누구든 저세상으로 가면 곧 잊혀지죠.

노라

(걱정스럽게 랑크를 바라보며) 그렇게 생각하세요?

랑크

아는 사람이 새로 생기기 마련이니까—

노라

누가 그런 사람을 만드나요?

랑크

당신과 헬메르요. 내가 저세상으로 가면. 당신은 이미 그러고 있는 것 같은데요. 린데 부인은 어젯밤 여기서 뭘 했죠?

노라

아하, — 그 불쌍한 크리스티네를 질투하시는 건 아니죠?

랑크

아니오, 질투해요. 이 집에서 내 후임자가 될 테니까요. 내가 가버리면 그분이—

노라

쉿! 소릴 낮추세요. 걔가 안에 있어요.

랑크

오늘도요? 거 봐요.

노라

제 옷을 좀 고치고 있어요. 세상에, 박사님 정말 이상하세요! (소파에 앉는다.) 이제 기분을 좀 내세요, 랑크 박사님. 내일이면 제가 얼마나 멋지게 춤을 추는지 보실 거예요. 제가 오직 당신만을 위해 춤을 춘다고 생각하세요. ─ 물론 토르발을 위해서도 추는 거고요. (상자에서 여러 물건들을 꺼낸다.) 이것들 좀 보세요, 랑크 박사님, 이리 와 보세요. 보여드릴 게 있어요.

랑크

(앉으며) 뭔데요?

노라

짜잔!

랑크

실크 스타킹!

노라

살색이에요. 너무 예쁘죠? 물론 여긴 지금 어둡지만, 내일이면 ─ 아니, 아니, 아니에요, 발만 보세요. 아니, 당신은 조금 위까지 봐도 돼요.

랑크

흠 ─

노라

흠을 잡는 듯한 표정이신데요? 잘 맞는 것 같지 않아요?

랑크

특별히 할 말이 없어서요.

노라

(그를 잠시 바라보다가) 창피한 줄 아세요. (스타킹으로 그의 귀를 살짝 친다.) 이제
그만요. (스타킹을 다시 말아 넣는다.)

랑크

뭐 다른 건 보여줄 게 없습니까?

노라

더 보여드릴 건 없어요. 장난이 심하시네요. (잠시 콧노래를 흥얼대며 자기 물건
중에서 무언가를 찾는다.)

랑크

(잠시 후에) 당신과 이렇게 가깝게 여기 앉아 있다니 상상이 안 돼요 — 이 댁
에 오지 못했다면 — 내가 어떻게 됐을지 정말 상상이 안 됩니다.

노라

(미소 지으며) 네, 제가 보기에도 여기 오시는 걸 좋아하시는 것 같아요.

랑크

(앞을 똑바로 응시하며 낮은 목소리로) 이 모든 걸 떠난다고 생각하면 —

노라

그런 말씀 마세요. 당신은 떠나지 않아요.

랑크

(위에서와 똑같은 어조로) — 감사하다는 아주 작은 표시도 남기지 못한 채, 잠깐
의 후회도 못한 채 — 다음 사람이 채워줄 빈자리만을 남긴 채.

노라

혹시 제가 부탁이 있다면요 — ? 아니에요 —

랑크

뭔데요?

노라

제게 얼마만큼 우정이 있으신지 보여줄 수 있는—

랑크

그래요?

노라

아니 제 말은—엄청난 부탁인데—

랑크

정말 내게 그런 기쁨을 주겠소?

노라

무슨 부탁인지 모르시잖아요.

랑크

괜찮아요, 말해 봐요.

노라

아니오, 사실 못 하겠어요, 랑크 박사님. 너무 큰 부탁인데—박사님의 조언
과 도움이 필요해서—

랑크

아무래도 좋아요. 무슨 생각을 하는지 알 수 없으니 말해 봐요. 날 믿지 않아요?

노라

아니오, 제가 아는 누구보다도 더 믿어요. 저한텐 가장 믿음직한 최고의 친구

세요. 그러니 말할게요. 저, 랑크 박사님, 절 지키기 위해 도와주실 일이 좀
있어요. 토르발이 절 얼마나 깊이, 얼마나 열렬히 사랑하는지 아실 거예요.
절 위해 자기 목숨을 바치는 데 조금도 주저하지 않을 거예요.

랑크

(그녀 쪽으로 몸을 기울이며) 노라 — 그가 그런 유일한 사람이라고 — ?

노라

(표정이 약간 굳어지며) 그런 사람 — ?

랑크

당신을 위해 기꺼이 목숨을 바칠 그런 사람 말이오.

노라

(서글프게) 아, 네.

랑크

내가 죽기 전에 당신이 알아야 한다고 스스로에게 다짐했지요. 내게 더 좋은
기회는 없을 거요. — 그래요, 노라, 이제는 알겠지요. 이제는 다른 누군가가
아니라 내게 속마음을 털어놓을 수 있다는 것도 알 겁니다.

노라

(일어나서 아주 침착하게 말한다.) 좀 비켜주세요.

랑크

(그녀가 지나갈 수 있도록 비켜주지만 여전히 앉아서) 노라 —

노라

(문간에서) 헬레네, 램프 좀 가져와. — (난롯가로 간다.) 아, 랑크 박사님, 그런
말씀을 하시다니 당신이 무서워요.

랑크

(일어서며) 당신을 어느 누군가만큼 너무 사랑해왔다는 그 말이? 무서워요?

노라

아니오, 돌아가실 분이 그런 말을 하는 것이요. 아무짝에도 쓸모없는데 —

랑크

무슨 말이에요? 당신도 알았어요 — ?

하녀가 램프를 들고 들어와 테이블에 놓고는 다시 나간다.

랑크

노라 — 헬메르 부인 — 알았는지 묻고 있잖아요?

노라

알았는지 몰랐는지 어떻게 말할 수 있겠어요? 말할 수 없어요 —. 왜 그렇게 서투르세요, 랑크 박사님! 모든 게 참 좋았는데.

랑크

어쨌든 이제 내가 몸과 마음을 바쳐 당신을 위한다는 걸 알았지요. 자 말해 봐요.

노라

(그를 바라보며) 그런 말을 듣고 나서요?

랑크

제발 말해 봐요.

노라

이제 아무 말도 할 수 없어요.

랑크

아니, 말해 봐요. 날 이렇게 괴롭히지 말아요. 당신을 위해 사람이 할 수 있는 일을 할 수 있게 해줘요.

노라

이젠 날 위해 하실 일이 없어요. ─사실 난 어떤 도움도 필요 없어요. 그냥 상상을 했을 뿐이에요. 정말이에요, 네! (흔들의자에 앉아 그를 보며 미소 짓는다.) 네, 당신, 정말 좋은 분이세요, 랑크 박사님. 이제 램프가 켜져 있으니 좀 부끄럽지 않으세요?

랑크

아니오, 꼭 그렇지도 않아요. 그렇지만 가야겠죠─영원히?

노라

아니오, 그러시면 안 돼요. 늘 하던 대로 오세요. 안 오시면 토르발이 너무 섭섭해 하리란 걸 잘 아시잖아요.

랑크

알아요, 당신은요?

노라

오, 저야 당신이 오시면 아주 즐겁다고 늘 생각해요.

랑크

바로 그래서 내가 잘못 짚었네요. 당신은 수수께끼 같아요. 가끔은 당신이 헬메르와 있는 것보다 나와 있는 걸 더 좋아하는 것 같았어요.

노라

맞아요, 사랑하는 사람 따로, 함께 있고 싶은 사람 따로인 거죠.

랑크

네, 말이 되네요.

노라

시집오기 전엔 아빨 가장 사랑했어요. 그렇지만 하녀들 방에 몰래 들어가는 것도 재미있었어요. 하녀들은 내게 설교를 늘어놓지 않았으니까요. 아주 재미있는 얘기도 해줬고요.

랑크

아하, 그 역을 내가 대신한 거군요.

노라

(펄쩍 뛰어 일어나 그에게로 가며) 오, 다정하신 랑크 박사님, 그런 뜻이 정말 아니었어요. 그렇지만 토르발과 함께 있는 건 아빠랑 함께 있는 거랑 거의 비슷해서 —

하녀가 들어온다.

하녀

저, 사모님 — ! (노라에게 귀엣말을 하고서는 명함을 준다.)

노라

(카드를 흘깃 보고) 아! (명함을 주머니에 넣는다.)

랑크

무슨 일 있어요?

노라

아니, 아니에요, 아무 일 없어요, 그냥 — 제 새 옷이 —

랑크

왜요? 당신 의상은 저기 있잖아요.

노라

오, 그것도 있고요. 이건 다른 거예요. 제가 주문했어요 — 토르발이 알면 안
돼서 —

랑크

아하, 그게 그 대단한 비밀이었군요.

노라

네, 맞아요. 안으로 들어가세요. 그 사람 서재에 있어요. 잠깐 좀 잡아두세요 —

랑크

걱정 말아요. 내가 꼭 잡아둘 테니까. (헬메르의 서재로 들어간다.)

노라

(하녀에게) 부엌에서 기다린다고?

하녀

네, 뒤 계단으로 올라와가지고 —

노라

손님이 계시다고 말하지 않았어?

하녀

했는데 막무가내예요.

노라

가지 않겠대?

하녀

네, 사모님을 만나기 전에는 안 가겠대요.

노라

그럼 들어오라고 해. 조용히. 헬레네, 아무에게도 말해선 안 돼. 그이가 알면
아주 놀랄 테니까.

하녀

네, 네, 알겠습니다 ― (나간다.)

노라

올 게 왔구나. 그렇게 걱정이 되더니. 아니, 아니야, 아무 일도 없을 거야.
어떤 일도 일어나지 않을 거야. (헬메르의 서재 쪽으로 가 문을 잠근다.)

하녀가 크로그스타가 들어오도록 문을 열어주고 다시 닫는다. 그는 모피 코트에
덧신과 모피 모자를 쓰고 있다.

노라

(크로그스타 쪽으로 가며) 목소리를 낮춰요. 남편이 집에 있어요.

크로그스타

흠, 들려도 되죠.

노라

원하는 게 뭐예요?

크로그스타

밝힐 게 있어요.

노라

그럼 빨리요. 뭐죠?

크로그스타

내가 해고통지서 받은 걸 알고 있겠죠.

노라

어쩔 수가 없었어요, 크로그스타 씨, 당신을 위해 최선을 다했지만 아무 소용이 없었어요.

크로그스타

남편이 당신을 눈곱만치라도 사랑하는 건가요? 내가 당신에게 어떻게 할지 알면서도 감히 그 따위 —

노라

그이가 이 일을 안다고 생각하세요?

크로그스타

오, 아니오, 그렇게 생각 안 합니다. 헬메르 토르발이 그런 남자다운 용기를 보이다니 옛날 친구 같지 않아서 —

노라

크로그스타 씨, 남편에 대해 함부로 말하지 마세요.

크로그스타

물론, 존중을 표해야죠! 이 문제를 그렇게 쉬쉬 하는 걸 보니 당신이 한 일이 무얼 의미하는지 어제보다는 좀 더 분명히 아는 것 같은데요?

노라

당신이 설명해줄 수 있는 것보단 더 분명히요.

크로그스타

그래요, 나야 썩어빠진 변호사니까 —

노라

내게서 뭘 원하세요?

크로그스타

그냥 뭐가 어떻게 돌아가는지 알고 싶었습니다, 헬메르 부인. 종일 부인만 생각하고 있으니까요. 그저 대부업자에다 함부로 써대는 언론인이라 해도 — 나 같은 놈한테도 흔히 말하는 감정이란 게 있거든요.

노라

그럼 그걸 좀 보여 주세요. 우리 집 세 아이들을 생각해 보세요.

크로그스타

당신이나 당신 남편은 우리 집 애들을 생각합니까? 그나저나 그건 중요하지 않아요. 당신에게 말하고 싶은 건 단 한 가지입니다. 이 문제를 너무 심각하게 생각하지 말라고요. 당분간은 내 쪽에서 어떤 절차도 시작하지 않을 테니까요.

노라

오, 네, 당신이 그러지 않을 거라고 알고 있었어요.

크로그스타

이 문제는 아주 원만히 해결될 수 있습니다. 다른 사람은 알 필요도 없고요. 그저 우리 세 사람만.

노라

그이가 알아선 안 돼요.

크로그스타

그걸 어떻게 막죠? 당신이 차액을 다 갚을 수 있어요?

노라

아니오, 당장은 못해요.

크로그스타

며칠 사이에 돈을 마련할 방법이 있으신가?

노라

돈을 빌릴 사람은 없어요.

크로그스타

네, 그런 사람이 있다 해도 별 소용이 없을 겁니다. 당신이 현금을 손에 쥐고 있다 해도 내게서 그 차용증은 돌려받지 못할 테니까요.

노라

그걸로 뭘 하려고요?

크로그스타

그냥 갖고 있을 겁니다 — 보관하고 있겠다고요. 관계자 누구도 알 필요 없고 요. 그러다 당신이 필사적인 구제책을 찾고 있다는 생각을 하게 될 때 —

노라

그러고 있어요.

크로그스타

— 집에서 도망가 버릴 생각이라도 하고 있다면 —

노라

그러고 있다니까요!

크로그스타

一혹 더 나쁜 일이라도 一

노라

그걸 어떻게 알죠?

크로그스타

一그런 일은 그만 두시죠.

노라

내가 그런 일을 생각하고 있었다는 걸 어떻게 알았죠?

크로그스타

처음엔 누구나 그렇게 생각하거든요. 나도 그랬고요. 그러나 용기가 없어서 一

노라

(무감동한 목소리로) 나도 마찬가지예요.

크로그스타

(마음이 누그러져) 아, 그렇군요. 당신도 용기가 없어요?

노라

그래요, 없어요, 없어.

크로그스타

용기가 있다 해도 참 어리석은 거죠. 우선 가정 내 폭풍을 견디면 돼요 一당신 남편에게 줄 편지가 여기 주머니에 있는데 一

노라

모든 게 다 쓰여 있나요?

크로그스타

가능한 변죽만 울렸죠.

노라

(재빠르게) 남편이 그 편질 읽어선 안 돼요. 찢어 버려요. 어떻게든 돈을 마련할게요.

크로그스타

죄송합니다만, 부인, 조금 전에 말했지만—

노라

오, 당신한테 빚진 돈을 말하는 게 아니에요. 남편한테 요구한 돈이 얼만지 그걸 마련하겠다고요.

크로그스타

난 당신 남편에게서 돈을 원하는 게 아닙니다.

노라

그럼 뭘 원해요?

크로그스타

말하죠. 난 다시 일어서고 싶어요, 부인. 꼭대기까지 가고 싶다고요. 그걸 당신 남편이 도울 수 있어요. 난 지난 1년 반 동안 성실하게 살았어요. 그게 쉽지는 않았지요. 한 계단 한 계단 올라가는 데 만족했습니다. 헌데 내쫓겼어요. 이젠 봐줘서 다시 자리를 얻는 건 싫습니다. 난 꼭대기까지 갈 겁니다. 은행에 다시 들어갈 겁니다. —더 높은 자리로요. 당신 남편이 날 위해 새 자리를 만들 거고—

노라

그인 절대 그러지 않을 거예요!

크로그스타

할 겁니다. 난 그 친구를 알아요. 별 불평 없이 그렇게 할 겁니다. 일단 내가
그 친구와 함께 있게 되면 어떻게 되는지 당신 보게 될 거요! 일 년도 지나지
않아 난 그 친구의 오른팔이 될 거예요. 은행을 주물럭대는 사람이 헬메르
토르발이 아니라 크로그스타 닐스가 될 거라고요.

노라

그런 날은 절대 오지 않을 거예요!

크로그스타

그렇게 생각해요─?

노라

이젠 나도 용기가 났어요.

크로그스타

오, 난 겁 안 나요. 곱게 자라 제멋대로인 당신 같은 여자가─

노라

본때를 보여줄 거예요! 본때를 보여주겠다고요!

크로그스타

아마 얼음장 밑에서? 차갑고 시커먼 물 밑에서? 봄이 되면 퉁퉁 불어터지고
머리칼은 다 빠져 알아볼 수도 없는 모습으로 씻겨 내려갈 텐데─

노라

겁 안 나요.

크로그스타

나도 겁 안 납니다. 사람이라면 겁주는 따위 짓은 하지 않죠, 헬메르 부인. 그래 봤자 아무 의미 없잖아요? 나야 당신 남편의 운명을 쥐고 있지만요.

노라

그 후에는요? 내가 더 이상 살아있지 않다면요―?

크로그스타

그렇게 되면 당신의 평판은 전적으로 내게 달렸겠지요?

노라

(할 말을 잊고 그를 바라본다.)

크로그스타

자, 난 경고했습니다. 어리석은 짓 말아요. 헬메르는 내 편지를 받을 거고 난 답을 기다릴 겁니다. 이렇게 직접적이고 치사한 짓을 하게 한 건 바로 당신의 남편이란 걸 잊지 말아요. 그 친구를 절대 용서할 수 없습니다. 갑니다, 부인. (현관으로 나간다.)

노라

(현관으로 가서 문을 살짝 열고 귀를 기울인다.) 갔구나. 편지를 남기진 않았어. 아니, 아냐, 그럴 리 없어! (문을 점점 더 많이 연다.) 뭐하는 거지? 밖에 있네. 계단을 내려가지 않았어. 마음을 바꿨나? 혹시―?

그때 우편함에 편지가 떨어진다. 크로그스타가 계단을 내려가는 소리가 희미하게 들린다.

노라

(숨을 죽여 외치며 방의 소파로 달려간다. 휴지.) 우편함에! (가만가만 현관문 쪽으로 간다.) 저기 들어있어. ―토르발, 토르발― 이제 절망이다!

린데 부인

(의상을 들고 왼쪽 방으로 들어오며) 자, 다 된 것 같아. 한번 입어 볼래―?

노라

(낮은 쉰 목소리로) 크리스티네, 이리 와 봐.

린데 부인

(의상은 소파 아래 두며) 무슨 일이야? 너 정신없어 보인다.

노라

이리 와 봐. 저 편지 보이니? 저기, 우편함 유리로 보이잖아.

린데 부인

그래, 그래, 보인다.

노라

크로그스타 편지야.

린데 부인

노라, ―돈을 빌린 사람이 크로그스타였구나!

노라

응. 이제 토르발이 다 알게 됐어.

린데 부인

날 믿어, 노라, 너희 두 사람을 위해서 잘됐다.

노라

그것 말고 또 있어. 서명을 위조했어―

린데 부인

세상에!

노라

있잖아, 얘기해줄게, 크리스티네, 네가 내 증인이 될 수도 있을 거야.

린데 부인

'증인'이라니? 내가 무슨—?

노라

내가 정신이 나가거나—그런 일도 있을 수 있으니까—

린데 부인

노라!

노라

혹시 내게 무슨 일이 생기면—그러니까 내가 여기 없거나—

린데 부인

노라, 노라, 너 정신 나갔니?

노라

만일 누군가 자기 책임이고 모두 자기가 했다고 한다면, 무슨 말인지 알겠지—

린데 부인

그래, 그래. 그런데 어떻게 그런 생각을—?

노라

그렇게 되면 그건 사실이 아니라고 네가 증언을 해야 돼, 크리스티네. 나 정신 나가지 않았어. 지금 아주 말짱해. 그래서 한 가지 말해두는데 누구도 이

걸 알아선 안 돼. 모든 책임은 나 혼자 지는 거야. 잊지 마.

린데 부인

그래, 안 잊을게. 그런데 도대체 무슨 말인지 한 마디도 모르겠다.

노라

오, 네가 어떻게 알겠니? 뭔가 기적이 일어날 거야.

린데 부인

기적?

노라

그래, 기적. 그렇지만 끔찍한 일이기도 해, 크리스티네 ─ 그런 일은 절대 일어나선 안 돼.

린데 부인

가서 크로그스타를 만나 얘길 해봐야겠다.

노라

가지 마. 그 사람 널 해칠 거야!

린데 부인

전에 그 사람이 날 위해 뭐든 해준 때도 있었어.

노라

그 남자가!

린데 부인

그 사람 어디 사니?

노라

오, 내가 어떻게 알아—? 잠깐. (주머니 속을 더듬는다.) 여기 그 남자 명함 있다. 그런데 편지, 편지—!

헬메르

(서재에서 나와 문을 두드린다.) 노라!

노라

(두려워 소리친다.) 오, 무슨 일이지? 왜 그래요?

헬메르

자, 자, 겁내지 마. 들어가지 않을 테니까. 문을 잠궜네. 옷을 입어보는 중인가?

노라

네, 네, 그러는 중이에요. 너무 잘 어울려요, 토르발.

린데 부인

(명함을 보고 나서) 모퉁이만 돌면 되네.

노라

그래, 그렇지만 소용없어. 끝이야. 편지가 우편함에 있잖아.

린데 부인

네 남편이 열쇠를 가지고 있니?

노라

응, 항상.

린데 부인

크로그스타는 네 남편한테 자기 편지를 돌려달라고 할 거야. 변명을 좀 하면서 ─.

노라

그렇지만 토르발은 항상 이때쯤이면 ─

린데 부인

그걸 막아야 해. 서재로 가서 붙들어 둬. 가능한 빨리 돌아올게. (현관문으로 급하게 나간다.)

노라

(헬메르의 서재로 가 문을 열고 안을 들여다본다.) 여보!

헬메르

(서재에서) 자, 드디어 서방님께서 방으로 다시 납셔도 되겠나? 자, 랑크, 우리 한번 보세 ─ (문간에서) 이게 뭐야?

노라

왜요, 여보?

헬메르

랑크 말로는 놀라운 모습을 볼 거라던데.

랑크

(문간에서) 나도 그렇게 생각했는데 잘못 짚은 모양이네.

노라

네, 내일이면 내 멋진 모습을 보게 될 거예요.

헬메르

그런데 당신 피곤해 보여. 연습을 너무 열심히 했나?

노라

아니, 전혀 못 했어요.

헬메르

그래도 연습은 좀 해야지 ―

노라

응, 할 거야, 여보. 그런데 당신이 도와주지 않으면 어떻게 할지 모르겠어. 몽땅 잊어버렸어.

헬메르

오, 우리 둘이 하면 곧 잘될 거야.

노라

그럼요, 도와줘요 토르발. 약속하는 거죠? 걱정돼요. 사람들이 많이 올 텐데 ― 오늘 저녁엔 날 위해서만 시간을 써요. 일거린 제쳐두고. 손에 펜도 못 잡게 할 거예요, 알았죠? 약속해요, 여보 토르발!

헬메르

약속하지. 오늘밤은 오직 마나님을 위해 봉사한다 ― 당신은 정말 말썽꾸러기 꼬맹이야. ― 아 내 정신 좀 봐. 우선 잠깐 보고 ― (현관으로 간다.)

노라

뭘 보려고요?

헬메르

그냥 편지 왔나 보려고.

노라

안 돼요, 안 돼, 토르발!

헬메르

왜?

노라

토르발, 제발! 아무것도 없어요.

헬메르

한 번 봐야지. (가려 한다.)

노라

(피아노에 앉아 타란텔라의 첫마디를 연주한다.)

헬메르

(문간에서 발을 멈추고는) 아하!

노라

당신과 함께 연습하지 않으면 난 내일 제대로 못할 거야.

헬메르

(그녀에게 다가가서) 그렇게 걱정이 돼, 노라?

노라

엄청 긴장돼요. 지금, 처음부터 끝까지 해볼게요. 저녁 먹기 전까지 시간이
있어요. 자, 날 위해 피아노를 쳐줘요, 여보 토르발. 제대로 하게 가르치고
지도해줘요. 늘 하던 대로.

헬메르

좋아, 그렇게 하지. 당신이 원한다면. (피아노 앞에 앉는다.)

노라

(상자에서 탬버린을 꺼내고 밝은 색깔의 긴 숄을 몸에 두르고는 단숨에 앞으로 나온다. 소리친다.) **피아노를 쳐요! 춤을 출게요!**

헬메르는 피아노를 치고 노라는 춤을 춘다. 랑크 박사는 헬메르 뒤에 서서 바라본다.

헬메르

(피아노를 치며) **더 천천히 ― 더 천천히!**

노라

나도 어쩔 수 없어요.

헬메르

그렇게 거칠게 하면 안 돼, 노라!

노라

이렇게 해야 돼.

헬메르

(멈추며) 아냐, 아냐, 그게 아니야.

노라

(웃으며 탬버린을 흔들면서) 내가 뭐랬어요?

랑크

내가 피아노를 치지.

헬메르

(일어서며) 그래주게. 그러면 내가 가르치기가 좀 낫지.

랑크가 피아노에 앉아 연주한다. 노라는 점점 더 거칠게 춤을 춘다. 헬메르는 난롯
가에 서서 반복적으로 여러 지시를 한다. 그녀는 귀담아 듣지 않는 것 같다. 그녀
의 머리칼이 풀어져 어깨까지 내려온다. 그녀는 전혀 신경을 쓰지 않고 계속 춤을
춘다. 린데 부인이 들어온다.

린데 부인

(넋이 나간 듯 문간에 서서) 아 — !

노라

(춤을 추며) 우리 신나는 거 봐, 크리스티네.

헬메르

그런데 여보 노라, 목숨이라도 걸린 듯 춤을 추고 있네.

노라

바로 맞췄어요.

헬메르

랑크, 그만! 이건 미친 짓이야. 그만두라니까

랑크가 연주를 멈추고 노라는 갑자기 춤을 멈춘다.

헬메르

(노라에게 다가가서) 정말 믿을 수가 없군. 내가 가르쳐 준 걸 몽땅 까먹다니.

노라

(탬버린을 내던지며) 당신이 본 대로야.

헬메르

자, 조금 더 연습해야겠군.

노라

응, 연습이 필요한 걸 봤잖아. 마지막까지 계속 코치를 해줘요. 약속하죠, 토르발?

헬메르

나만 믿어.

노라

내일이 지날 때까지는 나 말고 어떤 것도 생각하지 말아요. 어떤 편지도 뜯어보지 말고 ― 우편함도 건드리지 말고 ―

헬메르

아하, 아직도 그 작자를 두려워하고 있군 ―

노라

응, 응, 맞아.

헬메르

노라, 당신 얼굴을 보니 그 작자 편지가 저기 있구만.

노라

몰라요. 그럴 지도 모르죠. 그렇지만 지금 그 따위 거 읽지 말아요. 이 모든 게 끝날 때까지 우리 사이에 어떤 끔찍한 일도 끼어들어서는 안 돼요.

랑크

(헬메르에게 부드럽게) 자네 부인 말이 맞아.

헬메르

(그녀의 허리에 팔을 두르며) 아가 뜻대로 하셔야지. 그렇지만 내일 밤 당신 춤이 끝나고 나면 —

노라

그때면 당신 자유야.

하녀

(오른쪽의 문간에서) 사모님, 저녁 준비됐습니다.

노라

샴페인도 있어야지, 헬레네.

하녀

알겠습니다, 사모님. (간다.)

헬메르

와우 — 이거 완전 잔치 아냐?

노라

새벽까지 샴페인을 마시자고요. (소리친다.) 마카롱도, 헬레네, 많이, — 이번 만.

헬메르

(노라의 두 손을 잡으며) 자, 자, 그렇게 흥분하지 마. 노래하는 내 작은 새로 돌아와야지, 늘 그렇듯이.

노라

오, 물론 그래야지. 자, 안으로 들어가요. 당신도요, 랑크 박사님. 크리스티네, 내 머리 좀 만져줘.

랑크

(같이 방을 나가며 부드럽게) 무슨 일이 있는 건 아니겠지 — 무슨 일이 있을 것 같나?

헬메르

오, 전혀, 그런 거 없어. 내가 말했던 그 아이 같은 두려움일 뿐이야.

두 사람, 오른쪽으로 나간다.

노라

어떻게 됐어?

린데 부인

여길 떠났대.

노라

네 얼굴에 그렇게 쓰여 있다.

린데 부인

내일 저녁에 돌아온다고 해서 메모를 남겼어.

노라

그러지 말았어야 했는데. 그냥 순리대로 두는 거야. 기적을 바라며 이렇게 기다리는 건 기뻐할 일이니까.

린데 부인

뭘 기다리는데?

노라

오, 넌 이해 못해. 가서 함께 저녁 먹자. 나도 곧 갈게.

린데 부인은 식당으로 들어간다.

노라

(정신을 모으려는 듯 잠시 서 있다가 손목시계를 본다.) **다섯 시. 한밤중이 되려면 일곱 시간. 그럼 내일 한밤중까진 스물네 시간. 그땐 타란텔라가 끝났겠지. 스물넷 에 일곱? 서른한 시간 살아있겠다.**

헬메르

(오른쪽 문간에서) **우리 작은 종달새한테 무슨 일이 일어났나?**

노라

(두 팔을 벌리고 헬메르에게 달려가며) **그 종달새 여기 있어요!**

같은 방. 둥근 테이블이 방 가운데로 옮겨져 있고 주위에 의자들이 놓여 있다. 테 이블 위에는 램프가 타고 있다. 복도로 가는 문은 열려 있다. 위층에서 춤곡이 들 려온다. 린데 부인이 테이블 옆에 앉아 책장을 넘기고 있다. 읽으려고 하지만 집중 이 안 되는 모습이다. 한두 번 긴장하며 앞문에서 나는 소리에 귀를 기울인다.

린데 부인

(손목시계를 보네) **아직도 안 오네. 시간이 별로 없는데. 그 사람이 그저 —** (다시 귀를 기울인다.) **아, 왔다.** (현관으로 나가 조심스럽게 앞문을 연다. 계단을 가만가만 올리오 는 소리가 들린다. 속삭이듯 조그만 소리로) **이리 들어와요. 여긴 아무도 없어요.**

크로그스타

(문간에서) **당신 메모를 봤소. 무슨 일이오?**

린데 부인

할 말이 있어서요.

크로그스타

그래요? 꼭 여기 이 집에서 해야 되오?

린데 부인

내가 있는 곳에선 어려워요. 문이 하나뿐이라서요. 들어와요. 우리밖에 없어요. 하녀는 자고 있고 헬메르 부부는 위층에서 파티 중이에요.

크로그스타

(방으로 들어오며) 자, 자! 그러니까 헬메르 부부는 저기서 춤을 추고 있단 말이죠, 그래요?

린데 부인

네, 그러면 안 되나요?

크로그스타

오, 아니오. 안 될 것 없죠.

린데 부인

그렇다면, 크로그스타, 얘기 좀 해요.

크로그스타

우리에게 더 할 얘기가 있었나?

린데 부인

할 얘기가 많아요.

크로그스타

난 그렇게 생각 안 했는데.

린데 부인

아니, 그건 당신이 날 제대로 이해 못해서예요.

크로그스타

그 옛날얘기 말고 또 이해할 게 있나? 어떤 냉정한 여자가 더 좋은 조건의 남자가 생기니 한 남자를 차버렸잖소.

린데 부인

내가 그런 냉정한 여자라고, 정말 그렇게 생각해요? 그렇게 하는 나는 편했을 것 같아요?

크로그스타

그렇지 않았나?

린데 부인

크로그스타, 정말 그렇게 생각하는 건 아니죠?

크로그스타

그게 본심이 아니었다면 내게 왜 그런 편지를 썼던 거요?

린데 부인

다른 도리가 없었어요. 관계를 끊으려면 당신이 내게 가지고 있는 감정을 없애야 한다고 생각했어요.

크로그스타

(주먹을 불끈 쥐며) 그랬었군. 그래 — 돈 때문이었어!

린데 부인

내겐 병든 어머니와 어린 동생 둘이 있었다는 걸 잊지 말아요. 우린 당신을 기다릴 수 없었어요, 크로그스타. 당신이 우릴 도울 수 있을 전망이 너무 오랫동안 없었잖아요.

크로그스타

그럴지도 모르지. 그렇다고 해도 다른 남자 때문에 날 차버릴 권리가 당신에겐 없었어.

린데 부인

글쎄요, 잘 모르겠어요. 내가 과연 옳았는지 스스로 묻고 또 물었어요.

크로그스타

(보다 조용한 목소리로) 당신을 잃었을 때 발밑의 땅이 꺼지는 것 같았소. 지금의 날 봐요. 다 망가진 한 남자가 삶의 난파선 한 귀퉁이를 붙잡고 있는 꼴이오.

린데 부인

곧 도움이 있겠죠.

크로그스타

있을 뻔했지. 그런데 당신이 나타나 다 망쳐 놓았소.

린데 부인

정말 몰랐어요, 크로그스타. 은행에서 내가 당신 자리를 차지하게 될 거란 소릴 오늘에야 들었어요.

크로그스타

당신 말을 믿겠어. 허지만 이제라도 알았으니 그만 둘 생각 없소?

린데 부인

네. 그만 둔다 해도 당신한테 전혀 도움이 안 될 거예요.

크로그스타

오, 도움, 도움 —! 나라면 도움이 되는 일을 할 텐데.

린데 부인

난 조심스럽게 사는 법을 배웠어요. 고단한 삶과 급박한 필요가 그런 걸 가르쳐주더라고요.

크로그스타

내 삶은 듣기 좋은 말은 믿지 말라고 가르치더군.

린데 부인

그렇담 아주 현명한 가르침을 받았네요. 그래도 행동은 믿지 않나요?

크로그스타

무슨 말이오?

린데 부인

다 망가진 남자가 삶의 난파선 한 귀퉁이를 잡고 있는 꼴이라면서요.

크로그스타

그렇게 말한 이유가 있소.

린데 부인

나도 삶의 난파선 한 귀퉁이를 붙잡고 있는 여자예요. 걱정하고 돌봐줘야 할 사람이 아무도 없거든요.

크로그스타

그거야 당신 선택이었지.

린데 부인

그땐 다른 선택의 여지가 없었다니까요.

크로그스타

그래서 어쩌자는 거요?

린데 부인

크로그스타, 다 망가진 우리 두 사람이 함께한다면.

크로그스타

무슨 말이오?

린데 부인

둘이서 난파선 하나에 매달리는 게 각자 다른 난파선에 매달려 있는 것보단 기회가 더 많을 거예요.

크로그스타

크리스티네!

린데 부인

내가 왜 돌아온 것 같아요?

크로그스타

날 생각했다는 거요?

린데 부인

난 일하지 않고는 살 수 없어요. 내가 기억하는 한 난 평생 일해왔어요. 일하는 게 언제나 커다란 즐거움이었죠. 그런데 이젠 이 세상천지 사고무친 혼자라 너무 공허하고 외로워요. 자기를 위해 일하는 건 즐거움이 아니지요. 크로그스타, 내가 누군가를 위해, 무언가를 위해 일할 기회를 줘요.

크로그스타

그런 말 전혀 믿을 수 없소. 온갖 관대함을 베풀며 자기희생을 하겠다는 여인네의 병적 감정일 뿐이니까.

린데 부인

전에 내가 병적 감정을 보인 적 있어요?

크로그스타

정말 그렇게 하겠다는 거요? ㅡ 내 과거에 대해 알긴 해요?

린데 부인

네.

크로그스타

사람들이 날 어떻게 생각하는지도?

린데 부인

조금 아까 나 때문에 다른 사람이 되었다고 생각한다고 했잖아요.

크로그스타

그렇다고 확신해.

린데 부인

다시 옛날과 같아질 수 없어요?

크로그스타

크리스티네! — 그 말 진심이군. 그래, 진심이야. 당신 얼굴 보니 진심이라는 걸 알겠어. 당신 정말 그런 용기가 — ?

린데 부인

난 엄마가 되고 싶어요. 당신 아이들은 엄마가 필요하고요. 우린 서로가 필요한 거예요. 크로그스타, 난 당신의 깊은 속을 믿어요. 당신과 함께라면 난 뭐든 할 수 있어요.

크로그스타

(그녀의 손을 잡으며) 고마워, 고마워, 크리스티네. — 곧 모든 사람들도 날 다른 눈으로 보게 하겠소. — 아, 그런데 잊은 게 있는데 —

린데 부인

(귀를 기울이며) 쉿! 타란텔라 춤! 가요, 가!

크로그스타

왜? 무슨 일이요?

린데 부인

이층에서 춤추는 소리 들리죠? 끝나면 모두들 내려올 거예요.

크로그스타

오, 그래, 갈게. 있어봐야 소용없겠지. 당신은 물론 내가 헬메르 부부에 대해 어떤 일을 하고 있는지 아무것도 모르지.

린데 부인

아니, 크로그스타, 알아요.

크로그스타

그런데도 당신은 계속—

린데 부인

난 당신 같은 남자가 절망에 빠지면 어디까지 가는지 알아요.

크로그스타

오, 그런 짓을 하지 말았어야 하는데!

린데 부인

바로 잡을 수 있어요. 당신 편지가 아직 우편함에 들어 있으니까.

크로그스타

확실해?

린데 부인

아주 확실해요. 그런데—

크로그스타

(탐색하듯 그녀를 실피며) 일이 그렇게 된 건가? 어떻게 해서든 친구를 구하고 싶은 거야? 솔직히 말해줘. 그런 거야?

린데 부인

크로그스타, 다른 사람을 위해 희생한 사람은 다시는 그러지 않아요.

크로그스타

편지를 돌려달래야겠어.

린데 부인

아니, 그러지 말아요.

크로그스타

아니, 그럴 거야. 여기서 헬메르가 올 때까지 기다리겠어. 내 편지를 돌려달 래야지. ─그냥 내 해고에 대한 거니까─그 친구가 읽을 필요도 없고─

린데 부인

아니에요, 크로그스타, 돌려달라고 하지 말아요.

크로그스타

날 이리 오라 한 이유가 그거 아니었나?

린데 부인

맞아요. 처음엔 겁이 나서 그랬어요. 헌데 그건 어제였고요, 난 지난 스물네 시간 동안 이 집에서 정말 믿을 수 없는 일들을 목격했어요. 헬메르도 모든 걸 알아야 해요. 이 비극적인 비밀은 드러나야 한다고요. 그 두 사람은 자기 들 사이의 모든 일을 알아야 해요. 그 온갖 비밀과 거짓, 그대로 두어선 안 돼요.

크로그스타

글쎄, 당신 뜻이 그렇다면─그래도 내가 할 수 있는 게 한 가지 있는데 빨리 해야지─

린데 부인

(귀를 기울이며) 빨리, 빨리 가요! 춤이 끝났어요. 여차하면 들켜요.

크로그스타

아래서 기다릴게.

린데 부인

그래요. 집에서 봐요.

크로그스타

이렇게 행복한 적이 없었어.

크로그스타는 앞문으로 나간다. 복도로 들어가는 문은 아직도 열려 있다.

린데 부인

(방을 좀 정리하고 모자와 코트를 든다.) **이렇게 바뀌다니! 그래, 정말 대전환이야! 누군가를 위해 일하고 ─ 누군가를 위해 살고. 가정이란 행복을 가져다주지. 이 기회를 놓치지 않을 거야 ─ 빨리 좀 오지 ─** (귀를 기울인다.) **아, 온다 ─ 준비하자.** (모자를 쓰고 코트를 입는다.)

밖에서 헬메르와 노라의 소리가 들린다. 열쇠로 문이 열리자 헬메르는 노라를 거의 강압적으로 거실로 데려간다. 노라는 이탈리아 풍의 의상에 크고 검은 숄을 두르고 있다. 헬메르는 연미복 차림에다 그 위에 검은 망토를 두르고 있는데 단추는 잠겨 있지 않다.

노라

(여전히 문간에서, 싫다는 듯) **싫어요, 싫어, 여기선 안 돼! 다시 올라갈래요. 이렇게 빨리 끝내고 싶지 않아.**

헬메르

여보, 노라 ─

노라

오, 제발, 토르발, 이렇게 빌게요 ─ 딱 한 시간만.

헬메르

일 분도 더 안 돼, 노라. 약속했잖아. 자, 갑시다, 안으로 들어가자. 이렇게 서 있다 자기 감기 들어. (노라의 저항에도 불구하고 헬메르는 부드럽지만 단호하게 방으로 데려간다.)

린데 부인

나 왔어.

노라

크리스티네!

헬메르

아니, 린데 부인, 늦은 시간에 웬일로?

린데 부인

네, 죄송해요, 노라의 파티복을 꼭 보고 싶어서요.

노라

여기 앉아 날 기다린 거야?

린데 부인

응, 늦게 왔어. 네가 위층으로 올라가기 전에 봤어야 하는데. 널 보러 또 올 순 없을 것 같아서.

헬메르

(노라의 숄을 벗기며) 자, 이 사람 좀 보세요. 볼 만합니다. 너무 예쁘지 않아요, 린데 부인?

린데 부인

네, 정말 그러네요.

헬메르

정말 눈에 확 띄게 예쁘지 않아요? 파티에 온 사람들도 모두 그렇게 생각했 겠죠. 헌데 고집이 대단합니다—귀여운 꼬마 고집쟁이! 그러니 어쩝니까? 억지로 데려왔지요.

노라

오, 토르발, 날 삼십 분도 더 있지 못하게 한 거 후회할 거야.

헬메르

보세요, 린데 부인. 이 사람 타란텔라 춤을 췄죠. ─우레와 같은 박수갈채를 받았고 ─그럴 만했지요. ─춤이 꽤나 사실적이긴 했지만, ─그러니까 엄밀히 말해 예술적 관점에서 볼 때 필요 이상으로 사실적이었지요. 그게 무슨 상관입니까! 중요한 건 ─성공했다는 거죠. 대성공이었어요. 그런데 이 사람을 더 있게 해야 했을까요? 효과를 망치려고요? 아니지요. 내 사랑스런 꼬마 카프리 아가씨를 ─아니, 내 변덕스러운 꼬마 카프리 아가씨라고 해야겠네요 ─데리고 인사를 하느라 파티장을 후딱 한 바퀴 돌았더라면 ─소설 같은 데 나오는 것처럼 ─아름다운 환상이 사라졌겠지요. 퇴장은 항상 효과적이어야 하거든요, 린데 부인. 그런데 노라에게 이걸 이해시킬 수가 없네요. 휴! 여기 덥네요. (자기 망토를 의자 위에 놓고 서재로 가는 문을 연다.) 뭐지? 너무 어둡네. 오, 그래, 당연하지. 실례합니다. ─ (안으로 들어가 촛불들을 켠다.)

노라

(숨도 쉬지 않고 재빨리 속삭인다.) 어떻게 됐어?

린데 부인

(낮은 소리로) 그 사람한테 말했어.

노라

그래서 ─?

린데 부인

노라 ─남편에게 다 털어놓는 게 좋겠어.

노라

(담담하게) 나도 알아.

린데 부인

크로그스타 때문에 두려워할 필요 없어. 그렇지만 다 털어놔.

노라

그러기 싫어.

린데 부인

어차피 편지에 다 쓰여 있잖아.

노라

고마워, 크리스티네. 어떻게 하면 좋을지 이젠 알아. 쉿―!

헬메르

(다시 들어오며) 자, 린데 부인, 노라에 감탄하는 일은 대강 끝났나요?

린데 부인

네, 이제 가야겠어요.

헬메르

아니, 벌써요? 이 뜨개질 거리 부인 건가요?

린데 부인

(뜨개질 거리를 집으며) 네, 고맙습니다. 깜빡할 뻔했네요.

헬메르

뜨개질을 하시는군요?

린데 부인

네.

헬메르

뜨개질보다는 수놓기가 더 좋을 텐데요.

린데 부인

그래요? 왜요?

헬메르

네, 보기에 더 아름답잖아요. 이렇게 왼손으로 천을 잡고 오른손으로 바늘을 들고 ─ 이렇게요 ─ 수를 놓으면 길고 우아한 곡선이 생기죠. 안 그래요 ─?

린데 부인

네, 그럴 것 같네요 ─.

헬메르

그런데 뜨개질은요 ─ 보기가 좀 흉한 것 같아요. 여기 보세요. 양팔을 옆구리에 착 붙이고 ─ 뜨개바늘만 위 아래로 움직이니까 ─ 왠지 좀 중국스러운 것 같기도 하고 ─ 아, 오늘 나온 샴페인 정말 좋았어요.

린데 부인

네, 잘 자, 노라! 고집 그만 부리고.

헬메르

말씀 잘 하셨습니다, 린데 부인!

린데 부인

안녕히 주무세요, 행장님.

헬메르

(린데 부인을 현관까지 바래다주며) 안녕히 가세요! 집까지 잘 가실 수 있죠? ─ 그리 먼 거리는 아니니. 조심해 가세요! (린데 부인은 가고 헬메르는 문을 닫고 다시

들어온다.) 자, 드디어 우리 둘뿐이네. 그 여자 드디어 떼냈어. 따분해, 그 여자.

노라

많이 피곤하진 않죠, 여보?

헬메르

응, 전혀.

노라

졸리지 않아요?

헬메르

전혀. 정반대야. 기분이 완전 살아있어. 당신은? 그래, 아주 피곤하고 졸린 것 같은데.

노라

응, 아주 피곤해. 곯아 떨어졌으면 좋겠어.

헬메르

거 봐, 거 봐! 돌아오자고 한 거 잘했지.

노라

오, 당신이 하는 일이야 늘 옳지.

헬메르

(노라의 이마에 입 맞추며) 종달새가 옳은 말을 하네. 당신, 아까 랑크가 얼마나 즐거워하는 지 봤지?

노라

그랬어요? 그 양반이? 같이 얘기도 못 했네.

헬메르

나도 못 했어. 그래도 그 친구가 그렇게 기분이 좋은 건 오랜만이야. (잠시 노라를 바라보다가 그녀에게 더 가까이 다가선다.) 음, ─ 이렇게 집에 돌아와 당신하고만 있으니까 너무 좋다. 당신 정말 너무나 매력적이야!

노라

그렇게 보지 말아요, 토르발!

헬메르

내가 가진 최고의 보물인데 좀 보면 안 돼? 오직, 온전히, 완전히 내 것이기만 한 이 사랑스러운 여인을.

노라

(테이블의 반대편을 빙빙 돌며) 오늘밤 내게 그런 말 하지 말아요.

헬메르

(노라를 뒤따르며) 아직도 타란텔라 분위기가 가시지 않았군. 그러니까 당신 더 매력적인데. 들어 봐! 손님들이 가기 시작했어. (낮은 소리로) 노라 ─ 조금 있으면 집이 조용해질 거야.

노라

응, 그랬으면 좋겠어.

헬메르

그래, 그렇지, 나의 사랑하는 노라? 오, 당신 말이야, 내가 파티에서 당신과 함께 있을 때면 ─ 자주 말도 안 걸고 항상 멀찌감치 서서 가끔씩 당신을 훔쳐보는데 ─ 내가 왜 그러는지 알아? 그건 우리가 몰래 사랑하고 있고, 몰래 약혼한 척해서 누구도 우리 사이를 의심하지 않게 하려는 거야.

노라

응, 그래요, 그래. 당신이 늘 내 생각하는 거 알아.

헬메르

그러다 돌아올 때가 되면―기가 막힌 곡선을 그리고 있는 이 뒷목에―이 균형잡힌 탱탱한 어깨에 숄을 둘러 주지. 마치 내 신부인 양, 결혼식이 막 끝난 것처럼, 신혼집에 처음 들어오듯 당신을 데리고 들어오고―처음으로 당신하고 있는 듯이―떨고 있는 젊고 아름다운 당신과 단둘이만 말이야! 저녁 내내 난 다른 건 다 제쳐두고 오직 당신만 갈망했어. 사냥하듯 열정적으로 타란텔라 춤을 추는 매혹적인 당신을 보았을 때―내 피가 끓어올랐어. 더 이상 참을 수가 없었지―그래서 일찍 돌아오게 한 거야.

노라

저리 비켜요, 토르발! 혼자 있고 싶어요. 모두 귀찮아.

헬메르

왜 그래? 나랑 장난치자는 거야, 꼬맹이 노라? 싫다고! 귀찮다고! 남편한테 ―?

문에서 노크 소리가 난다.

노라

(소스라치게 놀라며) 누구지―?

헬메르

(현관으로 가며) 누구세요?

랑크

(밖에서) 나야. 잠깐 들어가도 될까?

헬메르

(낮은 소리로, 짜증스럽게) 오, 이 시간에 뭐지? (큰 소리로) 잠깐만. (문을 연다.) 아니, 우리 집을 지나치지 않고 이렇게 들르니 좋은데.

랑크

자네 목소리가 들리는 것 같아서 잠깐 들러야겠다 싶었어. (얼른 주위를 둘러본다.) 아, 정말 이 기분 좋은 낯익은 집안. 두 사람, 정말 아늑하고 편안하게 집안을 꾸몄어.

헬메르

자네도 아까 파티에서 아주 기분 좋은 것 같던데.

랑크

최고였지! 난 그러면 안 되나? 이 세상에서 최상의 것을 누려선 안 돼? 어쨌든 할 수 있는 한 많이, 또 할 수 있는 한 오래. 와인, 정말 좋았어 ―

헬메르

특히 샴페인이 끝내줬어.

랑크

자네도 그랬어? 내가 그렇게 많이 마실 줄 몰랐어.

노라

토르발도 샴페인을 엄청 마셨어요.

랑크

그래요?

노라

네. 그럴 때면 늘 기분 좋아해요.

랑크

그럼요, 하루를 잘 보내고 즐거운 저녁을 맞으면 좋죠.

헬메르

하루를 잘 보내다니. 난 별로 그런 것 같지 않은데.

랑크

(헬메르의 어깨를 치며) 난 그랬어!

노라

랑크 박사님, 오늘 무슨 검사를 한다고 하셨죠.

랑크

네, 그랬죠.

헬메르

아니, 꼬맹이 노라가 의학적 검사를 다 알고!

노라

검사 결과를 축하해도 돼요?

랑크

네, 됩니다.

노라

결과가 좋았어요?

랑크

최상이었죠. 의사와 환자 양쪽에 — 확실히요!

노라

(캐묻듯 재빨리) 확실히요?

랑크

아주 확실히요. 그랬으니 즐거운 저녁을 보내지 않았겠어요?

노라

네, 맞는 말이에요, 랑크 박사님.

헬메르

동감이야. 그것 때문에 자네가 아침에 힘들어 하지만 않는다면.

랑크

글쎄, 이 세상에 공짜는 없으니까.

노라

랑크 박사님 — 가장무도회 좋아하세요?

랑크

네, 재미있는 변장이 많을 때는요 —

노라

그럼, 다음번 가장무도회에서 우리 두 사람 어떻게 변장하면 좋겠어요?

헬메르

아이같이 성급하긴 — 벌써 다음번을 생각하다니!

랑크

우리 두 사람요? 글쎄, 당신은 행운의 여신으로 —

헬메르

좋아, 그럼 거기에 맞는 의상도 있어야지.

랑크

자네 부인이야 일상복 차림으로도 괜찮으니 —

헬메르

좋은 생각이야. 자넨 어떻게 할 거야?

랑크

글쎄, 난 어떻게 할지 결정했어.

헬메르

그래?

랑크

다음번 가장무도회에 난 투명인간으로 가겠네.

헬메르

기발한 착상이야.

랑크

크고 검은 망토가 있는데 — 눈에 보이지 않는 망토, 들어봤나? 그걸로 덮으면 아무에게도 보이지 않아.

헬메르

(웃음을 참으며) 어련할라고.

랑크

그런데 내가 여기 왜 왔는지 깜빡했네. 헬메르, 시가 하나 주게. 강한 아바나로.

헬메르

대령하지. (시가 갑을 내민다.)

랑크

(하나를 집어 끝을 잘라낸다.) 고맙네.

노라

(성냥을 켜며) 붙여 드릴게요.

랑크

고맙습니다. (노라가 성냥불을 건네자 랑크가 시가에 불을 붙인다.) 자, 난 갑니다!

헬메르

잘 가게, 잘 가, 친구!

노라

푹 주무세요, 랑크 박사님.

랑크

그 인사, 고맙습니다.

노라

저한테도 그렇게 인사해 주세요.

랑크

당신한테도요? 네, 좋습니다, 원하신다면 ─ 푹 주무세요. 불 붙여줘서 고마
워요. (두 사람에게 고개를 끄덕여 보이고 나간다.)

헬메르

(낮은 소리로) 저 친구, 꽤 많이 마셨군.

노라

(멍하니) 그런 것 같아요.

헬메르가 주머니에서 열쇠뭉치를 꺼내더니 현관으로 간다.

노라

토르발 — 뭐 하려고요?

헬메르

우편함을 비워야지. 꽉 찼어. 아침 일찍 신문을 받으려면 자리가 있어야지 —

노라

오늘밤에도 일할 거예요?

헬메르

그러지 않을 걸 알잖아. — 이게 뭐지? 여기 누군가 자물통에 손을 댔는데.

노라

자물통에요 — ?

헬메르

음, 분명해. 누가 그랬을까? 하녀들이 그랬을 리는 없는데 — ? 여기 부러진 머리핀이 있어. 노라, 당신 건데 —

노라

(재빨리) 애들이 그랬겠지, 뭐 —.

헬메르

그러지 말라고 얘길 했어야지. 흠, 흠 — 이런, 열었다. (우편물들을 꺼내고는 부엌 쪽으로 소리친다.) 헬레네! — 헬레네, 램프 좀 가져와. (손에 우편물들을 들고 다시

안으로 들어와 문을 닫는다.) 이것 좀 봐. 꽤 많이 쌓였군. (모두 훑어본다.) 이건 뭐지?

노라

(창가에서) 편지! 아, 아, 안 돼요, 토르발!

헬메르

명함 두 장 ― 랑크에게서 왔네.

노라

랑크 박사한테서요?

헬메르

(명함 두 장을 보며) 의학 박사 랑크. 맨 위에 쓰여 있네. 아까 가면서 넣은 모양이야.

노라

거기 무슨 표식 없어요?

헬메르

이름 위에 검은 십자가가 그려 있어. 좀 봐. 섬뜩하다. 마치 자기 죽음을 알리려는 것 같군.

노라

그러는 거예요.

헬메르

뭐? 당신이 어떻게 알아? 그 친구가 무슨 말을 했어?

노라

네. 이런 명함이 도착하면 우리에게서 마지막으로 떠나는 거라고 했어요. 혼자 틀어박혀서 죽을 거래요.

헬메르

불쌍한 친구! 물론 그 친구를 오래 보지 못할 거라는 건 알았지만. 이렇게 빨리 ─ 상처받은 짐승처럼 숨겠다니.

노라

일어나야 할 일이라면 말없이 가는 게 낫겠죠. 안 그래요, 토르발?

헬메르

(이리 저리 서성이며) 그 친구, 우리랑 그렇게 가깝게 지냈는데. 그 친구가 가버린다는 게 상상이 안 돼. 그 친구의 고통과 고독이 거의 우리 삶의 태양에 검은 구름처럼 가리워져 있었네. ─그래, 이게 최선일지도 몰라. 적어도 그 친구에게는. (휴지) 어쩌면 우리에게도, 노라. 이제 우리 둘만 있네. (두 팔로 노라를 안으며) 오, 사랑하는 내 아내, 아무리 꼭 안아도 안은 것 같지가 않아. 노라, 있잖아, 당신이 끔찍한 위험에 처했으면 좋겠다 생각했던 적도 많아. 그럼 내가 당신을 위해 몸과 마음, 모든 걸 다 바칠 수 있을 테니까.

노라

(그에게서 벗어나며 결심한 듯 확고하게 말한다.) 이제 편지를 읽어야죠, 토르발.

헬메르

아니, 오늘밤엔 안 읽겠어. 당신과, 내 사랑하는 아내와 있고 싶어.

노라

당신의 친구가 죽어가고 있다는 데도 ─?

헬메르

당신 말이 맞아. 우리 둘 다에게 충격이었지. 우리 사이에 그런 끔찍한 일이 끼어들었던 거야. 죽음과 부패에 대한 생각이. 거기에서 벗어나야 해. 그때까진 ― 잠시 떨어져 있자.

노라

(그의 목을 끌어안으며) **토르발 ― 잘 자요! 잘 자!**

헬메르

(그녀의 이마에 입을 맞추며) **잘 자, 내 노래하는 작은 새. 푹 자, 노라, 편지들 읽어 볼게.** (편지들을 들고 방으로 들어가 뒤로 문을 닫는다.)

노라

(이글거리는 눈으로 두리번거리다가 헬메르의 망토를 집어 들어 몸에 두르고는 흥분한 듯 쉰 목소리로 재빨리 속삭인다.) **다시는 그를 보지 못하겠지. 다시는, 절대, 절대로.** (숄로 머리를 감싸고) **아이들도 다시 보지 못할 거야. 절대, 절대로. ― 오, 시커멓게 언 강. 오, 바닥도 보이지 않아 ―! 이 일이 ― 오, 이미 지나가 버렸다면. ― 이제 손에 쥐었겠지. 읽고 있어. 오, 안 돼, 안 돼! 아직은 안 돼. 토르발, 안녕, 아이들도 ―**

노라, 현관 쪽으로 달려 나가는데 바로 그 순간 헬메르가 문을 열고 서 있다. 손에는 편지가 들려 있다.

헬메르

노라!

노라

(비명을 지른다.) **아 ―!**

헬메르

이게 뭐야? 이 편지에 뭐라 씌어있는지 알아?

노라

알아요. 갈래요! 나갈 거예요!

헬메르

(노라를 붙잡으며) 어딜 나가?

노라

(벗어나려 하며) 나를 구하려 할 필요 없어요, 토르발!

헬메르

(뒤로 비틀거리며) 사실이군! 그자가 쓴 게 사실이야? 끔찍해! 아니, 아냐, 사실일 리가 없어.

노라

사실이에요. 난 당신을 이 세상 무엇보다 사랑했어요.

헬메르

아, 그 따위 바보 같은 변명 그만 둬!

노라

(그에게로 한 발자국 다가가며) 여보 —!

헬메르

한심한 여자 — 그 따위 짓을 하다니!

노라

가게 해줘요. 당신이 내 대신 책임질 필요 없어요. 대신 뒤집어쓰지 말아요.

헬메르

연극 하지 마! (앞문을 잠근다.) 여기서 꼼짝 말고 설명해 봐. 당신이 무슨 짓을
했는 지 알아? 대답해! 알아?

노라

(그를 똑바로 바라보다 얼굴 표정이 굳어진다.) 응, 이제 알기 시작했어요.

헬메르

(방안을 서성이며) 오, 내가 이제야 눈치챘어. 8년간 — 이 여자가 내 자존심이
고 기쁨이었다니 — 위선자, 거짓말쟁이, — 아니, 최악이야 — 범법자! — 아,
너무나 소름끼쳐, 이 모든 일! 웩, 웩!

노라

(조용히 서서 그를 직시한다.)

헬메르

(노라 앞에서 멈춰 선다.) 이런 일이 일어나리란 걸 알았어야 했는데. 알았어야
했어. 모든 게 당신 아버지가 무절제해서야 — 입 다물어! 당신 아버지의 그
무절제함이 당신에게서 나타난 거야. 종교심도, 도덕심도 책임감도 없어 —
아, 내가 그 양반을 눈감아 준 벌을 받는 거야. 당신을 위해 그랬는데 내게
돌아온 게 이거군.

노라

네, 그래요.

헬메르

이제 당신이 내 행복을 몽땅 앗아갔어. 내 모든 미래를 망쳤고. 오, 생각만
해도 끔찍해. 난 이제 그 악랄한 인간이 하자는 대로 해야 해. 날 마음대로
가지고 놀겠지. 원하는 걸 요구할 거고, 제 멋대로 명령도 하겠지 — 난 찍소리
도 못할 거고. 처량한 신세가 되겠지. 멍청한 여자가 잘못해서 난 끝장났어!

노라

내가 이 세상을 떠나면 당신은 자유로워질 거예요.

헬메르

아, 연극 하지 마. 당신 아버지도 똑같았어. 늘 말만 번드르르했지. 당신 말대로 당신이 이 세상을 떠난다고 내게 무슨 득이 될까? 득이라곤 눈곱만큼도 없을 거야. 그 작자는 되는 대로 모든 걸 들춰낼 거야. 그렇게 되면 사람들은 당신의 이 범법행위에 내가 공범자라고 의심하겠지. 어쩌면 내가 배후 인물이고 당신을 사주했다고 생각할지도 몰라, ─이게 다 당신 덕분이야! 당신과 결혼생활을 그렇게 잘 가꿔왔는데. 이제 당신이 내게 무슨 짓을 했는지 알겠어?

노라

(냉정하고 침착하게) 네.

헬메르

이해가 안 돼, 정말 믿을 수가 없어. 그렇지만 모든 걸 바로 잡아야지. 그 숄 벗어. 벗으라니까! 그 작자를 구슬릴 무슨 묘수가 있을지 찾아봐야지. 이 일은 무슨 수를 써서라도 감춰야 해. ─당신과 난 전과 똑같이 보여야 해. 물론 세상 사람들 앞에서만. 당신은 이 집에서 계속 사는 거야. 그건 당연하고. 그렇지만 아이들 양육은 안 돼. 당신한테 맡길 수 없어─아, 내가 그렇게도 사랑했고, 지금도 여전히 사랑하는 여자에게 이런 말을 해야 하다니! 자, 이제 모든 걸 끝내야지. 지금부터 행복 따윈 없어. 우린 그냥 난파선의 조각들이나 모으면서 외형은 지키는 거야.

초인종이 울린다.

헬메르

(깜짝 놀란다.) 누구지? 이렇게 늦게? 그 끔찍한 작자구나─! 그런가─? 노라, 숨어! 몸이 안 좋다고 할게.

노라는 움직이지 않고 서 있다. 헬메르는 현관으로 가는 문을 연다.

하녀

(옷을 반쯤만 걸친 채) 사모님께 온 겁니다.

헬메르

이리 줘. (편지를 확 채갖고 문을 닫는다.) 그래, 그 작자에게서 온 거군. 당신한텐 주지 않겠어. 내가 직접 읽어야지.

노라

그렇게 해요.

헬메르

(램프 옆에서) 보기가 겁나는군. 어쩌면 이게 우리 둘 다에게 마지막일지도 몰라. 아니, 그래도 알 건 알아야지. (재빨리 봉투를 찢고 몇 줄을 읽는다. 동봉된 편지를 보고서는 기뻐 소리친다.) 노라!

노라

(의아해서 그를 바라본다.)

헬메르

노라! ─ 아니, 다시 한 번 읽어봐야지. ─ 그래, 그래, 사실이군! 난 살았어! 노라, 나 살았어!

노라

나는요?

헬메르

당신도 물론, 우린 둘 다 살았어. 이거 봐, 그 친구가 차용증을 보내왔어. 자기가 한 일을 후회하며 사과한다고 썼어 ─ 행운이 찾아왔다네 ─ 오, 그 친구가 뭐라 썼든 상관없어. 우리 살았어, 노라! 이제 누구도 당신한테 어떤 짓도 할 수 없어. 오, 여보, 노라 — 우선 이 구역질나는 걸 없애버려야지. 한번 볼까 — (차용증을 훑어본다.) 아냐, 보고 싶지 않아. 모든 게 다 악몽이야. (그는 차용증과 편지를 찢어 난로에 쳐넣고 타는 걸 본다.) 자, 봐, 이걸로 끝이야. — 편지에 보니 당신이 크리스마스이브부터 — 오, 사흘간 정말 힘들었겠다, 노라.

노라

그 사흘간 정말 힘들었어요.

헬메르

완전 지옥이었겠다. 별 방법이 없었을 테니 — 아니, 그 끔찍한 일 잊어버리자. 모두 끝났네라고 말하며 기뻐하자고. 모두 끝났어! 내 말 들려, 노라? 모르는 것 같은데, 모두 끝났어. 그런데 왜 그렇게 굳어 있어? 오, 불쌍한 꼬맹이 노라, 물론 당신 그럴 만해. 내가 당신을 용서했다는 걸 믿을 수 없겠지. 그렇지만 난 용서했어, 노라. 맹세해. 모든 걸 용서할게. 당신이 그런 짓을 한 게 날 사랑했기 때문이라는 거 알아.

노라

맞아요.

헬메르

아내가 남편을 사랑하듯 당신은 날 사랑했어. 일을 어떻게 처리하는 게 최상인 줄 판단할 경험이 없었을 뿐이야. 책임을 지기 위해 어떻게 하는 줄 몰랐다는 것 때문에 내가 자길 덜 사랑한다고 생각하진 않지? 아니, 아냐, 자기는 그냥 내게 기대기만 하면 돼. 내가 조언도 해주고 이끌어 줄 테니까. 너무나 무력한 여자라 더 매력적이라 생각하지 않는다면 난 진짜 사나이가 아니지. 내가 너무 놀라 아까 했던 거친 말들 곱씹지 마. 모든 게 다 무너질 것 같아서 그랬던 거야. 난 자길 용서했어, 노라, 자길 용서한다고 맹세해.

노라

용서해줘서 고맙네요 (오른쪽의 문을 통해 나간다.)

헬메르

아냐, 가지 마! (문간에서 본다.) 거기서 뭘 하려고?

노라

(안에서) 가장무도회 옷 벗어요.

헬메르

(열린 문에 서서) 그래, 그렇게 해. 좀 쉬고 마음이 편안해지도록 해, 겁에 질린 내 노래하는 작은 새. 안심해. 내 날개는 자길 보호할 만큼 넓어. (문간에서 왔다 갔다 한다.) 우리 집은 정말 아늑하고 멋져, 노라! 여기가 자기 안식처야. 난 잔인한 매 발톱에서 다치지 않게 구조된 비둘기 같은 자길 보호하며 그 콩콩 뛰는 가녀린 심장을 달래줄게. 점차 그렇게 될 거야, 노라, 날 믿어. 내 일이면 모든 게 완전히 달라질 거야. 곧 전과 똑같아질 거라고. 당신을 용서 했다는 말을 계속하진 않을게. 당신이 가슴 깊이 확신하게 될 테니까. 내가 당신을 몰아세우거나 비난할 생각을 갖고 있다고 생각하진 않지? 오, 진짜 사나이는 그렇게 하지 않아, 노라. 남편들은 말이야, 자기가 아내를 완전히, 진정으로, 저 가슴 깊은 곳에서부터 용서했다는 걸 알면 — 정말 감동적이고 아주 만족스럽거든. 그건 아내를 두 배로 소유하는 것 같은 거야. 말하자면 아내에게 새로운 삶을 주는 거지. 그러면 아내는 어떤 의미에서 그의 아내이 자 아이가 돼. 무기력하고 혼란스러워 하는 자긴 오늘부터 그런 존재가 되는 거야. 그 예쁘고 작은 머리로 이것저것 신경 쓰지 마, 노라. 내게 솔직하게만 하면 당신을 위해 모든 결정은 내가 해줄게 — 뭐야? 자러 가는 게 아니야? 옷을 갈아입었어?

노라

(일상복 차림으로) 네, 토르발, 옷을 갈아입었어요.

헬메르

뭐하러? 늦었는데 ―?

노라

오늘밤엔 못 잘 것 같아요.

헬메르

그렇지만 여보 노라 ―

노라

(손목시계를 보며) 그렇게 늦지도 않았어요. 앉아요, 토르발, 우리 두 사람, 얘길 좀 해야 돼요. (테이블의 한 쪽에 앉는다.)

헬메르

노라, ― 왜 그래? 자긴 아주 심각하네 ―

노라

앉아요. 시간이 좀 걸릴 거예요. 당신한테 할 말이 많아요.

헬메르

(노라의 맞은편에 앉는다.) 겁나는데, 노라. 당신을 모르겠어.

노라

그래요. 바로 그거예요. 당신은 날 몰라요. 나도 당신을 안 적이 없어요 ― 조금 전까지는. 아니, 말 끊지 말아요. 내가 하는 말 듣기만 해요. ― 결말을 내야 해요, 트로발.

헬메르

무슨 소리야?

노라

우리 이렇게 앉아 있고 보니 뭐 생각나는 것 없어요?

헬메르

뭐가?

노라

우린 결혼한 지 8년 됐어요. 그런데 당신과 내가 남편과 아내로서 함께 진지
한 대화를 나누는 게 처음이라는 생각이 들지 않아요?

헬메르

그래, 진지하게, ─무슨 뜻이야?

노라

그 8년 동안, ─아니, 더 됐나─처음 서로 알게 된 후부터 우린 진지한 일에
대해 진지한 대화를 나눈 적이 한 번도 없어요.

헬메르

당신이 도울 수도 없는 걱정거리에 계속, 끊임없이 당신을 끌어들여야 했나?

노라

난 걱정거리에 대해 얘기하는 게 아니에요. 내 말은 우리가 한 번이라도 함께
앉아 어떤 일의 밑바닥까지 파헤치려고 진지하게 노력해 본 적이 없다는 거
예요.

헬메르

그렇지만, 여보 노라, 그건 당신과 맞지 않는 일이잖아?

노라

바로 그거예요. 당신은 날 제대로 안 적이 없어요. ─난 아주 부당한 취급을

받아 왔어요, 토르발. 처음엔 아빠에게서, 다음엔 당신에게서.

헬메르

뭐, 우리 두 사람이 — 이 세상 누구보다도 당신을 사랑한 사람들인데?

노라

(머리를 가로저으며) 날 사랑한 게 결코 아니야. 그냥 나와 사랑에 빠져있는 게 재미있다고 생각했을 뿐이지.

헬메르

노라, 이게 도대체 무슨 말이야?

노라

응, 그냥 그거였어요, 토르발. 시집오기 전 아빠는 내게 자기 생각을 얘기했고 그러면 나도 똑같이 생각했어. 다르게 생각을 해도 난 입을 다물었어. 아빠가 좋아하지 않을 거라서. 아빠는 날 자기 아기 인형이라 불렀고 내가 인형을 가지고 놀 듯 나와 함께 놀았지. 그러다 당신한테 시집 와서 —

헬메르

우리 결혼에 대해 그딴 식으로 말할 거야?

노라

(동요하지 않고) 내 말은, 내가 아빠의 손에서 당신 손으로 넘겨졌다는 거예요. 당신이 자기 취향에 따라 모든 걸 처리했고 난 그 취향을 그대로 받아들였어. 아니, 그런 척했나. 정확히는 잘 모르겠어 — 아마도 반반이었겠지. 어떤 때는 이렇게, 또 어떤 때는 저렇게. 지난 세월을 되돌아보니 난 여기서 가난뱅이처럼 살았네요 — 그날 벌어 그날 먹고 사는. 난 당신을 속이며 살았어요, 토르발. 그게 당신이 원한 거였으니까. 당신과 아빠는 내게 큰 잘못을 했어. 날 위해 내가 어떤 것도 해본 적이 없는 건 당신들 잘못이야.

헬메르

노라, 당신 억지에다 정말 배은망덕이군! 여기서 행복한 적이 없단 말이야?

노라

네, 한 번도 없어요. 행복하다고 생각했지만 사실은 그렇지 않았어요.

헬메르

않았다니 — 행복하지 않았다니!

노라

네, 그냥 재미였죠. 당신은 내게 늘 친절했죠, 그렇지만 우리 집은 그저 놀이 터였어요. 난 당신의 인형 아내였죠. 친정에서 아버지에게 인형 아기였듯이. 그러니 아이들도 내 인형들이었어요. 당신이 나와 놀아주러 오면 재미있다고 생각했어요. 아이들이 내가 놀아주러 가면 재미있어 하는 것처럼요. 그게 우리의 결혼생활이었어요, 토르발.

헬메르

당신 말에도 일리는 있네, — 과장되고 신경질적인 데가 있긴 하지만. 한데 이제부턴 달라질 거야. 노는 시간은 끝났고 이젠 수업시간이야.

노라

누구의 수업시간요? 나의, 아니면 아이들의?

헬메르

당신의 수업시간, 그리고 아이들의 수업시간, 노라.

노라

아, 토르발, 당신은 당신의 좋은 아내가 되라고 날 가르칠 자격이 있는 남편이 아니에요.

헬메르

어떻게 그런 말을?

노라

난, ─아이들을 가르치기 위해 난 어떤 자격을 가져야 하죠?

헬메르

노라!

노라

바로 조금 전에 말했잖아요, ─아이들을 내게 맡길 수 없다고.

헬메르

그땐 화가 났었잖아. 그래서 어쩌겠다는 거지?

노라

글쎄, 당신 말이 딱 맞아요. 난 자격이 없어요. 우선 해결해야 할 다른 문제가 있어요. 내 자신을 가르치기 위해 무언가 해야 해요. 그럴 때 당신은 날 도울 수 있는 남자가 아니에요. 나 혼자서 해야 하는 일이죠. 그래서 난 당신을 떠나겠어요.

헬메르

(펄쩍 뛰며) 뭐라고?

노라

나 자신과 내 주변의 모든 것들을 이해하려면 난 혼자 서야만 해요. 그래서 난 당신 집에 더 이상 있을 수 없어요.

헬메르

노라! 여보!

노라

당장 나갈 거예요. 오늘밤은 크리스티네에게서 ─

헬메르

당신 미쳤군! 허락 못해! 나가는 거 금지야!

노라

이제부턴 날 막아도 아무 소용없어요. 내 물건은 가져가요. 오늘도, 나중에도 당신 소유는 어떤 것도 갖지 않을 거니까.

헬메르

완전 미쳤군!

노라

내일 집에 갈 거예요. ─ 전에 살던 내 집요. 거기서 뭔가 일거리를 찾기가 더 쉽겠죠.

헬메르

오, 눈도 멀고 물정도 모르는 사람!

노라

물정을 알도록 해야죠, 토르발.

헬메르

남편과 아이들을 버리고 집을 떠나겠다! 사람들이 뭐랄지 생각 안 해봤군.

노라

관심 없어요. 이게 날 위해 꼭 필요하다는 건 알아요.

헬메르

오, 충격이야. 그러면 당신은 당신의 가장 신성한 의무를 저버리는 거야.

노라

내 가장 신성한 의무가 뭔데요?

헬메르

내가 그걸 말로 해야 되나? 남편과 아이들에 대한 의무 아니겠어?

노라

내게도 똑같이 신성한 다른 의무가 있어요.

헬메르

그런 거 없어. 그게 무슨 의문데?

노라

내 자신에 대한 의무요.

헬메르

당신은 무엇보다 아내고 엄마야.

노라

난 이제 그런 거 믿지 않아요. 난 내가 무엇보다 한 인간이라고 생각해요. 당신과 마찬가지로, ─ 어쨌든 그렇게 되도록 해볼 거예요. 대부분의 사람들이 당신처럼 생각하고, 책에도 그렇게 씌어있다는 거 알아요, 토르발. 그러나 이젠 사람들이 어떻게 생각하든, 책에 뭐라 쓰여 있든 그것에 만족할 수 없어요. 여러 가지에 대해 내 스스로 생각할 거고 그러면 알게 되겠죠.

헬메르

이 집에서 당신의 위치가 뭔지 모르겠어? 이런 문제가 있으면 확실히 인도해

줄 길잡이가 없나? 종교도 없어?

노라

아, 토르발, 난 사실 종교가 뭔지 확실히 몰라요.

헬메르

말하는 본새라니!

노라

종교에 대해선 견진성사 때 한센 신부님이 하신 말씀 말고는 아는 게 없어요. 종교는 이것도 되고 저것도 되고 또 다른 것도 된다고 하셨어요. 이 모든 걸 떠나 혼자 있게 되면 그것도 생각해 봐야죠. 한센 신부님의 말씀이 과연 옳았는지, 적어도 내게 옳았는지 밝혀 볼 거예요.

헬메르

젊은 여자가 그런 말을 하다니 기가 막히군! 종교가 당신을 옳은 길로 인도할 수 없다면 당신의 양심이라도 건드려보아야겠군. 당신에게도 도덕심은 좀 있겠지? 아니면 그것도 없나? — 대답해 보시지.

노라

글쎄요, 토르발, 대답하기 쉽지 않네요. 전혀 모르니깐. 난 사실 그런 일엔 머리가 돌거든요. 그런 일에 대한 내 생각이 당신 생각과는 아주 다르다는 건 알아요. 법도 내 생각과는 다르다고 들었어요. 그래서 어떤 특별한 법이 옳다는 생각을 머릿속에 집어넣을 수가 없어요. 여자는 죽어가는 늙은 아버지를 배려하거나 남편의 목숨을 구할 수도 없다니! 정말 믿을 수 없어.

헬메르

꼭 아이 같이 말하는군. 당신은 당신이 살고 있는 이 사회가 어떤지 아무것도 몰라.

노라

그래요, 몰라요. 그러니 그것도 알아봐야죠. 과연 누가 옳은지, 사회인지 나
인지 알아낼 거예요.

헬메르

당신 아픈 거다, 노라. 열이 있어. 아무래도 제정신이 아닌 거야.

노라

난 오늘밤처럼 이렇게 확고하고 분명하다고 느낀 적이 없어요.

헬메르

남편과 아이들을 버리고 떠난다면서 확고하고 분명하다고?

노라

네, 그래요.

헬메르

그럼 설명은 한 가지네.

노라

어떤 설명?

헬메르

당신은 이제 날 사랑하지 않아.

노라

그래요, 바로 그거예요.

헬메르

노라! ─ 어떻게 그런 말을!

노라

오, 나도 너무 괴로워요, 토르발. 당신, 내게 잘해줬는데. 그래도 어쩔 수 없어요. 이제 당신을 사랑하지 않아.

헬메르

(평정을 유지하려고 애쓰며) 그것도 분명하고 확고한 확신인가?

노라

네, 완전 분명하고 확실해요. 그래서 여기 더 있고 싶지 않은 거예요.

헬메르

내가 왜 당신의 사랑을 잃게 됐는지 설명해 주겠어?

노라

네, 잘 설명할 수 있어요. 오늘밤 기적이 일어나지 않았을 때, 그때 난 당신이 내가 생각했던 그런 사람이 아니란 걸 알았어요.

헬메르

더 정확히 말해 봐. 무슨 말인지 모르겠어.

노라

난 8년 동안 참을성 있게 기다려 왔어요. 젠장, 기적이란 게 매일 일어나지는 않는다는 걸 알고 있었으니까. 그때 그 끔찍한 일이 날 덮쳤죠. 그래도 난 정말 확신하고 있었어요. 기적이 일어날 거라고. 크로그스타의 편지가 저기 있었을 때, —당신이 그 사람의 조건에 승복하리라고 결코 생각하진 않았어요. 난 당신이 그 사람에게 이렇게 말할 거라고 절대적으로 확신하고 있었어요: "온 세상에 다 까발려 봐. 그렇게 되면—"

헬메르

그래, 그렇게 되면? 내 아내가 불명예와 치욕에 내몰리게 되는 건데—!

노라

그렇게 되면 난 당신이 나서서 모든 걸 뒤집어쓰면서 "내가 한 거요"라고 말할 거라고 완전 확신하고 있었어요.

헬메르

노라 ─!

노라

당신이 그런 희생을 하도록 내가 내버려 두었을까? 아니, 물론 그러지 않았을 거야. 당신에게 해가 되는 내 얘기를 해봤자 소용이 있었을까? ─ 그게 바로 내가 기대했고 두려워했던 기적이었어. 내가 내 인생을 끝내려 한 건 바로 그걸 막기 위해서였다고요.

헬메르

난 기꺼이 밤낮 없이 일했어, 노라. ─ 당신 때문에 슬픔과 고통을 감내하면서. 그러나 누구도 사랑하는 사람을 위해 명예를 걸진 않아.

노라

수백, 수천 명의 여자들은 그렇게 해요.

헬메르

오, 철없는 아이처럼 생각하고 말하는군.

노라

좋아요. 그러나 당신은 내가 인생을 함께하고 싶은 남자처럼 생각하지도 말하지도 않네. 당신은 끔찍한 일이 지나가자 ─ 내 걱정은 전혀 없었고 오직 자기에게 일어날 일만 생각하다가 위험이 모두 사라지자 ─ 아무 일 없었다는 듯 행동했어. 난 전과 똑같이 당신의 노래하는 작은 종달새, 인형이었지. 당신은 전보다 두 배는 더 조심스럽게 그 종달새를, 그 인형을 보호하겠죠. 너무 약하고 깨질 것 같았을 테니까. (일어선다.) 토르발, ─ 그때 난 내가 8년

동안 낯선 사람과 살았고 그 사람과 아이를 셋이나 낳았다는 걸 깨달았어요.─
오, 이제는 그런 생각도 하기 싫네! 정말이지 날 갈기갈기 찢어버리고 싶어.

헬메르

(처량하게) 알았어, 알았어. 우릴 갈라놓는 엄청난 틈이 있군. ─오, 그러나 노
라, 그 틈을 메울 수 없을까?

노라

어쨌든 난 이제 당신 아내가 아니에요.

헬메르

나 변할 수 있어.

노라

글쎄요─당신의 인형을 버리고 난 뒤라면.

헬메르

오, 떨어지다니─당신과 떨어지다니! 안 돼, 안 돼, 노라, 그건 상상도 할
수 없어.

노라

(오른쪽 방으로 들어가며) **어쨌든 난 나가요.** (외출복을 입고 작은 여행가방을 들고 나와
가방을 테이블 위에 놓는다.)

헬메르

노라, 여보, 지금은 안 돼! 내일까지 기다려 줘.

노라

(외투를 입으며) 모르는 남자의 방에서 밤을 보낼 순 없어요.

헬메르

우리 여기서 오누이처럼 살 수는 없을까―?

노라

(모자 끈을 묶으며) 그게 오래 지속되지 못하리란 건 잘 알잖아요―. (숄을 두른다.) 잘 있어요, 토르발. 아이들은 보지 않을래요. 나보다 더 잘 키울 사람이 있으니까. 지금도 그렇지만 나야 걔들한테 대단한 존재가 아니죠.

헬메르

허지만 언젠가는 노라, ― 언젠가는―?

노라

내가 어떻게 알아요? 내가 어떻게 될지 나도 몰라요.

헬메르

당신이 어떻든, 어떻게 되든 당신은 내 아내야.

노라

잘 들어요, 토르발―지금의 나처럼 아내가 남편을 떠나면 그 남편은 그 아내에 대해 어떤 법적 책임도 없다고 들었어요. 어쨌든 당신을 모든 책임에서 자유롭게 해줄게요. 그러니 어떤 의미로든 구속감을 느끼지 말아요. 나도 그럴 거니까. 우리 둘 다 완전 자유예요. 자, 당신이 준 반지예요. 내가 준 반지도 줘요.

헬메르

반지도?

노라

반지도.

헬메르

자, 여기.

노라

이제 다 끝났어요. 열쇠들 여기 놓을게. 집 어디에 뭐가 있는지 하녀들이 잘 알아요 ─ 사실 나보다 더 잘 알아. 내가 떠난 후, 내일 아침 크리스티네가 내가 시집올 때 가져온 것들을 싸러 올 거예요. 그 짐들 부쳐줘요.

헬메르

끝, 끝이라고! 노라, 내 생각은 절대 안 할 건가?

노라

당신이랑 아이들, 그리고 집 생각을 가끔은 하겠죠.

헬메르

편지를 보내도 될까, 노라?

노라

아니오, ─ 안 돼요. 절대 그러지 마요.

헬메르

오, 그래도 꼭 뭐라도 보내야 ─

노라

아니오, 아무것도 보내지 말아요.

헬메르

─ 당신이 뭔가 필요할 때 도와주면 안 될까?

노라

그러지 말라고 했잖아요. 난 남한테선 아무것도 안 받아요.

헬메르

노라, ─내가 당신에게 남 이상이 될 수는 없을까?

노라

(가방을 들며) 아, 토르발, 오직 기적 중의 기적이 일어나야─

헬메르

기적 중의 기적, 그게 뭔지 말해줘!

노라

당신과 나 둘 다 그 정도까지 변했더라면─오, 토르발, 난 이제 기적을 믿지 않아요.

헬메르

난 믿어! 말해줘! 우리가 어떻게 변해야 하는지─?

노라

우리 두 사람 결혼생활을 함께 꾸려갈 수 있다면. 안녕! (현관문을 통해 나간다.)

헬메르

(의자에 털썩 주저앉아 얼굴로 두 손으로 감싼다.) 텅 비었네! 그녀가 이제 여기 없어! (갑작스레 희망을 가지며) 기적 중의 기적─?

아래서 문을 닫는 육중한 소리가 쾅 하고 들린다.

─막─

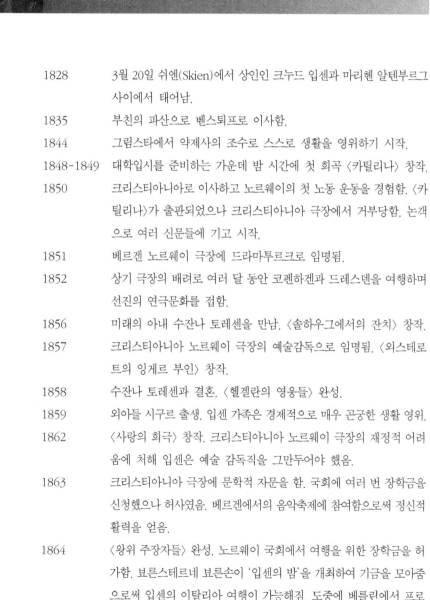

1828	3월 20일 쉬엔(Skien)에서 상인인 크누드 입센과 마리헨 알텐부르그 사이에서 태어남.
1835	부친의 파산으로 벤스퇴프로 이사함.
1844	그림스타에서 약제사의 조수로 스스로 생활을 영위하기 시작.
1848-1849	대학입시를 준비하는 가운데 밤 시간에 첫 희곡 〈카틸리나〉 창작.
1850	크리스티아니아로 이사하고 노르웨이의 첫 노동 운동을 경험함. 〈카틸리나〉가 출판되었으나 크리스티아니아 극장에서 거부당함. 논객으로 여러 신문들에 기고 시작.
1851	베르겐 노르웨이 극장에 드라마투르크로 임명됨.
1852	상기 극장의 배려로 여러 달 동안 코펜하겐과 드레스덴을 여행하며 선진의 연극문화를 접함.
1856	미래의 아내 수잔나 토레센을 만남. 〈솔하우그에서의 잔치〉 창작.
1857	크리스티아니아 노르웨이 극장의 예술감독으로 임명됨. 〈외스테로트의 잉게르 부인〉 창작.
1858	수잔나 토레센과 결혼. 〈헬겔란의 영웅들〉 완성.
1859	외아들 시구르 출생. 입센 가족은 경제적으로 매우 곤궁한 생활 영위.
1862	〈사랑의 희극〉 창작. 크리스티아니아 노르웨이 극장의 재정적 어려움에 처해 입센은 예술 감독직을 그만두어야 했음.
1863	크리스티아니아 극장에 문학적 자문을 함. 국회에 여러 번 장학금을 신청했으나 허사였음. 베르겐에서의 음악축제에 참여함으로써 정신적 활력을 얻음.
1864	〈왕위 주장자들〉 완성. 노르웨이 국회에서 여행을 위한 장학금을 허가함. 뵤른스테르네 뵤른손이 '입센의 밤'을 개최하여 기금을 모아줌으로써 입센의 이탈리아 여행이 가능해짐. 도중에 베를린에서 프로이센의 개선행렬을 보게 됨.

1866	〈브란〉 완성. 〈브란〉의 대성공으로 1년 안에 4판이 출판됨. 뵤른손의 중개로 노르웨이의 유수한 출판사인 귈덴달 보그한델에서 출판되었으며 그 대표인 프레데릭 헤겔은 이후 수십 년 동안 입센의 대화상대로서 입센의 작가로서의 이력에 중요한 인물이 됨. 노르웨이 의회가 해마다 주는 작가은급을 승인받음.
1867	〈페르 귄트〉가 이탈리아의 소렌토에서 완성됨.
1868	입센 가족, 독일의 드레스덴으로 이사.
1869	〈청년동맹〉 창작. 수에즈 운하의 개통식에 노르웨이 대표로 참석함.
1870	코펜하겐 방문. 고국 방문도 계획되었으나 연기됨.
1871	시 전집 출간. 게오르그 브라네스와 드레스덴에서 만남.
1872	〈브란〉, 〈왕위 주장자들〉, 〈청년동맹〉의 첫 독일어 번역본. 영국에서 에드먼드 고쓰가 쓴 입센에 대한 글이 잡지와 신문에 게재됨.
1873	〈황제와 갈릴리 사람〉 완성. 빈에서 열린 세계박람회의 예술 부분 심의위원.
1874	10년간의 해외 체류 후 노르웨이 방문.
1875	뮌헨으로 이사 감.
1876	스칸디나비아 이외 처음으로 〈헬겔란의 영웅들〉이 뮌헨의 호프 데아터에서 공연됨.
1877	〈사회의 기둥들〉이 노르웨이 의회에서 축하 공연됨.
1878	로마로 다시 이주함.
1879	〈인형의 집〉이 이탈리아의 아말피에서 완성됨. 코펜하겐의 왕립극장에서 〈인형의 집〉 세계 초연. 겨울을 뮌헨에서 보냄.
1881	6월에서 9월까지 쏘렌토에서 〈유령〉 창작.
1882	〈민중의 적〉 발표.
1884	〈들오리〉 완성.
1885	노르웨이의 트론헤임과 몰데에서 여름을 보냄. 10월에 다시 뮌헨으로 이주.
1886	〈로스메르스홀름〉 완성.
1887	마이닝엔 극단에 의해 〈유령〉이 작가가 관극하는 가운데 베를린에서 공연됨.

1888	〈바다에서 온 여인〉 창작.
1889	독일 프라이에 뷔네의 개관공연: 〈유령〉.
1890	〈헤다 가블레르〉 완성.
1891	뮌헨을 떠나 노르웨이 해안을 따라 순례여행. 이 여행에서 돌아온 후 크리스티아니아에서 지냄.
1892	〈대건축가 솔네스〉 창작. 외아들 시구르가 뵤른손의 딸 베를리오트와 결혼.
1894	〈어린 에욜프〉 창작.
1896	〈욘 가브리엘 보르크만〉 창작.
1898	70회 생일을 맞아 스칸디나비아의 세 수도에서 축하연. 독일어 전집이 S. Fischer 출판사에서 출간됨.
1899	'극적 에필로그', 〈우리 죽어 깨어날 때〉 창작.
1900	3월부터 중병에 걸림. 더 이상 창작하지 못함.
1906	5월 23일 서거, 노르웨이 국가장 엄수됨.

완역 헨리크 입센 희곡 전집 6

사회의 기둥들
인형의 집

초판 1쇄 인쇄 2022년 5월 24일
초판 1쇄 발행 2022년 5월 31일

지은이   헨리크 입센
옮긴이   김미혜
펴낸이   박성복
펴낸곳   도서출판 연극과인간
주소   01047 서울특별시 강북구 노해로25길 61
등록   2000년 2월 7일 제6-0480호
전화   (02)912-5000
팩스   (02)900-5036
홈페이지 www.worin.net
전자우편 worinnet@hanmail.net

ⓒ 김미혜, 2022.

ISBN 978-89-5786-828-7 04850
ISBN 978-89-5786-822-5 세트